SAUVEUR & FILS

saison 1

Marie-Aude Murail

SAUVEUR & FILS

saison 1

l'école des loisirs
11, rue de Sèvres, Paris 6e

Loi n° 49.956 du 16 juillet 1949 sur les publications
destinées à la jeunesse : avril 2016
Dépôt légal : novembre 2019

ISBN 978-2-211-23633-1

Lorsque tu ne sais pas où tu vas,
regarde d'où tu viens.

Proverbe africain

Semaine du 19 au 25 janvier 2015

Sauveur ouvrit la porte de la salle d'attente en douceur. Si les gens n'étaient pas prévenus, ils avaient un mouvement de surprise en l'apercevant.

– Madame Dutilleux ?

Madame Dutilleux arrondit les yeux et Margaux baissa les siens.

– Nous avons rendez-vous. Je suis Sauveur Saint-Yves. C'est par ici.

Il désigna son cabinet de consultation de l'autre côté du couloir puis s'effaça. En passant devant lui, madame Dutilleux, la quarantaine, menue dans son jean slim, resserra la ceinture de sa veste en cuir. Margaux, 14 ans, s'enrobant ou se dérobant dans sa doudoune, laissa flotter son écharpe de laine et ses longs cheveux.

Sauveur captait tous les signaux qu'envoient les

corps, surtout à ce moment très intense de la première fois. Les quelques pas de Margaux et de sa mère pénétrant sur son territoire lui firent sentir l'hostilité de l'une et la méfiance de l'autre.

– Où on se met ? dit Margaux, la voix rogue.

– Vous choisissez... Mais vous me laissez mon fauteuil.

Sauveur avait la voix caressante de Nat King Cole vous chantant : « *Unforgettable, that's what you are**... » Madame Dutilleux piqua des fesses sur un bord de canapé et se tint assise, le dos raide et les mains à plat sur ses cuisses serrées. Margaux lâcha son sac à dos et s'affala à l'autre extrémité du canapé, un bras dans le vide et son écharpe balayant le parquet. Ni l'une ni l'autre ne s'étaient attendues à un interlocuteur noir de 1,90 mètre, plutôt décontracté dans son costume sans cravate.

– Vous êtes docteur ? s'étonna naïvement madame Dutilleux.

– En psychologie.

Pfff, fit Margaux comme un ballon qui se dégonfle. Elle mourait de chaud. Les pointes du col de sa doudoune lui rentraient dans les joues.

* *Tu es inoubliable...*

Mais pour rien au monde elle n'aurait fendu son armure.

– Mon cabinet est un peu trop chauffé, compatit Sauveur. Est-ce que tu voudrais me dire pourquoi tu es là ? Ta maman m'a parlé d'un « problème avec l'école ».

– Mais je voulais pas venir ! se récria Margaux. C'est l'autre, là...

« L'autre, là » désignait manifestement sa mère.

– Ne le prenez pas mal, intervint madame Dutilleux, moi aussi, j'aurais autant aimé ne pas venir.

– Donc, vous êtes toutes les deux ici contre votre volonté, résuma Sauveur. Vous m'en voyez désolé.

Un ange passa, sans doute au plafond, car Margaux y jeta un regard exaspéré.

– C'est l'infirmière scolaire, se lança madame Dutilleux, madame Sandoz...

– Une facho, précisa Margaux en sourdine.

– Elle est passée dans la classe de Margaux... et dans toutes les classes du collège.

Tout en jetant des coups d'œil sur sa fille, madame Dutilleux cherchait les mots qui pourraient ne pas mettre le feu aux poudres.

– Elle a demandé aux élèves de relever leurs manches… C'était pour vérifier si elles… enfin, ils, parce que ça concerne aussi les garçons, mais moins…

– Qu'est-ce que t'en sais ? reprit la sourdine.

– C'est un peu comme une mode. Avant, c'était plutôt les tatouages ou le piercing…

– Mais n'importe quoi ! maugréa l'autre bout du canapé.

Madame Dutilleux s'arrêta devant l'aveu de ce qui avait motivé le rendez-vous avec le psychologue. Sauveur vint à son secours.

– Vous voulez parler du *cutting* ?

Il choisit le mot anglais, jugeant que « scarification » avait une résonance macabre.

– L'infirmière ne l'a pas appelé comme ça, bredouilla madame Dutilleux. Mais vous devez savoir mieux qu'elle.

Sauveur tourna son fauteuil en direction de Margaux.

– Et il y avait des élèves concernés dans ta classe ?

La jeune fille se redressa en prenant un petit air de gloriole.

– Quatre avec moi.

Il pivota vers madame Dutilleux.

– Vous étiez au courant ?

Ricanement de Margaux.

– Vous pensez bien que non, répondit madame Dutilleux. Elle met toujours des manches longues. Ça tombe sur les mains…

Tout en parlant, madame Dutilleux faisait tourner un bracelet autour de son poignet. Sauveur s'aperçut que c'était une fourchette customisée.

– Original, dit-il en la désignant.

Il ne laissait jamais passer l'occasion d'un compliment.

– Pardon ? Ah oui, merci, bredouilla madame Dutilleux, un peu déstabilisée. Je fabrique des bijoux. C'est juste… un hobby… même si je les vends parfois. À des amies.

Pfff, soupira Margaux. On était là pour elle ou pour sa mère ? Son visage se ferma si totalement que Sauveur se dit que c'était d'un couteau (à huître) dont il aurait besoin s'il ne changeait pas de tactique.

– Est-ce que vous pourriez retourner un moment en salle d'attente ? demanda-t-il à madame Dutilleux.

– Déjà ? Mais je viens d'arriver !

– Ce serait plus facile pour Margaux dans un premier temps… pour qu'elle me dise comment elle voit les choses.

Madame Dutilleux hésitait. Laisser sa fille aux prises avec cet homme sans contrôler ce qui allait se passer ?

– Un petit quart d'heure. Il y a des revues. Un très bon numéro du *National Geographic* sur les singes bonobos.

Madame Dutilleux se demanda s'il était prévenant ou s'il se payait sa tête. Ayant refermé la porte derrière elle, Sauveur prit tout son temps pour revenir s'asseoir, feuilletant au passage son agenda sur le bureau.

– Donc, fit-il en se rasseyant dans son fauteuil, tu ne vois pas bien l'intérêt d'être ici ?

– J'y suis obligée. L'infirmière a dit à ma mère de me montrer à un psy parce qu'autrement je ne pourrai pas aller à Rome au mois de mars.

– C'est un voyage scolaire ?

– Pour ceux qui font latin. Enfin, celles qui font… C'est des filles.

– Toi et les trois autres ?

– Pas que.

Soudain, une autre Margaux perça sous la doublure de la doudoune.

– S'il vous plaît, faites-moi un certificat, dit-elle en l'implorant des yeux. Juste une phrase, style : « Margaux n'est pas folle » ou alors : « Elle est folle, mais elle se soigne. »

Elle joignit les mains comme une suppliante.

– Si je ne l'ai pas, je ne pars pas. Et ce serait trop frustrant parce que je suis fan de Néron depuis que j'ai 10 ans !

Sauveur approuva d'un signe de tête. Il aimait que les ados aient du caractère, de l'humour, du vocabulaire.

– Qu'est-ce que tu utilises pour le cutting, un couteau ou un cutter ? demanda-t-il sur le ton de « vous préférez la gouache ou l'aquarelle ? ».

Margaux se recoquilla dans sa doudoune.

– Je n'aime pas les voyeurs.

Elle craignit d'avoir grillé toutes ses chances d'obtenir le certificat.

– Je ne voulais pas dire ça, se rattrapa-t-elle.

– Tu as bien fait de m'envoyer promener. J'étais juste curieux.

Il sourit, comme surpris de la pensée qui venait de le traverser.

– J'ai sûrement eu des ancêtres scarificateurs. On nous pique toujours nos bonnes idées. Le blues, le rap, le tatouage, le piercing, le cutting, ça vient de nous…

Il roula des yeux.

– Les nèg's.

Sauveur risqua la blague pour que Margaux ne

s'interdise pas de penser qu'il était noir, ce qui pouvait autant prendre la tête que d'y penser tout le temps. Le rire gonfla les joues de Margaux, mais elle se contenta de pfuiter une fois de plus.

– Qu'est-ce qu'elle pense de tout ça, l'infirmière scolaire ? voulut savoir Saint-Yves.

– Que c'est mal. Qu'on se fait mal. Qu'on va mal. Un des trois. Ou les trois. Je ne sais pas.

Elle tirait sur sa manche gauche comme si elle en extirpait ces bouts de phrases.

– Vous allez me le faire, ce certificat ?

– C'est pour le mois de mars ? On a un peu de temps.

– Du temps pour quoi ? Vous n'allez pas me psychanalyser la tête, hein ? Je ne suis pas venue pour ça.

Margaux allait-elle mal, et si oui, dans quelle mesure ? Les marques sur ses avant-bras, peut-être aussi à l'intérieur des cuisses, répondraient pour elle. Leur taille, leur nombre, leur profondeur. Ce pouvait être un simple phénomène d'imitation, un signe d'appartenance à un groupe, ce pouvait être de l'autodestruction. C'était la première fois que Saint-Yves recevait en consultation une jeune fille qui se scarifiait, mais il en savait davantage qu'il ne l'avait laissé entendre à Margaux. Cette « mode » touchait 5 à 10 % des adolescents, en majorité des filles de 13 à 15 ans, selon une estimation assez hasardeuse puisqu'il s'agissait d'une pratique secrète.

– Tu trouves qu'on fait toute une histoire pour pas grand-chose ?

– Ça, c'est sûr ! Alors qu'il y a des vrais problèmes.

– Comme quoi ?

Elle voulut ignorer la question d'un haussement d'épaules, mais Sauveur insista :

– Qu'est-ce qu'il y a comme vrai problème ?

– Bien, par exemple, moi, je ne veux plus vivre avec ma mère. Ça, c'est un VRAI problème.

Sauveur sentit qu'il tenait le fil à tirer. Il jeta un coup d'œil sur la grosse pendule ronde accrochée au mur en face de lui. Il avait dix minutes pour dévider la bobine autant qu'il pouvait.

– Tes parents sont séparés depuis longtemps ?

– Mon père a quitté ma mère quand j'avais 10 ans.

Elle leva la main pour prévenir toute critique.

– Je ne lui en veux pas. Ce n'était plus possible pour lui de la supporter. Elle le détruisait.

– Elle le détruisait ?

– Oui, on en a parlé ensemble, se rengorgea

Margaux, fière d'être la dépositaire des confidences de son père. Je ne sais pas si vous savez ce que c'est de vivre avec quelqu'un qui est dépressif?

– Dépressif? s'étonna Saint-Yves, qui n'avait noté aucun signe de dépression chez madame Dutilleux.

Ce fut suffisant pour que Margaux prît feu. Sa mère était dépressive, déprimante, angoissée, chiante.

– Je ne peux pas faire un pas dehors sans qu'elle me flique. Si je vais voir une copine, je dois lui envoyer un SMS avec un A pour dire que je suis A… rrivée. Et quand je quitte ma copine, je fais un P.

– Tu fais un pet? répéta Sauveur, un peu largué.

– Un P pour dire que je suis P… artie!

– Ça prouve juste une chose, que ta mère veut te savoir en sécurité. Je comprends que ce soit embêtant pour toi, mais elle pense bien faire.

– Vous n'avez rien d'autre à me sortir? Parce que ce n'est pas la peine d'avoir fait des études de psychologie…

– Ouch! encaissa Sauveur, il va falloir que je hausse mon niveau de jeu.

Margaux fut décontenancée par ce fair-play. Si elle avait parlé sur ce ton à sa prof principale, elle lui aurait demandé son carnet.

– Comment ça se passe avec ton père ? s'informa Sauveur.

– C'est mon père ! s'écria-t-elle farouchement comme si Saint-Yves venait de sous-entendre le contraire. Je vais chez lui une semaine sur deux.

Monsieur Carré, dont Margaux portait le nom, était huissier de justice et, aux dires de sa fille, il était « pété de thune », il lui achetait des vêtements de marque, il était la seule personne qui la comprenait. Le seul hic, c'était qu'il s'était remis en ménage avec « une nana du genre bolosse ».

– Bolosse, répéta Saint-Yves.

– Mais il m'a fait un demi-frère très mignon.

– Ton père t'a fait un demi-frère.

– Il a 3 ans. Il m'appelle Ragaux… Vous répétez toujours ce que disent les gens ?

– Je m'assure que j'ai bien compris.

– Ça doit être le top de la psychologie, ironisa Margaux. Vous voulez que je vous parle de ma mère maintenant ? Alors, voilà. Elle est prof de français à Saran en lycée pro. Elle a des élèves qui ne l'écoutent pas et qui veulent être vendeuses chez Pimkie. Elle rentre tous les soirs en disant qu'elle va changer de métier. Et je garde le pire pour la fin : j'ai une sœur de 11 ans qui se croit bisexuelle depuis qu'elle lit des mangas.

– C'est ta maman qui a pris rendez-vous avec moi. Est-ce que ton père est au courant ?

– Vous n'allez pas lui dire quand même ? Il est au courant de rien, de rien !

Tout en martelant « de rien », elle fit le geste d'entailler son poignet gauche de son index droit.

– Mon père a assez de problèmes avec ma sœur qui dit n'importe quoi, et ma mère qui lui réclame tout le temps plus de fric. C'est bon, quoi, faut le lâcher ! Et moi aussi, je veux qu'on me lâche. Vous allez me le faire, ce certificat, oui ou… pas ?

– Je connais madame Sandoz, lui répondit Sauveur, le ton plus suave que jamais. Je vais lui écrire un mot.

– Pour lui dire quoi ?

– Que je ne vois pas de contre-indication à un voyage scolaire.

Cette phrase, qui aurait dû clore le débat, parut n'apporter aucun soulagement à Margaux. Elle restait tendue, le corps en avant.

– Mais je pense que ce serait une bonne chose d'envisager quelques séances avec moi, ou quelqu'un d'autre, pour que tu puisses parler des VRAIS problèmes.

Un « oui » à peine audible franchit les lèvres de Margaux, qui ajouta :

– Quand est-ce qu'elle revient, l'autre ?

– Tu veux que j'aille la chercher ?

Comme si c'était sa réponse, les yeux dans les yeux du thérapeute, Margaux remonta les deux manches de son bras gauche, doudoune et sweat, en faisant une grimace de douleur car le tissu frotta les cicatrices encore fraîches. L'une d'elles s'ouvrit au passage et se mit à saigner.

Masquant son malaise à la vue des diverses entailles qui allaient du poignet à la saignée du coude, Sauveur tendit à Margaux sa boîte de Kleenex.

– Ma mère est tellement flippée, ricana Margaux en tapotant la plaie avec le mouchoir en papier, qu'elle a même caché les couteaux à légumes…

– Je le serais aussi à sa place… Tu as un cutter ?

– Oui. Les premières fois, je me suis servie de mon compas. C'était en CM2. Je faisais des lignes sur mon bras. C'était un concours avec une copine. On essayait de se faire saigner et on disait qu'on mêlait nos sangs… C'était ma sœur de sang.

Elle sourit comme à l'évocation d'un tendre souvenir d'enfance.

– Tu la vois toujours, cette copine ?

– Non, elle est morte.

Voyant la tête que faisait Sauveur, Margaux ricana.

– Je rigooole. Elle a déménagé, mais on est toujours en contact. Elle a mis une vidéo sur Youtube. On la voit, enfin c'est juste son bras, elle se fait un cœur avec une lame de rasoir, elle enlève la peau sur au moins un centimètre. Ça saigne beaucoup. Après, elle écrit LOVE sur le lavabo avec son sang. Elle a eu plus de 50 000 vues ! Elle a mis *Hurt* en fond sonore.

À la fixité de son regard tandis qu'elle parlait, Sauveur jugea que Margaux n'était jamais allée aussi loin que son amie, mais que ces images d'automutilation produisaient sur elle un effet de sidération. Elle fredonna : « *Would you tell me I was wrong ? Would you help me understand ?** »

– Vous connaissez ? C'est pas de votre âge, mais bon, Christina Aguilera, vous avez entendu parler quand même ?

– Pour répondre à ta question *« would you help me understand ? »*, oui, je peux t'aider à comprendre. C'est le travail qu'on fait en thérapie… Je pense que tu souffres, que cela fait un moment que ça dure et

* *Dirais-tu que j'ai eu tort ? M'aiderais-tu à comprendre ?*

que ce serait bien que tu en parles dans un endroit où rien de ce que tu diras ne sera répété.

Les lèvres de Margaux tremblèrent comme si elle allait laisser échapper un cri ou un aveu, mais elle se contenta de rabattre ses manches par-dessus le mouchoir étalé sur ses plaies. Sauveur attendit un moment en silence puis alla chercher madame Dutilleux qui lisait « La politique du sexe chez les singes bonobos » dans le *National Geographic.*

– Margaux va faire son voyage scolaire, dit-il à la mère quand elle eut rejoint sa fille sur le canapé. Mais ce serait bien qu'elle puisse parler de ses problèmes… Le lundi à 18 heures, si cet horaire vous convient.

– Si vous lui faites un mot pour l'infirmière scolaire, il n'y a plus de problème…

– Tu n'es pas docteur, maman, intervint Margaux.

– En tout cas, je ne pourrai pas me libérer tous les lundis, objecta madame Dutilleux, j'ai une autre fille plus jeune, Blandine, qui attend à la maison, et elle angoisse quand elle reste seule trop longtemps.

– Margaux pourrait venir sans vous, précisa Saint-Yves.

– On est assez loin, résista madame Dutilleux.

– Mais c'est bon, je peux prendre le bus toute seule, dit Margaux sur le ton de l'exaspération.

– Avec tout ce qui se passe en ce moment, argumenta encore madame Dutilleux.

– Je ne vais pas me faire enlever par Boko Haram ! lui cria Margaux, au bord de la crise de nerfs. Je te ferai un A et un P, d'accord ?!

Madame Dutilleux regarda du côté de Saint-Yves pour essayer de savoir ce qu'il pensait de la scène. Un imperceptible sourire se jouait sur ses lèvres qu'encerclait un trait fin de moustache et de barbe, comme une muette parenthèse. Jugeant que la petite séquence entre mère et fille était terminée, il marmonna : « bien », alla s'asseoir à son bureau, sortit d'un classeur une feuille de papier à lettres avec en-tête et écrivit en silence.

– Voici pour madame Sandoz, dit-il en tendant une enveloppe cachetée à madame Dutilleux.

– Combien je vous dois ?

– 45 euros.

– Non remboursé, j'imagine ?

– Non remboursé.

Margaux soupira, humiliée par le comportement de sa mère.

– Je vous réserve un créneau. Lundi prochain,

18 heures, conclut Saint-Yves en les escortant vers la sortie. Discutez-en entre vous et faites-moi savoir votre décision…

Elles étaient sur le palier quand madame Dutilleux souffla à sa fille : « Tu vas en parler à ton père ? Tu es chez lui lundi prochain », et c'est sur un haussement d'épaules de Margaux que la porte se referma. Les reverrait-il ? Ce n'était pas certain. L'état de la jeune fille semblait pour le moins inquiétant. Sauveur étira les bras vers le ciel en poussant un geignement de lassitude, puis il remonta le couloir jusqu'à une porte fermée qui marquait la frontière entre sa vie professionnelle et sa vie privée.

*
* *

Dans une cuisine claire et douillette, que prolongeait une véranda, un petit garçon métis était assis derrière une vieille table de ferme. Il avait déversé la moitié du contenu de son cartable et paraissait faire ses devoirs. Si Sauveur avait été moins préoccupé par la jeune scarificatrice qu'il venait de quitter, il se serait aperçu que l'enfant avait le souffle heurté et les mains agitées.

– Elle te donne toujours autant de travail, cette maîtresse, dit Sauveur en posant la main sur la petite tête bouclée. Tu sais quoi ? Ce soir, on va se faire des hot-dogs au ketchup.

– Ouais ! se réjouit Lazare. Est-ce que… Est-ce que je peux me servir de ton ordi ? J'ai une recherche à faire.

– Sur quoi ?

– Sur la peau.

Sauveur haussa les sourcils. Comment ça, la peau ?

– Oui, parce que Paul, tu sais, mon copain Paul, il est tombé à la récré et il avait les mains tout écorchées. Alors, la maîtresse a dit qu'on cherche comment… comment la peau cicatrise.

Par déformation professionnelle, Sauveur ne croyait pas aux coïncidences. Mais comme rien ne pouvait relier Margaux la scarificatrice à Paul l'écorché, Sauveur s'étonna en silence.

– Alors ? Je peux ? insista Lazare.

– Oui, mais il va falloir que tu te débrouilles tout seul. J'ai encore quelqu'un à voir. Ce ne sera pas long. Et après, les hot-dogs. D'accord ?

Il attendit que son fils manifeste sa déception, mais Lazare fit juste un signe de tête, et ce fut Saint-Yves qui soupira en s'éloignant.

– Eh, papa ! le rappela Lazare. Qu'est-ce qui est jaune et qui fait peur ?

– Je n'ai pas trop le temps, protesta son père, la main sur la clenche.

– C'est un poussin avec une mitraillette.

– Très drôle, commenta Sauveur pour faire plaisir au petit garçon. À tout de suite. Je me dépêche.

En quelques longues enjambées, il fut devant la salle d'attente.

– Madame Poupard ? Gabin est en retard ?

– Il ne voulait pas venir. Vous savez comme il est. Quand il n'a pas envie…

Gabin Poupard, qui était en seconde au lycée Guy-Môquet, avait été adressé à Saint-Yves par son médecin traitant pour des insomnies qui résistaient aux médicaments. Lors des deux premiers entretiens, Sauveur avait eu du mal à cerner l'adolescent parce que son attention avait été distraite par sa mère. Ce lundi soir, madame Poupard restait vissée sur sa chaise, ses yeux fiévreux dévorant le thérapeute et ses bras serrés l'un contre l'autre se tortillant comme la queue d'un serpent.

– Vous voulez venir dans mon bureau ? l'invita Saint-Yves en s'efforçant de garder sa suavité de chanteur de charme.

Sans comprendre comment la chose venait de se faire, dès que madame Poupard fut installée sur le canapé, Sauveur se trouva embarqué dans le récit d'un film avec Angelina Jolie, que la sœur de madame Poupard lui avait prêté et qui racontait exactement l'histoire qui était arrivée à madame Poupard trois ans auparavant quand elle avait été arrêtée pour dépression (« Vous vous rappelez, docteur Sauveur ? Je vous en ai parlé l'autre jour. ») Tandis qu'elle était en train de l'abrutir avec tous les rebondissements de *L'Échange*, Saint-Yves se sentit une envie grandissante de lui demander : Qu'est-ce qui est jaune et qui fait peur ?

– Donc, quand le policier lui ramène son fils qui a fugué, elle voit, je vous parle d'Angelina Jolie, enfin, ce n'est pas son nom dans le film bien sûr, donc elle voit que ce n'est pas son fils. Il lui ressemble, mais ce n'est pas son fils et elle le dit aux policiers, mais ils ne vont pas la croire et personne ne veut la croire.

– Mm, mm, murmura Sauveur, qui était en train de se demander s'il avait encore du ketchup au frigo.

– Et c'est mon histoire, docteur Sauveur, triompha madame Poupard en se tordant les bras. Ma sœur m'a gardé Gabin pendant ma maladie…

– Votre dépression ? lui fit préciser Saint-Yves.

– Oui, ma dépression. Je suis restée un mois à la

maison de repos et puis ma sœur m'a rendu Gabin, sauf que ce n'était pas lui. Il lui ressemblait beaucoup. Mais quand même.

Sauveur eut l'impression de recevoir un seau d'eau glacée. Réveille-toi !

– Vous voulez dire, madame Poupard, que, quand votre sœur vous a rendu Gabin, vous avez eu le sentiment que ce n'était pas votre fils ?

– Évidemment, parce que CE N'EST PAS mon fils. On l'a échangé avec un autre.

– Ah ?

– C'est mon histoire qu'ils ont mise dans le film. Je ne sais pas comment ils l'ont sue.

Vu. Madame Poupard était en train de péter un câble. Comment lui éviter le passage aux urgences psychiatriques de Fleury ? Et surtout à quelle heure Lazare pourrait-il manger son hot-dog ?

Dans l'autre partie de la maison, Lazare était grimpé à l'étage où se trouvait l'ordinateur de son père. Au moment où il posa la main sur la souris, il pensa à la blague que Paul lui avait faite à la récré : « Pourquoi les éléphants n'ont pas d'ordinateur ? » Il poserait la devinette à papa quand ils mangeraient leur hot-dog. En attendant, il avait une recherche à faire. Mais skarificassion, ça s'écrivait comment ?

Ayant surmonté cette difficulté orthographique grâce à un petit coup de main de Google, Lazare tomba sur un forum où débattaient **Sadness45 et Jen émar delavi.**

Sadness45 Je mautomutil depuis 2 ans, j'ai commencer avec un cutter et la je me sert de lame de rasoir. J'ai toujours peur que quelqun voie les marque sur mes bras et je commence a plus pouvoir les cacher tellement elle son nombreuses !!!

Jen émar delavi moi j'ai commencé à me scarifier quand j'étais ado. Mes parents étaient trop relous et comprenaient rien à ce que j'étais. Quand je le fais ça m'arrive d'avoir l'impression de pas être moi et qu'une force invisible prend possesion de mes pensés.

– Lazare ! cria une voix en bas de l'escalier.

– Oui, papa ? sursauta le petit garçon en éteignant l'écran.

– Je conduis ma patiente aux urgences. J'en ai pour vingt minutes. Tu es sage ?

– Oui, papa, répondit Lazare en rallumant l'écran.

Quand la porte d'entrée claqua, annonçant le retour de Saint-Yves, son fils avait eu le temps de fréquenter les hommes-crocodiles de Nouvelle-Guinée, qui s'entaillent la peau du dos au rasoir pour que les boursouflures des cicatrices dessinent des écailles, et de rendre visite aux petits Baruyas de Papouasie dont on transperce le nez avec un bout de bois.

Sauveur et son fils prirent leur dîner à 21 heures. Comme papa connaissait déjà la devinette des éléphants (qui n'ont pas d'ordinateur parce qu'ils ont peur des souris), Lazare lui posa celle des girafes.

– Pourquoi elles ont un long cou ?

– Pour attraper les feuilles les plus hautes...

– Nan. Parce qu'elles puent des pieds.

– Et pourquoi Lazare est toujours prêt à partir en voyage ? Tu ne sais pas ?... Parce qu'il a des valises sous les yeux. Sleepy time, son !

– Yes, daddy !

Lazare adorait son père. D'ailleurs, il n'avait que lui. Et Paul, son ami Paul.

– Papa, demanda Lazare avant que Sauveur éteigne la lumière, est-ce que c'est grave si j'ai que UN ami ?

– UN ami ? Mais c'est beaucoup, ça !

*
* *

Son papa psychologue commençant ses consultations de bonne heure, Lazare se rendait seul à l'école Louis-Guilloux en traînant son cartable à roulettes. Ce mardi matin, les CE2 de madame Dumayet étaient encore sous tension après les attentats terroristes des 7 et 9 janvier. Certains d'entre eux avaient déposé une fleur ou un crayon aux pieds de Marianne, place de la République, en hommage aux journalistes assassinés.

– C'est vrai qu'on peut vous tuer si on fait des dessins ? s'était inquiété Paul.

– Mais c'était des dessins pour se moquer, lui avait répliqué la petite Océane. Hein, maîtresse, tu as dit qu'il fallait pas se moquer ?

– Moi, avait déclaré Noam, je suis juif. Il y a des méchants qui vous tuent juste parce qu'on est juif.

– C'est des nazis d'Hitler.

– Non, c'est des Arabes.

– Mais je suis arabe ! avait protesté Nour.

Madame Dumayet, la maîtresse des CE2, avait essayé de leur répondre en son âme et conscience mais elle s'était sentie très démunie. Elle avait hâte qu'on revienne au « business as usual », comme disent les Américains.

– Dépêchez-vous de vous installer ! Jeanne,

retourne-toi. Mathis, si tu as quelque chose à dire, lève le doigt. Je vous mets le proverbe du jour au tableau.

Sous la date du mardi 20 janvier, madame Dumayet écrivit : *Chose promise, chose due.*

– Qui sait ce que ça signifie ? Oui, Mathis ?

– J'ai oublié ma trousse chez mon père.

– Mais on ne parle pas de ça maintenant ! Oui, Océane ?

– J'ai oublié mon livre de maths chez maman.

Sans se laisser abattre, madame Dumayet parcourut sa classe du regard à la recherche d'un doigt levé. Nour finissait sa nuit, les yeux dans le vide. Noam ramassait son bâton de colle qui venait de rouler sous la table d'Océane. Paul était en train de faire la démonstration à Lazare que sa règle en plastique, une fois frottée contre son pull-over, soulevait de table des petits bouts de papier.

– Paul, apporte-moi cette règle ! le gronda madame Dumayet, qui se résigna ensuite à expliquer qu'« on est obligé de faire ce qu'on a promis ».

Le calme s'établit dans la salle de classe tandis que les élèves recopiaient le proverbe, ce qui prit à peu près autant de temps que s'il s'était agi de la Déclaration des droits de l'homme et du citoyen.

– Si vous avez ENFIN terminé, dit madame Dumayet, vous sortez vos cahiers d'exercices de français… En silence ! Vous vous souvenez de l'histoire que nous avons lue ensemble hier ?

La maîtresse eut alors la sensation très exotique de se retrouver en face de 26 petits Chinois ne connaissant que leur seule langue maternelle.

– Mais enfin vous avez laissé votre cerveau à la maison ! s'énerva (un peu) madame Dumayet. Je vous parle du conte du loup !

– Ah ouiiii, se rattrapèrent les 26 CE2, certains poussant la complaisance jusqu'à se frapper le front.

L'histoire intitulée *Le loup était si bête* leur avait plu. Malheureusement, il s'agissait maintenant de faire l'exercice de compréhension numéro 3 page 42.

– Avec quoi j'écris ? s'affola Mathis-sans-sa-trousse.

– Avec ta langue, puisqu'elle marche si bien ce matin.

Gros succès de rire. Les petits Chinois aiment les blagues. Lazare soupira en voyant les trois questions auxquelles il devait répondre.

1/ Que nous apprend le titre du texte ?

2/ Ce conte fait-il peur ?

3/ Connais-tu des contes de loup qui font peur ?

Paul, dont l'esprit de concision faisait le charme, répondit :

1/ le loup il est bête 2/ non 3/ oui.

Puis il entreprit de faire la démonstration à son voisin de table que sa règle en bois pouvait, elle aussi, soulever des petits bouts de papier. Mais la règle de Lazare s'avérant peu performante, Paul lui trouva un nouvel usage en l'enfonçant dans le dos de Noam, qui était son voisin de devant.

– Madame, y a Paul qui m'enfonce avec sa règle !

Madame Dumayet avait un faible pour Paul, jeune prodige en calcul mental et cancre autoproclamé. Mais devant la récidive, elle était obligée de lui demander son carnet de liaison pour mettre un mot en rouge aux parents. Paul, qui ne connaissait pas encore les techniques de self-défense des collégiens, ne s'écria pas : « C'est toujours moi qu'on accuse ! » Il plongea sous sa table pour extirper de son casier un carnet tout corné et alla d'un pas nonchalant le poser sur le bureau de la maîtresse.

– Tu as vu combien de mots j'ai dû écrire à tes parents depuis le début de l'année ? le questionna-t-elle en prenant l'air outré.

– Six, répondit placidement le coupable.

Madame Dumayet écrivit donc le septième en

commençant par cette phrase redoutable : *Paul ne pense qu'à s'amuser en classe.*

Les dix dernières minutes avant la récréation furent électriques. Il neigeait par la fenêtre. Un frisson parcourut la salle. La neige. La neige.

– Bon, allez-y, soupira la maîtresse. (Puis, dans le couloir, malgré tout inlassable :) Nour, ferme ton blouson. Océane, ta capuche. Paul, tu n'as pas de gants ?

– Non, maman, répondit Paul étourdiment.

Il s'éloigna, épaule contre épaule avec son voisin de table. Même taille, même poids, même pas. Certains imbéciles les appelaient « les zamoureux ».

Les enfants revinrent de récréation, grelottant et dégouttant, les mains gourdes et le nez rouge, bien contents au fond de retrouver la chaleur ensommeillée de leur salle de classe.

– Vous allez terminer votre travail de géométrie, dit la maîtresse en forçant la voix pour couvrir le brouhaha. Océane, si ton article est fini, va le taper sur l'ordinateur.

Les CE2 imprimaient un journal de classe tous les deux mois, chacun en rapportait un exemplaire à la maison. Océane avait voulu écrire quelque chose sur les attentats, et la maîtresse s'était dit : pourquoi pas ? Océane avait trouvé un titre-choc : *Le stylo est plus fort que l'arme*, puis elle s'était montrée factuelle : *il y a eu 12 morts dont 2 policiers, 46 blessés dont 4 gravement*. Océane conclut ce jour-là : *ce n'est pas bien de tuer les gens même si il vous ont fait quelque chose.*

– Mets un « s » à « il », lui conseilla madame Dumayet, penchée au-dessus de son épaule. Oui, Lazare, qu'est-ce qu'il y a ?

– Je peux faire un article ?

– Sur quoi ?

– La scarification.

– La quoi ?

– La scari...

– Non, il n'y a plus de place, l'interrompit la maîtresse.

La fois précédente, Lazare avait voulu parler de la phobie scolaire. La maîtresse n'osait pas se l'avouer, mais pour elle un enfant de psy était nécessairement perturbé.

– Fais ta géométrie.

C'était la leçon sur le cercle. Tout en lisant l'énoncé du problème : « Trace un cercle de 5 cm de diamètre... », Lazare se piqua le bout de l'index avec la pointe de son compas. Il l'enfonça un peu, un peu plus, encore un peu plus. Il pensait à Margaux traçant des lignes de sang sur son bras. Madame Dumayet, apercevant son visage fermé, crut qu'il boudait.

– Lazare, mets-toi au travail !

Elle fut tentée d'écrire un mot en rouge au père de Lazare, qu'elle n'avait encore jamais vu. Ce monsieur ne s'était même pas déplacé pour la réunion des parents en début d'année. Un jour, elle le convoquerait, mais pour quelle raison ? Votre fils aurait besoin de voir un psy ?

Et ainsi, de petits soucis en problèmes de géométrie, de leçon de morale en leçon de français, on arriva à la fin de la journée d'école. Les bras croisés, leur cahier sous les yeux, les enfants du CE2 lurent la poésie qu'ils devraient apprendre à la maison.

– *Sur mes cahiers d'écolier*
Sur mon pupitre et les arbres
Sur le sable sur la neige
J'écris ton nom

C'était la réponse de la maîtresse aux questions que les enfants lui avaient posées après les attentats de janvier.

– *Et par le pouvoir d'un mot*
Je recommence ma vie

Je suis né pour te connaître
Pour te nommer
Liberté

Sur le trottoir devant l'école, madame Rocheteau attendait son fils, un pain au chocolat à la main. Comme d'habitude, Paul sortit, épaule contre épaule avec Lazare Saint-Yves. À la maison, madame Rocheteau n'entendait parler que de lui, Lazare avait dit ci, Lazare avait dit ça. Paul prit le pain au chocolat, qu'il tordit sans ménagement pour le couper en deux, et il en tendit un morceau à son copain comme si la chose allait de soi.

– Bonjour Lazare, ça va ? fit madame Rocheteau en dissimulant son mécontentement devant ce partage à l'arrache.

– Mmuff…

Certes, on ne parle pas la bouche pleine, mais l'enfant aurait au moins pu sourire. Il s'éloigna, tirant derrière lui son gros cartable à roulettes. Pas gracieux, le fils du psychologue.

Lazare était pressé. Le mardi, c'était le jour d'Ella, la phobique scolaire. Lazare avait eu quelque difficulté à obtenir des informations sur ce mal étrange car il avait d'abord tapé *fobic solaire* sur Google. Maintenant, Lazare savait que la jeune Ella faisait tout ce qu'elle pouvait pour se rendre au collège, mais que parfois, prise de mal de ventre ou de nausée, elle n'arrivait pas à en passer le porche. À la dernière séance, elle avait promis qu'elle ne manquerait plus un seul jour de classe. Avait-elle tenu parole ? Est-ce que sa maman était contente d'elle ? C'était comme une série télé dont Lazare allait avoir un nouvel épisode.

*
* *

Le petit garçon habitait une maison bourgeoise au 12 rue des Murlins, mais il n'entrait jamais chez lui par la porte principale, réservée aux patients. Il tournait à l'angle de la maison et prenait la venelle du Poinceau, qui le conduisait à la grille d'un petit jardin. Il le traversait, laissant à sa droite un palmier et une cabane à outils, à sa gauche un portique en fer rouillé avec une balançoire et une corde à nœuds. Quelques marches le menaient ensuite à une véranda, où trois plantes vertes mouraient faute d'arrosage. Puis c'était la cuisine bien chauffée. Là, il abandonnait son cartable mais, encore emmitouflé dans son anorak, il franchissait la frontière entre les deux mondes, le sien et celui de son père.

Il s'était aventuré du côté interdit un mois plus tôt, un soir de décembre où le temps s'éternisait dans la cuisine. Il pensait faire un simple aller-retour dans le couloir. Mais son attention fut attirée par le petit décrochage qui conduisait à gauche vers la buanderie et, s'il le remarqua ce jour-là, c'était à cause d'une porte qui laissait filtrer un peu de lumière. Il s'en approcha à pas feutrés. Cette porte, masquée par une tenture de l'autre côté, donnait sur le cabinet de consultation. Elle avait été mal refermée, et non seulement la lumière mais aussi le son passaient par l'entrebâillement. Lazare, s'asseyant à même le carrelage, tout contre le chambranle, avait alors découvert l'univers merveilleusement inquiétant de monsieur Saint-Yves, psychologue clinicien. Ce mardi, le petit garçon fit comme il en avait désormais l'habitude et, avec des précautions de cambrioleur, entrouvrit la porte magique.

– Comment s'est passée ta semaine ?

Lazare sourit dans l'ombre : il arrivait pile au début de la séance. Il n'avait jamais vu Ella Kuypens, 12 ans, en cinquième, mais il l'imaginait blonde avec des yeux clairs comme maman. Il était un peu amoureux d'elle.

– J'ai tenu jusqu'à hier, répondit-elle. Et hier…

Au début, j'étais décidée à y aller, même si j'avais mal au cœur et tout. En plus, mon père m'a déposée en voiture et il me surveille.

– Il attend dans la voiture ?

– Oui, jusqu'à ce que je rentre dans le collège… Mais je suis pas allée en classe, j'avais envie de vomir. Je suis allée aux toilettes.

– Tu es allée aux toilettes.

– Oui. Mais après, ça a sonné et je suis restée enfermée.

Elle évitait le regard de Saint-Yves, craignant d'y lire la déception. Un court carré de cheveux bruns et des lunettes cerclées de noir typaient ce visage intelligent aux sourcils et aux lèvres bien dessinés.

– Tu as passé ta journée dans les toilettes ?

Elle eut un rire un peu saccadé.

– Nan ! J'ai réussi à m'échapper.

– Échapper à quoi ?

Elle rit encore. Plus elle était gênée, plus elle riait.

– Au cours de gym.

– Et tu es rentrée chez toi ?

Elle soupira. Eh oui, c'était une rechute. Une fois de plus, elle avait déçu ses parents. La CPE les avait appelés à leur travail sur leur portable : « Où est passée Ella ? » Elle en avait fait toute une histoire.

– Et à quoi tu t'occupes quand tu es toute seule à la maison ? s'informa Sauveur.

– Ben, des fois, je me mets sous ma couette avec des bédés. Et puis j'apporte des trucs à manger de la cuisine.

– Ça a l'air sympa comme programme. Tu ne t'ennuies pas un peu ?

– Si, un peu. Je regarde la télé. Ou bien je me raconte des histoires.

– Quel genre d'histoires ?

– Je sais pas. Des histoires… Je sais pas.

Sa peau très pâle avait rosi.

– Et ton week-end, ça s'est bien passé ? la relança Sauveur. Ta sœur t'a laissée tranquille ?

Elle avait une sœur aînée, Jade, qui avait 17 ans et qui semblait très jalouse.

– Elle dit que maman me passe tout, que ça n'existe pas, la phobie scolaire. Et puis dimanche, elle a fait une crise parce que, soi-disant, j'avais fouillé dans son placard.

– Et tu avais fouillé ?

– Nn… non !

Elle avait hésité avant de se montrer très affirmative.

– Tu avais fouillé un petit peu ? suggéra-t-il.

Elle rit sans le contredire.

– Je peux vous raconter un truc, mais vous le répétez pas ?

– Rien ne sort d'ici sans ton autorisation, Ella.

Elle ouvrit la bouche et parut elle-même surprise de ne produire aucun son. Le silence s'établit dans le cabinet, quelques secondes qui devinrent une minute.

– Tu veux l'écrire ? lui proposa Sauveur.

Elle s'empressa de sortir de son sac à dos un stylo et son agenda, dont elle déchira une feuille. Elle griffonna quelques mots, froissa le papier dans son poing, le porta à sa bouche comme si elle allait l'avaler, puis le tendit à Sauveur. Il le déplia et lut : « J'ai mes règles depuis dimanche. » Saint-Yves comprit que c'était la première fois, ce qui expliquait sans doute la nausée, l'enfermement aux toilettes, le refus du cours de gym.

– Tu savais que ça allait t'arriver un jour…

– Oui.

– Ça t'a fait quel effet ?

– Affreux.

Sa respiration était devenue lourde, comme chargée de sanglots contenus.

– Et ta maman, qu'est-ce qu'elle t'a dit ?

– Rien.

– Rien ?

– Je lui ai rien dit.

– C'est pour ça que tu es allée fouiller dans les affaires de ta sœur… Pour trouver ce qu'il te fallait ?

Ella, les lèvres serrées à s'en faire mal, secoua la tête. Elle ne voulait plus en parler.

– Tu ne t'es pas confiée à une copine de classe ? insista malgré tout Sauveur.

– Non ! se récria-t-elle.

– Ta cousine sur Facebook ?

– Mais non, mais pourquoi j'en parlerais ?

– Pour savoir comment les autres filles de ton âge se débrouillent. Elles ont peut-être des conseils à te donner. Ça peut faire mal, les règles, non ?

– Je veux pas.

– Tu ne veux pas quoi ?

– En parler.

– D'accord. Et de quoi veux-tu parler ?

De nouveau, le silence s'établit, des secondes qui devinrent une minute, puis deux.

– Je vais rentrer chez moi, marmonna Ella en faisant mine de rassembler ses affaires.

– Attends un peu. On peut se supporter encore dix minutes, non ? Même si je suis un gros lourd de psychologue qui n'est pas fichu de t'empêcher d'avoir tes règles...

Elle rit puis essuya furtivement une larme qui venait de déborder.

– C'est pas votre faute.

– Quand même un peu. J'aurais au moins pu comprendre que tu n'en avais pas envie. Je suis bête, moi, je croyais que toutes les filles étaient contentes quand ça leur arrivait. Mais je n'ai pas de fille, je ne suis pas bien au courant de comment ça se passe.

Tandis que Sauveur en rajoutait dans la balourdise, Ella se détendait, un léger sourire lui tirant le coin des lèvres.

– Déjà, à la base, lui dit-elle, le ton presque pédagogique, j'avais pas envie d'avoir des seins, des poils, tout ça. C'est dégoûtant.

– C'est dégoûtant, répéta Sauveur.

– J'aurais voulu rester comme j'étais.

– Une petite fille.

– Oui. Non. En fait...

Elle s'arrêta net.

– En fait ? Termine tes phrases, Ella, tu as le droit de tout dire, tu sais, il ne t'arrivera rien. Alors, en fait ?

– Non, c'est idiot... C'est pas possible de toutes les façons.

– Qu'est-ce qui n'est pas possible ?

– De pas être une fille.

– Tu préférerais ne pas être une fille.

– C'est mieux d'être un garçon, non ?

Elle interrogeait Sauveur du regard comme s'il allait lui en donner confirmation.

– C'est ce que tu penses, que c'est mieux d'être un garçon ?

– Quand je me raconte des histoires, je dis que je suis un garçon.

Sa peau très blanche s'était de nouveau teintée, comme éclairée de l'intérieur par une délicate petite lampe à l'abat-jour rose.

– Le soir, avant de m'endormir, je pars dans mon monde, poursuivit-elle d'une voix presque extasiée. Je m'appelle Elliot à la place d'Ella. J'ai des superpouvoirs, j'entre dans le cœur des gens et je peux le faire exploser quand ils sont méchants… qu'ils me font du mal, quoi. Et il y a une fille qui est amoureuse de moi, c'est la fille du roi, mais je ne peux pas la voir sauf en cachette dans une cave très noire parce qu'en fait son frère aîné veut me prendre mes pouvoirs…

Elle parut soudain sortir de son hallucination et s'apercevoir qu'elle était en face de Sauveur, c'est-à-dire d'un adulte.

– Enfin, c'est des histoires, fit-elle avec un rire d'autodérision.

– Ça a l'air très beau. Tu as beaucoup de chance de pouvoir te raconter ces histoires. L'imagination, c'est quelque chose de magique et ça exprime des choses de nous très profondes.

La voix berceuse de Sauveur fit couler les larmes sur le visage d'Ella sans qu'elle y prît garde.

– On vit tous avec un double, qui est nous dans un autre monde. C'est pour ça qu'on lit, qu'on va au cinéma, qu'on joue aux jeux vidéo, qu'on s'identifie à des personnages, qu'on part sur Internet dans des univers virtuels. Tu as un royaume à toi, Ella, où tu es le prince Elliot.

– Non, je suis chevalier, le corrigea-t-elle en reniflant. Le chevalier Elliot.

Il lui tendit sa boîte de Kleenex et elle se moucha machinalement.

– Mais après, je dois sortir de mon monde et aller au collège.

– C'est vrai, reconnut Sauveur.

– Et j'ai pas envie d'y aller.

– Cela te demande beaucoup de courage. Il faut que tu emmènes le chevalier avec toi dans ton sac à dos…

Il lui sourit sans trop espérer son approbation.

– J'essaie, fit-elle avec un gros soupir.

Un silence méditatif les unit un instant tous les deux.

– Pourquoi les adultes ne vous ressemblent pas ? s'interrogea-t-elle à haute voix.

– Les adultes ne voient pas qui est la vraie Ella. Mais toi, est-ce que tu vois vraiment les adultes comme ils sont ?

– Je ne les vois peut-être pas, mais je les entends ! protesta Ella. Et ce qu'ils me disent, c'est pas intéressant !

– Qu'est-ce qu'ils te disent de pas intéressant ?

– Ben, mon père, c'est : « Tu me déçois, Ella. Travaille comme ta sœur, elle est pas phobique scolaire, ta sœur. De toute façon, la phobie machin, c'est des racontars de bonne femme. Les psys, c'est des tantouzes »... Oups, désolée, c'est mon père.

Sauveur rit carrément.

– Ce n'est pas grave. Beaucoup de gens se méfient des psys... Ta maman, est-ce qu'elle te dit que tu la déçois ?

Ella resta un moment silencieuse, cherchant en elle-même la réponse. Puis un sourire détendit son visage.

– Non. Elle ne le dit pas.

– Elle est inquiète pour toi, mais pas déçue par toi. Elle veut que tu sois heureuse. C'est ce que je l'ai entendue dire quand elle est venue ici avec toi la première fois, lui confirma Sauveur.

Dans le couloir, Lazare comprit que la séance allait s'arrêter et qu'il lui fallait refermer la porte. De retour dans la cuisine, et le cœur plein des émotions qu'Ella y avait mises, il vida son sac sur la vieille table en bois et sortit quelques feutres de la trousse. Quand son père le rejoignit, Lazare lui lança une petite blague.

– Eh, papa, il y a un chat qui fait caca dans le désert au milieu des cactus. Avec quoi il va s'essuyer les fesses ?

Sauveur eut une mimique de perplexité.

– Tu donnes ta langue au chat ?

Un peu ralenti par une journée d'écoute, Sauveur réagit au bout de quelques secondes.

– Oh, « ma langue au chat », bien joué !... Pizza-jambon ?

– Ouais !

Au dîner, Lazare récita le poème de la maîtresse : « *Sur mes cahiers d'écolier, sur mon pupitre et les arbres* », puis son père essaya de se souvenir de la poésie qu'il avait apprise à l'école primaire de Sainte-Anne, quand il avait l'âge de son fils.

– *« Je suis né dans une île amoureuse du vent où l'air a des senteurs de sucre et de vanille et que berce au soleil »*... euh... *« le flot tiède et bleu de la mer des Antilles et »*... bla bla bla je ne sais plus.

C'était là-bas, au cimetière marin de Sainte-Anne, que reposait Isabelle Saint-Yves, et son ombre passa entre eux.

– J'avais quel âge déjà quand maman est morte ? demanda Lazare tout en aidant papa à débarrasser.

– Deux ans et demi.

– Montre comment j'étais grand.

Sauveur porta la main à mi-cuisse.

– C'est pas grand, constata Lazare, plein de pitié pour lui-même. Et j'ai pleuré ?

Isabelle était morte dans un accident de voiture au détour d'une route de la Martinique.

– Tu as été très sage, très courageux.

– Même tout petit ?

– Même tout petit.

– Et j'ai ses yeux ?

– Tu as ses yeux. Au lit, maintenant ! coupa Saint-Yves, qui voulait garder l'usage des Kleenex pour ses patients.

Une fois au lit, Sauveur survola *Le Monde*. Vivant isolé entre ses patients et son fils, il avait besoin de ce contact quotidien avec la société et s'intéressait particulièrement aux pages consacrées à l'éducation et aux avancées scientifiques. Ce soir-là, alors qu'il feuilletait son journal, Sauveur pensait à la jeune Ella. Il lui avait proposé de venir avec ses parents le mardi suivant. «Je leur demanderai, mais papa, ça m'étonnerait», lui avait-elle répondu. Appuyé contre sa tête de lit, le torse et les pieds nus, Saint-Yves laissait errer sa pensée lorsque son regard accrocha un gros titre insolite, « *Transsexuels : donner le temps de choisir* ». Gardant en toile de fond sa séance avec la jeune Ella et son double le chevalier Elliot, Sauveur entama la lecture de l'article, qui donnait la parole à des enfants transgenres : « *Ça commençait à pousser là-haut », raconte Nils (Elsa pour l'état civil) en jetant un regard furtif vers sa poitrine. À voir son rictus de dégoût, cette sensation nouvelle l'écœurait. Leïla (Kevin à la naissance) aurait bien aimé, au contraire, sentir sa poitrine naître. Mais c'est un fin duvet qui commence à apparaître au-dessus de ses lèvres, à son grand désespoir.* » Sauveur ferma les yeux pour revoir le petit visage révulsé d'Ella au moment d'avouer qu'elle avait ses règles. Dirait-on d'elle, si elle vivait aux USA, qu'elle était une «*gender non conforming kid*», une enfant ne se conformant pas au genre qui lui a été attribué à la naissance ? L'article concluait que la France, en retard dans ce débat, n'offrait pas d'autre option à ces enfants qu'une inefficace psychothérapie…

– Papa ?

Sauveur s'était enfoncé si profondément dans sa réflexion qu'il sursauta.

– Holà, ce n'est plus l'heure des blagues !

– Non, c'est pas ça, dit Lazare en grimpant sur le lit. C'est Paul qui veut m'inviter chez lui demain.

Son ami lui avait griffonné un numéro de téléphone sur un bout de papier.

– 02 38…, déchiffra Sauveur. Comment c'est, le nom de famille ?

– Rocheteau. C'est sa maman. Elle est gentille.

Sauveur sentit que Lazare l'encourageait, comme s'il devinait que son papa répugnait à l'idée de demander quelque chose à une dame inconnue.

– 21 heures, c'est un peu tard quand même, soupira-t-il en composant le numéro.

En effet, ce n'était pas le bon moment pour appeler madame Rocheteau. Alors qu'elle s'apprêtait à se coucher avec une tisane verveine-menthe, son ex-mari venait de lui apprendre que sa nouvelle compagne était enceinte. Madame Rocheteau avait failli hurler de rage au téléphone. Il n'arrivait déjà pas à s'occuper de ses deux enfants la semaine où ils étaient chez lui, et voilà qu'il mettait en route le troisième ! Elle aurait tellement aimé avoir ce troisième enfant, tenir encore une fois un bébé au creux de ses bras. Et c'était l'autre idiote de 25 ans qui allait se pavaner avec un gros ventre. Quand on pensait qu'elle s'appelait Pimprenelle ! Pimprenelle, ça ne s'invente pas ! Et c'est là que le téléphone sonna.

– Madame Rocheteau ? J'espère que je n'appelle pas trop tard. Je suis Sauveur Saint-Yves.

– Sauveur ? fit madame Rocheteau, ahurie, vérifiant autour d'elle si quelqu'un de cette nature venait d'apparaître dans sa chambre à coucher.

– Le papa de Lazare... Le copain de votre fils. Paul... Je suis bien chez madame Rocheteau ?

– Oui oui oui, se rattrapa madame Rocheteau. Excusez-moi, je n'y étais pas du tout. Lazare, oui... Il y a un problème ?

De plus en plus gêné, Sauveur s'aperçut que le jeune Paul n'avait rien dit à sa maman de son invitation pour le lendemain.

– Oh, mais ça, c'est tout Paul ! Il pense que je suis dans sa tête, se mit à rire madame Rocheteau, recouvrant son sens de l'humour et son humanité. Nous serons ravis de recevoir Lazare demain après-midi. À 15 heures, cela vous convient ? J'ai des histoires d'orthodontiste à régler en tout début d'après-midi…

Sauveur se confondit en excuses et remerciements, usant de sa voix de chanteur de charme à ne plus se supporter lui-même. Au revoir, encore merci, c'est vraiment gentil de votre part, mais non, voyons, c'est un plaisir. Ouf. Tous deux raccrochèrent, lui soulagé, elle s'interrogeant. Avec sa peau d'or fin et ses grands yeux gris clair, Lazare était un bel enfant. Son papa était-il métis, lui aussi ? Sa voix de velours était-elle blanche ou noire ? Plutôt noire. Oui mais : noire-noire ou café au lait ? Et pourquoi se posait-elle ce genre de questions ?

– Maman, hou, hou, maman !

Alice venait de surgir dans la chambre à coucher sans même prendre la peine de frapper alors qu'elle poussait les hauts cris quand sa mère entrait chez elle sans prévenir.

– C'est pour mes Vans.

Depuis que son père et sa mère s'étaient séparés, Alice ne pensait plus qu'aux chaussures, aux sacs et aux portables, comme s'il lui paraissait essentiel de ruiner ses parents.

– Je sais que tu les trouves trop chères, mais papa a dit qu'il en payait la moitié.

– Tu sais très bien qu'il me laisse payer et qu'il ne me rembourse jamais.

– T'as qu'à te faire respecter.

– Merci du conseil... De toute façon, ton père va avoir d'autres frais que des baskets. Pimprenelle est enceinte.

– Quoi ? Cette grosse conne ? Alors là, je ne mets plus JAMAIS les pieds chez papa.

– Écoute, Alice, tu as 13 ans, et pour le moment tu fais ce qu'on te dit.

– Je suis dans une famille de fous. C'est même pas une famille d'abord ! Et moi, à 18 ans, je me casse.

Sur ces fortes paroles, Alice courut vers sa chambre, et vlan, la porte à toute volée. Elle était si mignonne quand elle était bébé, songea sa maman.

– Qu'est-ce qu'elle a, Alice ? vint s'informer Paul par la porte entrebâillée.

– Mais comme d'habitude : elle est l'enfant la plus malheureuse de la Terre. Et toi, tu aurais pu me prévenir que tu avais invité Lazare. J'ai dû passer pour une idiote quand son père a appelé. J'espère qu'il est un peu plus poli qu'il en a l'air, ton copain...

Paul se retira prudemment, muni de l'information qui lui importait.

*
* *

Le lendemain après-midi, Nicole passa chercher Lazare rue des Murlins. Nicole avait été sa nounou à temps plein pendant une année et il lui arrivait de rendre encore service aux Saint-Yves le mercredi. Quand Sauveur s'était présenté à son domicile avec son petit garçon de trois ans en réponse à son annonce « Nounou expérimentée cherche enfant à garder », Nicole s'était sentie réticente parce que, comme elle l'avait dit le soir à son mari, elle n'était « pas trop portée sur les races ». Elle avait dans l'idée que les Noirs sentaient mauvais. Mais le petit Lazare n'avait d'autre odeur que celle de l'after-shave de son papa, quand il arrivait le matin, tout serré contre lui. Nicole avait aussi eu peur qu'un petit Noir fasse fuir les autres parents. Mais là encore, elle s'était trompée puisque les autres mamans trouvaient Lazare craquant. Bref, Nicole avait fini par admettre que Lazare n'était « pas pire qu'un autre », d'autant qu'elle arnaquait son père en le faisant payer 20 % plus cher.

– Ah, là, là, ce froid qu'il fait, dit Nicole en entrant dans la cuisine. On serait mieux chez toi en Afrique.

– Je ne suis pas africain, répondit paisiblement Lazare, qui finissait un dessin pour Paul.

– T'es pas noir peut-être ?

– Si. Mais je suis né à la Martinique.

– Eh ben ? Y a pas de soleil là-bas ?

Nicole avait une façon bien à elle d'avoir toujours raison. Elle lâcha une grosse boîte noire au milieu des crayons.

– C'est quoi ? s'étonna Lazare, découvrant une croix blanche tracée à la peinture sur le couvercle.

– Regarde-moi ça, j'en ai plein les mains, bougonna Nicole. Je l'ai trouvée devant la grille de votre jardin, je m'ai pris les pieds dedans.

C'était une banale boîte à chaussures, barbouillée à la peinture noire. Lazare voulut voir si elle contenait quelque chose mais se fit rabrouer par Nicole, qui était en train de se laver les mains à grande eau.

– Joue pas avec ! C'est sale. Mets ça à la poubelle.

Attrapant la boîte par les bords, Lazare la posa sur le couvercle de la grosse poubelle en inox. L'incident fut bientôt oublié car c'était l'heure de se rendre chez madame Rocheteau.

Rue de la Lionne, où habitait Paul, madame Rocheteau revenait du cabinet de l'orthodontiste avec une Alice dépitée de n'avoir pu s'acheter ni ses baskets trop chères ni une coque pour son iPhone. Madame Rocheteau eut juste le temps de se recoiffer devant le miroir de la salle de bains avant le coup de sonnette de Lazare. Elle s'était imaginé que le petit garçon serait accompagné par son père et fut donc un peu désappointée en apercevant sur son palier une dame entre deux âges, assez insignifiante.

– Madame Saint-Yves ? supposa-t-elle.

– Ah non ! s'indigna Lazare.

– Je suis la nounou, Nicole.

– Enchantée. Entrez, entrez. Moi, c'est Louise.

– C'est joli comme nom, dit Lazare, qui avait pris le pli paternel de ne jamais manquer l'occasion de faire un compliment.

C'était un comportement inattendu pour madame Rocheteau, qui avait déjà rangé Lazare dans la catégorie des boudeurs et autres profiteurs de pains au chocolat.

– Paul est dans sa chambre, dit-elle avant de crier « Paul ! Paul ! » à travers la cage d'escalier.

– J'arriiive ! Je fais caca ! fut la réponse à tue-tête.

Avec un petit rire d'embarras, Louise Rocheteau fit entrer ses invités dans le grand salon, où le soleil hivernal se déversait par de larges baies vitrées.

– C'est plein de couleurs, votre maison, apprécia Lazare.

C'était exactement ce que Louise avait souhaité : une maison chaude, colorée, une maison où il ferait bon vivre en famille. Elle allait devoir la quitter.

– Merci, dit-elle, la gorge serrée.

Paul se rua alors dans le salon et serra Lazare contre lui avec emportement. Sa mère ne l'avait jamais vu aussi démonstratif. Les deux enfants disparurent, pris dans un tourbillon.

Louise, qui disposait de son mercredi après-midi, offrit un café à Nicole pour pouvoir satisfaire sa curiosité. La nounou ne se fit pas prier pour raconter tout ce qu'elle savait sur son employeur. Sa femme, « une Blanche tout ce qu'il y a de plus blanc », était morte dans un accident de voiture et monsieur Saint-Yves avait quitté son île quelques mois plus tard.

– Il m'a demandé si je voulais lui garder son petit et, comme j'ai rien contre les Noirs, j'ai dit oui, ajouta Nicole, pensant édifier Louise avec ses bons sentiments. Je sais pas si c'est dans votre goût, les mélanges de race, mais je trouve que le petit Lazare est pas vilain de figure. Quand ils ne sont pas TROP noirs, ça va.

Louise écoutait, tétanisée par cet étalage de racisme et de bonne conscience.

– Ce qui est dommage, c'est ce nom, poursuivit la nounou.

– Ce nom ?

– Mais « Lazare » ! Faut dire aussi que le père s'appelle Sauveur ! Mon mari, il avait connu un nègre qui s'appelait Fêtnat parce qu'il était né le jour de la fête nationale ! Enfin, ça me gêne pas, moi. Ils font ce qu'ils veulent. Du moment qu'ils restent chez eux. Mais là, à Orléans, il y en a trop. On n'est plus chez nous. Je dis pas ça pour le docteur Sauveur, il paye ce qu'il doit, il est propre, y a pas de souci. Des Noirs, y en a des bien.

Louise expédia la nounou le plus vite qu'elle put, s'écœurant elle-même de l'avoir laissé dire sans protester. Elle avait tout de même remporté une victoire discrète en convainquant Nicole de ne pas venir rechercher Lazare à 18 heures. C'était elle qui le conduirait à son domicile. Une trotte de dix minutes dans la froidure.

Dans la rue, Lazare lui tendit la main pour traverser au carrefour. En une fraction de seconde, Louise eut le temps de penser que les Noirs avaient la peau moite, sentit que la paume de Lazare était sèche, et se demanda, effarée, d'où lui venaient de pareils préjugés.

– C'est jaune et ça court ? dit le petit bonhomme sautillant à ses côtés, qu'est-ce que c'est ?

Son fils lui avait déjà fait la blague, mais Louise fit semblant d'ignorer la réponse.

– Tu sais pas ?... Un citron pressé !

Une fois au 12 rue des Murlins, apercevant la belle plaque de

Sauveur SAINT-YVES
psychologue clinicien

Louise voulut se diriger vers le heurtoir en forme de poing. Mais Lazare la tira par la manche.

– Non, non, je passe par le jardin.

La venelle du Poinceau, champêtre et foisonnante d'oiseaux au printemps, était lugubre et boueuse en ce mois de janvier, et le jardin lui-même totalement plongé dans l'obscurité.

– Tu n'as pas peur quand tu reviens de l'école le soir ? s'étonna Louise.

– J'ai l'habitude. Et papa laisse une lumière dans la cuisine.

On eût dit le fanal guidant les bateaux à bon port.

– Au revoir, Lazare. Dis à ton papa que tu peux venir jouer à la maison quand tu veux.

Lazare poussa la grille du jardin puis la porte de la

véranda, qu'aucune clé ne fermait, et Louise se fit la réflexion que cette confiance dans le voisinage était un trait de mœurs antillaises. Était-ce raciste de le penser ? se demanda-t-elle, saisie d'un nouveau scrupule. D'ailleurs, n'est-ce pas la preuve de son racisme de se demander si on est raciste ?

*
* *

La journée de Saint-Yves n'était pas terminée et elle avait été plutôt agitée, entre les patients qui arrivaient en avance, ceux qui arrivaient en retard, celle qui se décommandait, celui qui demandait à être reçu en urgence, le tout entrecoupé d'appels téléphoniques, parfois déconcertants.

– Allô, c'est chez le docteur Saint-Yves ? Vous êtes le docteur psychologue ?... Je suis monsieur Augagneur. Je vous appelle pour nos filles qui nous inquiètent beaucoup.

– Vous en avez combien ? Des filles, vous en avez...

– Trois, mais ce sont les plus grandes qui sont ingérables. 14 et 16.

– Ingérables comment ?

– Elles n'en font qu'à leur tête. Pour vous donner une idée, hier, celle de 14, Marion, m'a envoyé un verre à la figure. Elle m'a raté, mais... heu... c'est l'intention qui compte.

– En effet. Et donc ni vous ni votre femme n'arrivez plus à les tenir, c'est ça ?

– Non, pas tout à fait. Nous sommes séparés, ma femme... Enfin, nous n'étions pas mariés non plus. Donc, techniquement, ce n'est pas « ma femme », c'est la mère de mes filles. Mais on a quand même vécu dix-huit ans ensemble.

– D'accord. Et la séparation remonte à... ?

– Un an ou à peu près.

– C'est tout frais. Vos filles sont peut-être un peu... un peu chamboulées ?

– Oui, surtout que je vis avec ma nouvelle compagne et ma femme, enfin la mère de mes enfants, aussi.

– Elle a retrouvé un compagnon ?

– Non. Une compagne.

– Ah ? D'accord. Donc, madame vit avec une dame, c'est ça ?

– Oui, et Lucile, l'aînée, ne veut pas aller chez elles. Ça lui pose problème, je crois.

– C'est bien possible.

– Donc, ce qu'on voudrait, c'est en discuter tous

ensemble. Parce que, là, on pédale un peu dans la choucroute.

– Quand vous dites « tous ensemble », c'est vous et votre compagne, votre ex et sa compagne, ça fait quatre. Et vos trois filles ?

– Non, Élodie, ça va, elle a 5 ans. On peut encore en venir à bout.

– Oui, mais ça peut l'intéresser aussi, votre réunion de famille.

L'œil rieur, et oubliant un instant madame Poupard, assise en face de lui, qui venait de découvrir l'existence d'une cellule dormante d'Al-Qaïda au lycée Guy-Môquet, Sauveur essaya d'imaginer sept personnes dans son cabinet.

– Et ils projettent d'enlever le proviseur, lui révéla madame Poupard en se tordant les bras.

– Oui, une seconde, madame Poupard, je prends un rendez-vous. Donc, à 18 h 15 ?... Parfait, à demain... Al-Qaïda, à présent.

L'essentiel était de sérier les problèmes.

– Est-ce que vous avez commencé le traitement qu'on vous a prescrit à l'hôpital, madame Poupard ?

Quand Sauveur rejoignit son fils dans la cuisine, il était déjà 20 heures.

– Carbonara ?

– Ouais !

Au moment de jeter le pot de crème vide à la poubelle, Saint-Yves aperçut la boîte à chaussures peinte en noir qui en empêchait l'ouverture.

– D'où ça sort ? demanda-t-il à Lazare.

– Attention, ça salit les mains ! le prévint son fils. C'est Nicole qui l'a ramassée devant notre jardin.

Sauveur attrapa la boîte du bout des doigts, la secoua puis la reposa.

– Un quimbois, marmonna-t-il pour lui-même, interloqué.

– T'as dit quoi ? voulut le faire répéter Lazare.

Saint-Yves se contenta d'émettre entre ses dents serrées ce petit « tchip » aspiré qu'il avait emporté dans ses bagages antillais. Quand son père « tchipait », Lazare savait que la conversation était terminée. Jamais Sauveur n'aurait refusé une explication à un patient de 8 ans. Mais le psychologue n'était pas le papa. Le petit garçon, qui en avait pris son parti, attendit que son père retournât remplir de la paperasserie dans son cabinet pour taper « quin de bois » sur l'ordinateur. Google lui suggéra aimablement d'essayer « quimbois », ce qui lui permit de cauchemarder toute la nuit : « *On appelle quimbois les paquets utilisés pour envoû-*

ter une personne. Ils sont composés de divers éléments, petit cercueil, crapaud mort, poule noire attachée par les pattes, etc. On les place là où la personne passera, par exemple devant la porte de sa maison. Si la personne enjambe le quimbois, elle tombera sous l'emprise de l'envoûtement. »

*
* *

Louise n'avait pas de temps à perdre ce jeudi matin. Elle devait interviewer la coiffeuse du passage de la Cerche, qui était stripteaseuse le week-end, puis couvrir la fête du boudin à Beaulieu-sur-Loire. Elle était journaliste à *La République du Centre*.

– Tu ne pourrais pas marcher plus vite, Alice ?

– J'ai mal aux pieds. Mes baskets sont trop petites et si ça continue…

Paul, pendu au bras de sa mère, s'efforça de couvrir les jérémiades de sa sœur en parlant plus fort qu'elle.

– Maman, Lazare, il va avoir un hamster.

– Mais tu sais parler que de Lazare ! s'écria Alice. C'est pathétique, t'as qu'un seul copain ou quoi ?

– Lazare, il dit qu'un ami, c'est beaucoup.

– Il a raison, approuva sa mère. La vraie amitié, c'est rare.

Et le vrai amour, donc !

– Maman, pour mes Vans, t'as qu'à me filer 50 euros cash et je demanderai le reste à papa.

Ce fut la phrase de trop. Louise s'immobilisa sur le trottoir.

– Alice, tu arrêtes de me réclamer du fric ! Je suis obligée de me séparer de la voiture, on va devoir déménager, on…

– Hein ? firent Paul et Alice, n'en croyant pas leurs oreilles.

– Mais c'est comme ça, bredouilla Louise. Je n'ai pas les moyens de louer cette grande baraque.

– Tu vas nous coller dans un truc minable comme chez papa ? s'indigna Alice. Non mais au secours, quoi !

Sans vouloir plus rien entendre, Alice retrouva l'usage de ses baskets et partit en courant.

– Alice, Alice ! appela sa mère.

– Où elle va ? s'inquiéta Paul.

– Au collège, ne t'en fais pas. Pour une fois, elle sera à l'heure.

Lorsque sa maman l'embrassa devant l'école, Paul sentit contre sa joue une joue mouillée. Quand il serait grand, se promit-il en entrant dans la cour de récréation, il gagnerait des tas d'argent et il achèterait une maison à maman. Et pas de Vans à sa sœur, elle était trop chiante !

Pour le proverbe du jour, madame Dumayet avait choisi :

– *Après la pluie, le beau temps.* Qui sait ce que ça veut dire ? Oui, Océane ?

– Il faut pas oublier son parapluie.

Pendant ce temps, Sauveur essayait de savourer le seul moment calme de la journée en buvant sa troisième tasse de café, le front appuyé à la verrière. Mais la vue de son jardin à l'abandon lui fit penser à la boîte noire que Nicole avait ramassée devant la grille. Ce simulacre de cercueil était un mauvais sort encore utilisé à la Martinique. Bien sûr, Saint-Yves, qui avait fait six années d'études de psychologie, ne croyait pas à l'existence du mauvais sort ou, plus exactement, il savait que le mauvais sort n'existe que si on y croit. Mais il était mal à l'aise avec ce fonds de superstitions. Quand Lazare rentrerait de l'école, le jour serait tombé, et c'est la nuit que naissent au monde les diablesses et les soukougnans. L'appel lointain du téléphone le fit revenir à lui. Le temps de courir jusqu'à son bureau et le répondeur téléphonique s'était déclenché.

– Docteur Sauveur ? Vous êtes là ? Non ? Bon… C'est Gabin. Je veux vous voir… Tant pis. *Clic.*

Saint-Yves était en train de chercher dans son agenda une petite place pour recevoir le fils de madame Poupard quand le heurtoir en forme de poing frappa trois fois la porte d'entrée. 8 h 25.

– Heure militaire, remarqua-t-il.

Madame Courtois, qui était fine, comprit que Saint-Yves s'agaçait de la voir arriver en avance.

– C'est que j'embauche dans une heure, s'excusa-t-elle.

Elle était aide-soignante à l'hôpital de Fleury et vaillante mère célibataire d'un jeune Cyrille de 9 ans. Elle était venue consulter quinze jours auparavant pour une banale histoire de pipi au lit. Cyrille était énurétique, ce qui occasionnait beaucoup de tracas à sa maman. Elle avait, disait-elle, tout essayé, les bonbons, les punitions, le réveil en pleine nuit, la privation de boissons le soir et même un médicament qui diminuait l'envie de faire pipi, mais qu'on ne pouvait pas utiliser longtemps. Tandis qu'elle dissertait sur son fils, celui-ci semblait s'être absenté, pas vraiment gêné ni honteux. Triste, au fond. Sauveur lui avait dit qu'il n'était pas responsable de ce qui lui arrivait puisqu'il faisait pipi dans son lit quand il était profondément endormi et que ce genre d'ennuis arrivait sûrement à d'autres enfants de sa classe.

– Alors, demanda-t-il quand mère et fils furent assis sur le canapé en face de lui, comment ça s'est passé ces quinze jours ?

Cyrille était un enfant souffreteux, dont Saint-Yves essayait sans grand succès de capter le regard fuyant.

– Est-ce que tu as rempli le calendrier que je t'ai imprimé l'autre fois ?

Cyrille, se tortillant sur sa chaise, sortit avec effort de sa poche de blouson un papier plié en huit. Saint-Yves lui avait demandé de dessiner un soleil pour les nuits où il n'avait pas fait pipi au lit et un parapluie en cas… de pépin, ceci pour repérer une éventuelle amélioration.

– Bon, alors, dans la nuit de mardi, parapluie, remarqua Saint-Yves à mi-voix, et aussi mercredi, samedi, dimanche. La semaine suivante, mardi puis vendredi parapluie. Le week-end ensoleillé.

– Il a dormi chez ma sœur, commenta madame Courtois. Elle avait mis une alèze. Mais finalement ça s'est bien passé.

– Il va falloir un peu de patience, dit Sauveur, s'adressant autant à la mère qu'à l'enfant. C'est surtout une question de maturation du contrôle du système urinaire.

Mais madame Courtois n'en pouvait plus des tournées de lessives, de l'odeur d'urine au petit matin, à quoi s'ajoutaient depuis peu les réflexions que lui faisait son nouvel ami. « Tu n'as pas d'autorité », lui avait-il dit. Comprenant que madame Courtois exigeait de lui qu'il « guérisse » son fils, Sauveur se sentit pris d'une sourde angoisse. Personne ne peut vous guérir malgré vous, comme par magie. Ce mot de magie, qui lui traversa l'esprit, fit surgir une image, celle d'un enfant de 3 ou 4 ans, debout tout nu dans la case d'une vieille femme noire. Sur un lit de braises, elle a mis à chauffer une brique, qu'elle attrape à pleines mains sans même un cri de douleur et qu'elle jette sur la terre battue devant le petit Sauveur terrorisé. Puis elle lui pince la verge entre deux doigts et siffle pssi pssi entre ses chicots pour l'encourager à pisser sur la brique fumante. C'était la méthode de Manman Beaubois, la quimboiseuse de Sainte-Anne, pour qu'un enfant cesse de pisser au lit.

– J'ai été patiente, docteur Sauveur, je vous jure, poursuivit madame Courtois. Jusqu'à ses 6 ans, je ne me suis pas énervée. Mais dernièrement, quand ça a recommencé…

Saint-Yves fronça les sourcils. Qu'est-ce que madame Courtois avait dit ?

– Ça a recommencé ?… Parce que ça s'était arrêté ?

– Mais oui, pendant deux ans. Vous ne le saviez pas ?

– Vous m'avez dit que Cyrille ressemblait à votre frère qui n'a été propre qu'à 13 ans…

– Je vois pas ce que ça change, bougonna madame Courtois.

Sauveur se tourna vers Cyrille, qui semblait écouter avec plus d'attention qu'il ne l'avait fait jusque-là.

– Tu te rappelles quand tu as recommencé à faire pipi au lit ?

– Non, fit-il en se tassant sur lui-même.

– Mais si, s'énerva sa mère, c'est au retour des vacances. Début septembre, je dirais.

Saint-Yves voulut savoir ce que la mère et le fils avaient fait pendant leurs vacances. Rien d'exceptionnel, apparemment. On était allés chez la sœur, qui avait loué pour le mois d'août une petite maison près de Royan. Cyrille avait été inscrit au club Mickey sur la plage et s'était bien amusé. Sauveur chercha alors d'un autre côté. Comment s'était passée la rentrée scolaire ? La maîtresse était-elle gentille ? N'y avait-il pas des enfants qui embêtaient Cyrille ? Non, non, répétait le petit garçon, l'air buté. La séance s'achevait, la mère était pressée d'embaucher. Sauveur sentait que quelque chose lui échappait, mais il dut se contenter d'imprimer un nouveau calendrier et de fixer un autre rendez-vous.

– Dans quinze jours, pareil ? s'informa madame Courtois.

Sauveur croisa le regard du petit garçon et y lut un appel au secours.

– C'est possible pour vous jeudi prochain ? proposa-t-il.

Il reconduisit madame Courtois et son fils jusqu'à la porte d'entrée, ce qu'il faisait quand il espérait jusqu'à la dernière seconde que quelque chose se produirait. Cyrille faillit percuter la dame qui était sur le perron, s'apprêtant à actionner le heurtoir.

– Ça se bouscule ici, marmonna-t-elle, un peu vexée.

Madame Huguenot, une quinquagénaire, employée à la mairie de Saint-Jean-le-Blanc, venait le voir depuis deux mois sans que Sauveur ait encore compris pourquoi.

– J'ai pas dormi de la nuit dernière, commença-t-elle en oubliant de dire bonjour. Il y a eu un vent, je ne sais pas si vous avez remarqué, docteur Sauveur ?

– Mmm, fit-il en étouffant un bâillement.

Au bout d'une demi-heure de confidences insipides sur la belle-fille de madame Huguenot et sur la chef de service de madame Huguenot, Saint-Yves lui donna un rendez-vous pour le jeudi suivant, ayant le faible espoir qu'elle se déciderait enfin à lui avouer : « J'ai mis mon mari au congélateur. »

La pensée de Gabin le traversa à plusieurs reprises dans la journée mais il ne trouva pas un instant pour le rappeler. Avec une moyenne de 45 minutes par patient, son emploi du temps était saturé. Il était heureux de constater que sa couleur de peau n'était pas un frein au remplissage de son planning. Il ignorait qu'on disait parfois dans son dos qu'il était noir, MAIS que c'était un bon psy. Lui se demandait si son prénom ne jouait pas en sa faveur. Madame Huguenot ou madame Poupard allaient jusqu'à l'appeler « docteur Sauveur » !

À 18 h 10, la famille Augagneur et compagnie envahit la salle d'attente, et cinq minutes plus tard ce fut un déferlement de blondes dans le cabinet de Saint-Yves : les trois sœurs, leur mère et sa compagne, puis la compagne de monsieur Augagneur, que Sauveur prit d'abord pour la fille aînée, au grand mécontentement de celle-ci. Saint-Yves avait ajouté trois chaises sur lesquelles s'installèrent les trois sœurs, Lucile 16 ans, Marion 14 ans, Élodie 5 ans, comme trois spectatrices conviées à admirer leurs parents dans leurs passionnantes aventures érotico-sentimentales. Nicolas Augagneur, le cheveu rare, le nez rond, le menton grassouillet, avait un air de bébé parvenu à taille adulte (et assez surpris de ce résultat). Assis dans un fauteuil, il avait attiré sur ses genoux sa petite amie Mylène, une gamine un peu boutonneuse, assez mal fringuée, se tenant le dos rond et les pieds en dedans. Sur le canapé, l'ex de monsieur Augagneur et sa girl friend s'étaient collées l'une à l'autre, comme soudées par un mystérieux aimant. Ne pouvant déjà plus supporter leur vue, Marion s'était lancée dans des SMS à corps perdu tandis que la petite Élodie, s'étant relevée de sa chaise, jouait à paraître et disparaître derrière la tenture. Leur sœur aînée harangua Saint-Yves en ces termes :

– Je vous préviens, je sais pas ce que je fous là. J'ai qu'une chose à dire. Je veux pas aller chez elles !

– Chez elles, se fit préciser bien inutilement Saint-Yves, c'est chez votre maman et son amie ?

– Mais j'ai pas envie d'aller chez eux non plus ! ajouta Lucile en désignant le couple emboîté dans le fauteuil.

– Ce qui va vous poser un problème d'hébergement, lui fit remarquer Sauveur. Bien. Si nous commencions par faire connaissance ? Élodie, ne tire pas trop sur le rideau, tu risques de le décrocher. Marion, ce serait bien si tu rangeais ton téléphone pour être avec nous. Donc, monsieur Augagneur... Nicolas, c'est ça ? Peut-être votre amie pourrait s'asseoir convenablement dans l'autre fauteuil ?

– Convenablement, voilà, c'est le mot, souligna Lucile d'une voix rageuse.

Sauveur posa un long regard d'attente sur la gamine mal fringuée jusqu'à ce qu'elle se décide à aller s'asseoir dans le fauteuil en face de son chéri. Les présentations purent alors s'effectuer. Nicolas, 39 ans, était électricien, Mylène finissait ses études d'esthéticienne. Sauveur, la trouvant un peu négligée, ne put s'empêcher de hausser un sourcil, d'autant que l'ex de monsieur lui apprit dans la foulée qu'elle-même était esthéticienne. Alexandra était une jolie femme que vieillissait un maquillage excessif. Sa compagne, cheveux courts et bouclés, arborait un piercing au sourcil et au nez.

– Et vous-même, Charlotte, vous êtes...

– Je fais un stage, répondit-elle, le ton morne.

Ce fut le moment que choisit Élodie pour décrocher, non pas le rideau, mais carrément la tringle. Nicolas et Alexandra eurent ensemble un sursaut parental, l'un arrachant son postérieur à son fauteuil, l'autre se décollant de sa bien-aimée, et tous deux accourant pour consoler la petite et frotter sa bosse. Sauveur remarqua alors que la porte, habituellement dissimulée par la tenture, était entrouverte et il se leva à son tour pour la refermer sans se douter que, de l'autre côté, son fils était tapi contre le mur.

– Je suis désolé pour le machin... la barre, bredouilla Nicolas.

– Oui, on est désolés, dit à son tour Alexandra.

– Vous êtes désolés, répéta Sauveur, enregistrant avec satisfaction que ce tragique épisode permettait à la petite dernière de reconquérir sa place sur les genoux de son père.

– Mais qu'est-ce que je fais dans cette famille de tarés ? maugréa Marion, interrompant un instant la lecture de ses dernières notifications Facebook.

– Tu participes, la rappela à l'ordre Saint-Yves. Monsieur Augagneur... Nicolas... Vous voudriez bien dire à votre cadette d'éteindre son portable ?

– Moi ? s'écria monsieur Augagneur, les yeux ronds d'ahurissement à l'idée qu'on puisse faire appel à son autorité. Marion... heu... éteins ce portable !

– Dans tes rêves.

Au vu des premiers échanges, Sauveur jugea que non seulement la frontière entre les deux générations, celle des parents et celle des enfants, était brouillée, mais que la limite entre les deux ensembles familiaux était mal tracée. Il proposa donc en fin de séance de recevoir séparément les deux familles.

– Quand est-ce que tu peux te libérer ? demanda Nicolas à son ex.

– Mais papa, t'as rien compris ! explosa sa fille aînée. C'est toi et ta pouf, d'un côté, maman et sa nana de l'autre !

– Merci de votre intervention, Lucile, dit Sauveur, mais je crois que je vais pouvoir m'en sortir tout seul. Donc, jeudi 29 janvier, je recevrai Nicolas, Mylène et les trois filles. Le jeudi suivant, 5 février, Alexandra et Charlotte avec les trois filles.

– On est de corvée à chaque fois ? protesta Marion.

– Marion, je veux bien vous aider, mais il faut m'aider aussi. Le travail ne pourra se faire que si chaque famille est là à l'heure exacte, assise convenablement, et sans portable allumé.

– Oui, papa, répliqua Marion.

Tout en inscrivant les deux rendez-vous sur son planning, Sauveur fit mentalement le bilan de la séance. Le courant était plus ou moins passé avec les trois filles, il avait presque fait alliance avec leur père, mais sa copine le regardait de travers, et le couple Alexandra-Charlotte restait sur la défensive, pensant être l'objet de sa condamnation morale. Sauveur avait l'habitude que ses patients lui fassent endosser tour à tour les habits de papa, de maman, de la chef de service de madame Huguenot, et de Dieu à l'occasion.

Il parcourut le couloir à grandes enjambées pour redevenir le père de Lazare à l'instant où il le vit, dessinant sur la table de la cuisine.

– Alors, cette journée ?

– Oh, papa, tu sais c'est quoi le comble du jardinier ?

Sauveur tendit l'oreille, percevant dans le lointain le grelot de son téléphone.

– Tu sais pas ? C'est de se mettre tout nu devant ses tomates pour les faire rougir.

– Très drôle… Attends, je réponds au téléphone et…

Quand Sauveur entra dans son cabinet, le répondeur s'était déclenché.

– Vous êtes toujours pas là ! C'est Ga…

Sauveur arracha le combiné.

– Oui, Gabin, excuse-moi. Très occupé aujourd'hui. Qu'est-ce qu'il y a ?

– C'est ma mère. Elle est entrée dans ma chambre cette nuit et elle m'a pas reconnu. C'était flippant !

L'angoisse ne lui laissait plus qu'un filet de voix.

– Et… et… et…

– Oui ?

– Elle m'a dit : « Je vais chercher le pain », mais c'était il y a deux heures.

Sauveur regarda sa montre. 19 h 20.

– Je fais quoi ? demanda Gabin, pressé de se délester du poids de sa vie sur les larges épaules de son psy.

– Tu te fais à manger. Quelque chose de chaud. Des pâtes. Je vais retrouver ta mère. Dès que j'ai des nouvelles, je te rappelle.

– Oui ? Euh… merci.

Tout en revenant vers la cuisine, Sauveur fit le numéro des urgences psychiatriques sur son portable.

– Lasagnes ! jeta-t-il à Lazare.

– Ouais !

– Mets la table… Allô ? Sauveur Saint-Yves à l'appareil… Ah, Brigitte ! Dis-moi, je cherche une petite dame, je vous l'ai amenée lundi. C'est possible qu'elle se soit sentie mal et… Oui, voilà, va jeter un coup d'œil en salle d'attente… Poupard, son nom. Tu me rappelles ? Merci.

D'un coup de dents, Sauveur déchira le sachet en plastique d'une salade prélavée.

– Tu sais c'est quoi le comble de l'électricien, papa ?

– Passe-moi l'huile d'olive.

– C'est de péter les plombs.

Le téléphone vibra et Sauveur faillit lâcher la bouteille.

– Merde ! Euh… oui ?… Elle est là ?

Brigitte lui expliqua que des policiers avaient trouvé madame Poupard au milieu d'un carrefour, faisant la circulation et distribuant des tracts aux automobilistes. Ils l'avaient embarquée dans une fourgonnette, direction les urgences de Fleury. Elle était très agitée et tenait des propos incohérents. Un psychiatre devait passer la voir, mais elle ne serait sûrement pas autorisée à rentrer chez elle ce soir. Tout en ponctuant d'un « mm… mm… » les explications de Brigitte, le téléphone coincé entre l'épaule et l'oreille, Sauveur ensauça la salade puis enfourna la barquette de lasagnes.

– D'accord, merci, conclut-il, essaie de savoir si on la place en HO ou en HL*.

Sauveur s'aperçut que son fils, les yeux écarquillés, l'écoutait parler en langage codé.

– Désolé, bonhomme. C'est une de mes patientes qui pète les plombs comme ton électricien. Mais ils vont la soigner. Je vais encore passer un petit coup de fil pour rassurer son fils.

– Gabin ?

– Oui, c'est…

Sauveur chercha le numéro de Gabin dans son répertoire avec la sensation vague qu'il venait de se passer quelque chose d'étrange. Mais quoi ?

– Allô ? Oui, j'ai retrouvé ta mère.

– C'est cuit, papa, lui signala Lazare quand le micro-ondes tinta.

Mais son père ne lâcha pas le téléphone.

– Ce n'est pas la peine que tu te rendes aux urgences, tu ne verras pas ta mère. Ils la gardent pour la nuit… Sers-toi, bonhomme… Non, je parle à mon fils… Oui, j'ai un fils. Donc, reste chez toi, va au bahut demain matin. Moi, je vais faire un saut à l'hôpital. Laisse-moi le temps d'avaler un morceau et je te tiens au courant.

* HO : « hospitalisation d'office » ; HL : « hospitalisation libre ».

Sauveur arriva sur le parking de l'hôpital de Fleury en même temps qu'une fourgonnette de police semblable à celle qui avait dû amener madame Poupard. Deux policiers en extirpèrent un homme au visage maculé de sang, qu'ils tirèrent, traînèrent, poussèrent jusqu'à l'entrée des urgences. Saint-Yves leur tint la porte et, en remerciement, l'ivrogne lui lâcha son haleine empestée à la figure en criant :

– Les flics, je les enc… Et toi, je t'enc…, espèce d'enc…

Il semblait n'avoir que deux ou trois mots à son vocabulaire puisqu'il salua Brigitte de la même façon.

– Je crois que vous le connaissez ? dit un des policiers à la jeune femme, qui était d'accueil pour toute la nuit.

– Oui, oui, dit Brigitte, bonsoir monsieur Antelme.

– Va te faire foutre, enc…

– On vous a déjà dit de ne pas boire avec vos médicaments, monsieur Antelme.

– Je les emm…, les médecins. C'est tous des enc…

– Vous prendriez votre traitement, on ne serait pas obligés de vous ramener ici, lui répondit Brigitte sur le ton de la conversation, ce qui lui valut d'être traitée de mal baisée.

Elle aperçut alors Saint-Yves et lui fit un petit signe d'amitié. C'était une compatriote, née à Rivière-Pilote.

– Elle est encore là ? vint-il lui demander à mi-voix.

– À l'étage. On lui a trouvé une chambre d'isolement. Elle voulait partir à l'Élysée prévenir François Hollande.

– De quoi ?

– D'un complot de l'imam du Yémen, si j'ai bien compris... Il y a son fils en salle d'attente.

Sauveur eut un soupir de contrariété. Il avait pourtant dit au garçon de rester chez lui. Il le trouva somnolant près d'un radiateur et dut le secouer par l'épaule.

– Qu'est-ce que tu fais là ? Tu vas être crevé demain matin.

– Pourquoi ils ont arrêté ma mère ?

– On ne l'a pas « arrêtée ». On l'a empêchée de se faire renverser par une voiture.

Gabin se baissa pour ramasser sur le carrelage une pile de feuilles imprimées qui ressemblaient à des tracts politiques.

– Elle distribuait ça.

Comme 82,5 % des Français, vous ignorez ce qui se passe dans votre propre pays !!! On vous cache la VÉRITÉ. Al-Qaïda Yémen a établi une tête de pont de la lutte armée islamique au lycée Guy-Môquet. Une cellule dormante, constituée d'enseignants et de CERTAINS élèves, n'attend que le signal de l'imam yéménite pour procéder à l'enlèvement du proviseur et à son transfert au Kurdistan, ceci afin de procéder à un échange avec la famille Coulibaly détenue dans les geôles républicaines.

Défendons-nous,
défendons le proviseur du lycée Guy-Môquet !

Halte à la « coulibalisation » de notre société !

– Oui, c'est... un peu confus, commenta Saint-Yves. Il y a beaucoup de gens qui ont été perturbés par les événements.

– Les attentats terroristes ?

– Oui, ça donne un aliment à leur... hum...

Sauveur ravala le mot paranoïa.

– Elle est folle ? lui demanda Gabin.

– Non ! On va l'hospitaliser pour s'assurer qu'elle

prend bien ses médicaments, et ça va rentrer dans l'ordre. Enfin, l'ordre... Chacun de nous a ses petites particularités. On n'a pas besoin d'être...

Sauveur dessina dans l'air des guillemets en ajoutant : « normé ». Mais plus il essayait de banaliser le problème de madame Poupard, plus Gabin semblait consterné. Sauveur jeta un regard discret à sa montre. 22 h 15.

– Bon, je dois y aller. J'ai laissé mon fils tout seul.

– Il a quel âge ?

– Huit ans.

– Et moi ? fit Gabin sur un ton de revendication.

– Je vais te déposer au passage.

– Moi aussi, je suis seul.

Sauveur faillit lui répliquer qu'il avait le double de l'âge de son fils. Mais avec sa tignasse pleine d'épis, son nez un peu cabossé et son menton coupé par une fossette, Gabin avait l'air d'un jeune boxeur sonné par la vie.

– Tu peux dormir sur un canapé ? lui proposa Saint-Yves sans enthousiasme excessif.

Une fois arrivé rue des Murlins, il le fit grimper à l'étage.

– C'est mon bureau, lui dit-il en lançant sur le canapé une couette et un oreiller. Les toilettes sont à côté.

Après avoir vérifié que Lazare dormait, il alla s'enfermer dans sa propre chambre. C'est au moment de sombrer dans le sommeil que l'interrogation fit surface : comment Lazare avait-il su que le jeune Poupard se prénommait Gabin ? Sauveur était certain de n'avoir jamais prononcé ce prénom devant son fils. Presque certain. Là-dessus, il s'endormit.

*
* *

Lazare eut une petite frayeur le lendemain matin en apercevant dans la cuisine Gabin, de dos, en train d'ouvrir les placards.

– T'es qui, toi ?

– Salut, répondit le garçon sans s'émouvoir. Tu sais où sont les bols ?

Mais Lazare ne laissa pas envahir son territoire.

– T'es qui ?

– Gabin.

– Aaah ? fit Lazare sur le ton de : « C'est donc vous ? »

Il l'avait imaginé plus petit. Plus proche de lui.

– Tu es grand.

– Paraît… C'est comment, ton nom ?

– Lazare.

– Lazare, répéta Gabin, c'est pas le mec qui ressuscite ?

– Non, c'est une gare.

Gare Saint-Lazare. C'était un commentaire que lui avait fait sa nounou. Lazare sortit du placard les bols, la confiture, le chocolat en poudre.

– Il ne se lève pas, ton père ? le questionna encore Gabin.

– Après moi. Il n'est pas du matin.

– Moi non plus.

– Toi, c'est normal. C'est le cerveau des adolescents. Dans tous les cerveaux, il y a de la mélatonine qui fait dormir, mais le cerveau des adolescents fabrique la mélatonine pas à la même heure que le cerveau des adultes. Alors, le soir, ils n'ont pas envie de dormir, mais le matin, si.

Tout en dissertant, Lazare coupait le pain, faisait chauffer le lait, et Gabin le regardait, ahuri. C'était quoi, ce gnome ?

– C'est mon père qui m'a expliqué, ajouta Lazare.

Ce qui était faux. Il avait entendu parler du fonctionnement du cerveau adolescent un jour où son père avait rassuré des parents venus en consultation pour leur grand fils, qu'ils n'arrivaient pas à tirer du lit.

– Ça doit être bien d'avoir un père docteur, remarqua Gabin.

– Il fait quoi, le tien ?

– Rien.

– Rien ?

– J'ai pas de père.

– Oh, si, tout le monde en a un, même si c'est que un père biologique.

– Putain, gémit Gabin, mimant l'accablement, la tête entre les mains.

Un pas traînant signala l'arrivée de Sauveur. Il s'arrêta au seuil de la cuisine, s'étira en bâillant, puis sans dire un mot, pas même bonjour, mit en marche la machine à café. Gabin allait de stupéfaction en stupéfaction. Cet homme mal rasé, en marcel blanc, ce n'était pas son psy !

– Eh, papa, c'est jaune et ça traverse le mur ? lui lança Lazare, plein d'entrain à 8 h 10 (grâce à la mélatonine des enfants).

– Mff, fit Sauveur en s'affaissant sur sa chaise de cuisine.

– C'est la banane magique ! Et tu sais ce qui est rouge et qui s'écrase sur le mur ? Hein ? Tu sais pas ?... C'est une tomate qui s'est prise pour la banane magique !

– Mffdrôle, réussit à articuler Saint-Yves.

Gabin voulut s'immiscer entre père et fils et sans réfléchir (ce qui était chez lui une constante) il lança :

– Qu'est-ce qui est bleu avec des cheveux blonds et qui crache des copeaux de bois ?

Sauveur et Lazare se regardèrent, intrigués.

– C'est la schtroumpfette qui taille une pipe à Pinocchio !

Lazare rit de l'étrangeté de la réponse puis demanda à son père :

– Qu'est-ce qu'il y a de drôle ?

– Rien, dit Saint-Yves, qui regrettait d'avoir introduit cet escogriffe chez lui.

Cependant, quand il regarda Gabin traverser le jardin aux côtés de Lazare, il fut content comme s'il venait de payer un garde du corps à son enfant.

– Tu te scarifies ou tu es phobique scolaire ou autre chose ? demanda Lazare à son compagnon de route, plutôt par politesse que par réel intérêt.

– Tu es complètement dingue, le rembarra Gabin.

– Papa dit que les gens qui vont mal, ils t'apprennent plein de choses sur toi.

– Vous êtes dingues, tous les deux.

Ils quittèrent alors la venelle pour la rue des

Murlins et Gabin fit observer à Lazare qu'il ne sortait jamais par la porte principale.

– Et dis donc, c'est quoi, ça ?

Lazare, qui tirait son cartable, tête baissée, se cogna dans Gabin, qui venait de s'immobiliser sur le trottoir. Gabin regardait dans la direction de la porte et Lazare suivit son regard. Un sac en plastique blanc était accroché au heurtoir et une chose bizarre en dépassait. Gabin monta les deux marches du perron et jeta un œil à l'intérieur du sac sans y toucher.

– Cool, fit-il avec une moue comme s'il allait vomir.

– C'est quoi ? C'est quoi ? le questionna Lazare au bas des marches.

Comme le jeune homme, plutôt lent dans les interactions, ne répondait rien, Lazare le rejoignit et poussa un cri en identifiant la chose, donc le bec sortait du sac. C'était une poule noire, morte, sans doute étranglée par le cordon rouge qui lui enserrait le cou.

– Il y a une bouteille avec, fit Gabin. C'est… des courses pour ton père ?

La vérité traversa Lazare comme une décharge électrique.

– C'est un quimbois ! Enlève-le, vite ! Faut le jeter !

– Hein ? fit Gabin, de plus en plus amorti au fur et à mesure que Lazare s'emballait.

Il inspecta la rue à droite, à gauche. Elle était déserte, Saint-Yves exerçant dans un quartier résidentiel particulièrement morne. Gabin, ne voyant aucun témoin à la scène, se décida à décrocher le sac et alla même jusqu'à sortir la bouteille pour l'examiner.

– Cool, dit-il une seconde fois, car il disposait de moyens limités pour exprimer ses émotions.

C'était une bouteille de rhum de la marque martiniquaise La Mauny, mais qui ne contenait pas de rhum. Elle était à demi remplie d'un liquide brunâtre dans lequel flottaient des herbes ou des algues et quelques têtards morts.

– Faut tout jeter, le supplia Lazare. C'est de la magie noire. On va être envoûtés !

– Ah bon ? Tu crois pas qu'on devrait prévenir ton père…

– Non, non, on jette, s'obstina l'enfant.

Les éboueurs étaient passés, mais les grosses poubelles sur roulettes n'avaient pas encore été rentrées dans les maisons. Gabin et Lazare en choisirent une, un peu plus loin sur le trottoir. Gabin regarda le nom du propriétaire sur la boîte aux lettres voisine.

– Lionel Couderc… Il a tiré le gros lot ce matin, celui-là.

– Il va manger du poulet.

Les deux garçons échangèrent un rire presque sardonique.

Dès que Lazare, encore préoccupé, entra dans la cour de récréation, Paul lâcha le petit groupe de Noam, Nour et Océane pour courir le rejoindre.

– J'ai trois trucs à te dire ! s'écria-t-il en étreignant son ami.

Paul fit « un » avec le pouce.

– Je vais avoir un petit frère.

Il fit « deux » en dressant l'index.

– Mon père va acheter ses Vans à ma sœur.

Il fit « trois » en ajoutant le médium.

– Ta nounou, elle est raciste.

– Tu la connais ? s'étonna Lazare.

– C'est maman qui a parlé avec elle. Ta nounou, elle dit que les Noirs, c'est des nègres. Maman, elle était INDIGNÉE.

La sonnerie retentit, et ils entrèrent en classe avec madame Dumayet.

– Qu'est-ce qu'elle va nous mettre comme proverbe ? soupira Paul, que la sagesse populaire accablait.

Une fois à leur place, tout en recopiant que *Mieux vaut tard que jamais,* Paul et Lazare se donnèrent de petits coups de pied amicaux sous la table. Ils avaient besoin de se rappeler sans cesse qu'ils existaient l'un pour l'autre. Pourtant, à aucun moment Lazare ne songea qu'il avait, lui aussi, des « trucs à dire » à Paul, son seul ami Paul. La poule noire étranglée et le cercueil en boîte à chaussures étaient allés rejoindre le monde interdit aux enfants, dont les secrets s'échappent par une porte entrebâillée.

*
* *

Le vendredi matin, Saint-Yves recevait en première heure une maman avec son bébé pleureur. Comme il ne dormait jamais la nuit, elle envisageait la semaine précédente de le jeter par la fenêtre. Ce vendredi, elle parla de se défenestrer elle-même, et Sauveur se demanda si c'était un progrès. Ce fut ensuite le tour d'un papy et d'une mamie à qui leur belle-fille interdisait de voir leurs deux petits-fils. Motif : les grands-parents mangeaient de la viande et allaient à la messe. Elle, elle était végétarienne et athée. « On ne va pas marcher sur la tête pour lui faire plaisir », s'indignaient-ils en chœur. Tous les trois quarts d'heure, Sauveur changeait de drame et d'univers tandis que le niveau de sa boîte de Kleenex baissait. À 16 h 15, une patiente qui se décommandait souvent à la dernière minute comme si elle jouait sa thérapie à pile ou face, téléphona pour dire qu'elle ne viendrait pas. Sauveur eut alors l'idée, tout à fait insolite pour lui, d'aller chercher son fils à l'école.

À la sortie des classes, Louise, son pain au chocolat à la main, avait les yeux rouges. Une crise de larmes l'avait terrassée à la maison quand elle s'était rappelé, non pas son ex-mari qu'elle n'aimait plus, mais la vie d'avant, quand ils étaient encore une famille. On n'était pas heureux, on faisait juste semblant, pensa-t-elle en guise de consolation. Soudain, elle remarqua, appuyé au mur de la boulangerie voisine, un monsieur noir qui attendait, lui aussi. C'est le docteur Saint-Yves, supposa-t-elle, il a un air de famille avec Lazare. Très grand, légèrement vêtu pour la saison d'une chemise blanche et d'un costume sombre, bien coupé mais un peu froissé, c'était un bel homme, « pour ceux qui aiment les Noirs », aurait ajouté Nicole. Louise chassa cette pensée importune. Elle n'était pas raciste, compris ?

Quand la porte de l'école Louis-Guilloux s'ouvrit, Paul et Lazare furent les premiers à en jaillir. Ils se ruèrent sur Louise, s'écriant :

– Est-ce qu'on peut se voir samedi ?

Sauveur s'approcha d'eux, mains dans les poches, veste ouverte. Lorsque Lazare l'aperçut, il eut d'abord un sursaut d'étonnement.

– Papa ?

Puis ce fut une explosion de joie.

– Papa ! C'est papa !

Saint-Yves se présenta à Louise, qui rougit un peu. Lazare secouait le bras de son père en criant à tue-tête :

– Papa, papa, on veut se voir, Paul et moi ! On veut se voir samedi !

Les deux adultes entamèrent le ballet des politesses, est-ce possible pour vous, ce serait avec plaisir, mais il ne faut pas que cela vous dérange, du tout, du tout. Il fut donc conclu, au milieu des piaillements des garçons surexcités, que Louise conduirait Paul chez les Saint-Yves le lendemain.

– À 14 heures ? proposa Sauveur.

– Yes !! hurlèrent Paul et Lazare en se tapant dans les mains.

Ce soir-là, Sauveur resta nuageux en dépit des efforts de son fils pour le faire rire. Puis Lazare étant dans son lit, il ouvrit le tiroir de sa table de chevet et en tira une enveloppe kraft, qui lui parut bien légère. Tout son passé. Il enfonça la main par l'ouverture et, au hasard, en extirpa une photo, celle d'un couple blanc d'un certain âge, se tenant fièrement, et pour l'éternité, sur le pas de porte d'un hôtel-restaurant. Michel et Marie-France Saint-Yves, les propriétaires du Bakoua. Sauveur regarda la photo jusqu'à ce que le brouillard dans ses yeux la fît disparaître. À l'aveugle, il la remit dans l'enveloppe qu'il recouvrit de son oreiller quand il entendit le pas de Lazare.

– Tu ne dors pas, bonhomme ?

– Papa, pourquoi Nicole dit que les Noirs sont des nègres ? demanda Lazare tout à trac.

– Pardon ?

– Pourquoi Nicole dit que les Noirs sont des nègres ?

– Elle te l'a dit ?

– Non. Elle l'a dit à la maman de Paul. Moi, elle me dit que je suis africain et que j'ai un nom de gare.

– Ah ?... D'accord.

Il avait toujours trouvé forcée la politesse mielleuse de la nounou.

– Eh bien… Nicole a raison. On est des pauv' nèg', dit Sauveur en prenant l'accent créole, on n'est pas enco' descendu de l'arbwe.

Lazare eut un rire un peu inquiet.

– Tu dis ça pour te moquer de Nicole ?

– Quand les gens disent une grosse bêtise, il faut leur répondre par une ÉNORME bêtise. Peut-être que comme ça, ils comprendront qu'ils sont bêtes ? Et puis, tu sais, « nègre » est une insulte raciste dans la bouche d'un Blanc, mais aux Antilles, entre Noirs, on pouvait et on peut encore dire qu'on est des nègres. Ma nounou à moi, elle t'aurait remis dans ton lit en te disant : *« Do'mi bien, nèg mwen. »*

– Tu m'apprendras à parler créole, papa ?

– Je ne connais que quelques mots, protesta Sauveur sur la défensive. Mes parents ne voulaient pas que je parle créole.

– Pourquoi ?

– Parce qu'ils ne m'auraient pas compris, répondit Sauveur en appuyant le genou sur l'oreiller comme s'il cherchait à étouffer ce qui se trouvait au-dessous.

– Mais tes parents blancs, c'étaient pas tes vrais parents ? Alors, c'était qui, tes vrais parents ?

– Je t'en ai déjà parlé, répondit Sauveur, contrarié de se sentir contrarié.

– Oui, mais je me rappelle pas bien, s'accrocha Lazare.

– Ma maman s'appelait Nicaise, Nicaise Bellerose, je ne l'ai pas connue parce qu'elle est morte en accouchant de moi, et je n'ai pas eu de papa.

– Mais si ! lui rappela Lazare, on a toujours un papa, même si c'est que un papa biologique.

– Oui, c'est ça, biologique, dit Sauveur, et maintenant va te coucher ou tu ne seras pas en forme pour jouer avec Paul demain.

Je fais un blocage, s'énerva intérieurement Sauveur tandis que Lazare s'éloignait, le dos rond, pour exprimer à son père sa désapprobation. Il se retourna sur le seuil de la chambre.

– Et Gabin ?

– Quoi Gabin ? Lazare, mêle-toi de ce qui te regarde.

Les yeux de l'enfant se brouillèrent.

– Tu es méchant, dit-il tout bas, s'effrayant lui-même de cette parole sacrilège.

Saint-Yves, désolé, tendit le bras vers lui.

– Mais non, mais je ne voulais pas te faire de peine... Je m'occupe de Gabin, Lazare. Il y a assez d'un Sauveur dans une famille.

*
* *

Quand elle s'assit dans la cuisine ce samedi matin

pour prendre toute seule son petit déjeuner, Louise se demanda pourquoi elle se sentait tellement triste. C'est parce que le samedi est la veille du dimanche, se répondit-elle. Le dimanche soir, son ex-mari venait lui prendre ses enfants. Tout le monde faisait comme si la résidence alternée était une chose naturelle, mais c'était pour elle d'une violence inouïe à chaque fois. Elle n'avait pas mis au monde Alice et Paul pour qu'on les lui enlève une semaine sur deux. Aucune loi humaine n'aurait dû le permettre ! Ses deux meilleures amies, Valentine et Tany, dont l'une était mère célibataire et l'autre sans enfant, lui disaient de profiter de sa liberté. Mais elle, c'était de ses enfants qu'elle voulait profiter, de leurs rires, de leurs jeux, de leurs disputes, et même si Alice était parfois à gifler.

– C'est le grand jour ! trompeta Paul dans son dos, la faisant tressaillir au-dessus de son bol de thé.

– Grand jour de quoi ?

– Mais… t'as pas oublié quand même !? Je vais chez Lazare !

– Ah ? Ça… laissa tomber Louise, le ton négligent. À quoi tu vas jouer avec lui ? Il a une Wii ?

– Lazare dit que les jeux vidéo, c'est pas créatif.

– Il répète les phrases de son père, grommela Louise, exaspérée par ce fils modèle.

Pourtant, en début d'année, quand Louise avait constaté à une sortie d'école que le garçon dont Paul avait fait son meilleur ami était métis, elle avait ressenti une sorte de fierté. Cela prouvait qu'elle avait bien élevé son fils. Sans préjugés racistes. Si elle avait été plus attentive à ce que Paul disait de Lazare, elle aurait remarqué que pas une seule fois il n'avait mentionné la couleur de sa peau. Cette histoire de pigmentation qui semblait passionner les adultes était beaucoup moins intéressante que – par exemple – le fait que Lazare allait acheter un hamster ce samedi après-midi.

Devant la porte du 12 rue des Murlins, Paul tenta sa chance sans trop d'espoir.

– Je pourrais avoir un hamster ?

– Et j'en aurais la garde une semaine sur deux ? Non, merci.

Mais quelle remarque idiote, se reprocha Louise en cognant à la porte. Ce fut Lazare qui les accueillit, puis qui les devança dans le couloir en commentant : « Là, c'est le travail de papa et après la porte, c'est la vraie maison. » Louise regarda autour d'elle, un peu surprise. Lazare faisait seul les honneurs d'une grande cuisine, qui se prolongeait par une véranda.

– Ton papa n'est pas là ? s'informa-t-elle.

– Si, au-dessus. Au téléphone avec Gabin.

– Ton grand frère ?

– Non ! s'amusa Lazare. Gabin, c'est le garçon qui dort pas. Sa maman est aux urgences psychiatriques parce qu'elle a fait une bouffe délirante !

Au déjeuner, Sauveur, contacté au téléphone par la psychiatre de Fleury, lui avait parlé à propos de madame Poupard d'une « bouffée délirante », ce que Lazare, influencé par le hamburger qui emplissait son assiette, avait interprété à sa façon. Louise commençait à trouver l'atmosphère de cette maison un peu dérangeante. Ou dérangée. Allait-elle y abandonner son fils sans même avoir croisé un adulte responsable ? Devait-elle attendre que ce monsieur Saint-Yves daigne s'intéresser à son sort ? Depuis que son mari l'avait quittée, Louise sentait la colère monter en elle lorsqu'il lui semblait qu'un homme – fût-il son marchand de légumes – lui manquait de respect.

– Bonjour, bonjour, excusez-moi, fit la voix de velours en provenance de l'escalier.

Sauveur dévalait les marches. Il venait d'expliquer à Gabin que sa maman était en HDT, hospitalisation à la demande d'un tiers, en l'occurrence la psychiatre qui l'avait examinée, et qu'elle n'allait pas ressortir tout de suite de Fleury.

Louise et Sauveur renouvelèrent leur ballet de politesses, je suis désolé, je manque à tous mes devoirs, je vous en prie, c'est nous qui vous envahissons, etc. Les deux petits garçons entreprirent de se chatouiller pour passer le temps.

– Montre ta chambre à Paul, conclut Saint-Yves en se tournant vers son fils.

Puis il proposa à Louise de prendre avec lui une tasse de café.

– Vous avez sûrement mieux à faire, minauda-t-elle.

Sauveur fit à son tour mine de réfléchir.

– Nnn… on, je ne vois pas quoi.

S'il y avait de la moquerie dans son attitude, elle était à peine perceptible. Dès qu'il fut assis en face de Louise, sa tasse à la main, il l'entreprit sur un ton de gaieté un peu forcée :

– Alors, il paraît que Nicole dit que nous sommes des nègres, mon fils et moi ?

– Qu'est-ce qui vous… Oh, c'est Paul ! bredouilla-t-elle. Non, elle n'a pas dit… Mais il m'a semblé qu'elle avait des opinions, enfin, qu'elle tenait des propos… Vous ne vous en doutiez pas ?

– Que Nicole était raciste ?

– Depuis le temps que vous l'employez…

Saint-Yves resta un instant silencieux puis haussa un sourcil pour indiquer que l'argument faisait mouche à retardement.

– Quand on a besoin des gens, on se pose moins de questions sur eux, reconnut-il. Mais Lazare ne s'est jamais plaint d'elle.

– Ça lui arrive de se plaindre ?

– Jamais. Lazare est mon antidépresseur.

Sauveur n'eut pas le temps de s'étonner lui-même d'avoir lâché un tel aveu, car Louise dit à son tour que Paul était sa joie de vivre, « surtout en ce moment ». Si elle avait été sa patiente, Saint-Yves n'aurait pas manqué de répéter : « surtout en ce moment ? » pour la pousser aux confidences. Mais le week-end, Sauveur se fatiguait de sauver les gens.

– Papa, papa !

Lazare et Paul déboulèrent dans la cuisine, tout excités.

– On a trouvé un site sur les hamsters. Y a plein de conseils !

Lazare, qui avait imprimé la page d'accueil, se mit à lire :

– *Le hamster peut-être de mauvais poil au réveil.*

– Eh bien, on sera deux, lui fit remarquer Sauveur.

– *Si on l'a tiré du sommeil,* poursuivit Lazare, *on voit à son air qu'il n'a pas apprécié, il a encore les oreilles pliées vers l'arrière, posture des oreilles durant le sommeil, et il n'a pas du tout envie que vous le preniez dans les mains. C'est le moment idéal pour se faire mordre. Laissez donc quelques minutes à votre hamster pour se sortir la tête du* ***. Il y a trois petites étoiles. La tête du quoi ?

– Du bonnet de nuit, répondit Saint-Yves très sérieusement. Je sens que je vais adorer cet animal.

En toute fin d'après-midi, il partit vers le monde enchanté de Jardiland, encadré de deux petits garçons sautillants. Ils passèrent devant des canetons assez moches, d'un jaune qui tournait au gris poussiéreux – « des ados, diagnostiqua Sauveur, ça va s'arranger » –, puis ils rirent aux éclats devant des cochons d'Inde qui se coursaient, sautant parfois en l'air comme pris d'un énorme hoquet. Enfin, ils s'arrêtèrent devant les petites cages des hamsters, une par individu, en raison de leur mauvais caractère. Lazare fixa son choix sur un mâle à la tête et à l'arrière-train noirs avec un large cercle blanc autour de l'abdomen, qui faisait tourner sa roue comme si sa paie de fin de mois en dépendait.

– Il a l'air un peu crétin, fit observer Saint-Yves. On lui dit que ça ne sert à rien ?

La taquinerie fut sans effet sur Lazare, qui commençait déjà à lui chercher un nom.

– Qu'est-ce qui est blanc et noir ? demanda Paul comme si c'était le début d'une devinette.

– Un clavier de piano, lui répondit Saint-Yves, mais c'est un peu long pour un nom de hamster.

– Oh, je sais, du Bounty ! s'écria Lazare.

Sauveur eut l'impression que le toit de l'animalerie lui tombait sur la tête. Bounty, c'était le surnom que lui donnaient les copains aux Antilles, parce qu'il était noir à l'extérieur et blanc à l'intérieur.

– Bounty ! Je vais l'appeler comme ça, déclara son fils, très sûr de lui.

Toute la journée du dimanche, Bounty resta prostré dans un angle de sa cage, refusant jusqu'au bâton de carotte que Lazare lui glissa entre les barreaux.

– Mais les hamsters adorent ça ! se désola-t-il, des sanglots dans la voix.

– Montre-moi ce site de conseils, intervint Sauveur.

Inquiet à l'idée de devoir soigner un hamster pour dépression nerveuse, Saint-Yves parcourut le site en prenant des notes.

– Voilà, dit-il en conclusion à son fils, il faut à ton hamster des crackers Vitakraft, des Bombino's à la carotte, une aire de jeux design, une maisonnette pour y cacher ses réserves, de la litière Coco Clean et un gel nettoyant aux huiles essentielles. Je comprends pourquoi finalement on fait des enfants.

Semaine du 26 janvier au 1er février 2015

Ce lundi matin, Sauveur reçut une jeune femme anorexique. Éliane, au nom prédestiné, ne venait pas consulter pour ce problème alimentaire qu'elle paraissait ignorer. Non, elle venait parce qu'elle n'arrivait pas à tomber enceinte alors qu'elle était mariée depuis trois ans et que ni elle ni son mari n'étaient infertiles. Elle se vantait presque d'avoir déjà vu cinq psys sans aucun résultat et Sauveur lut dans ses yeux qu'il la décevait déjà. Ce n'était pas un psychologue qu'elle cherchait, mais une fée qui lui ferait don d'un enfant.

– Vous êtes africain ? lui demanda-t-elle sur le pas de la porte avec une note d'espoir dans la voix.

– Français.

Il avait failli lui crier : « Non, je ne suis pas Mamadou le marabout ! » Il referma la porte sur elle en se disant que ce n'était pas dans cet état de nerfs qu'il pourrait aider les gens aujourd'hui. Il ouvrit en grand la fenêtre de son cabinet de consultation et respira lentement.

De son côté, Lazare était en proie aux tourments de la création. Madame Dumayet, après leur avoir fait écrire que *Qui vole un œuf, vole un bœuf*, avait proposé à ses petits élèves de raconter dans leur cahier de brouillon une histoire de loup, soit qui faisait peur, soit qui faisait rire. Soudain saisi par l'inspiration, Lazare se mit à griffonner l'histoire d'un loup noir qui rencontrait une louve blanche et la louve blanche avait peur de lui et elle s'enfuyait au pays des loups blancs et il y aurait un méchant loup blanc qui voudrait tuer le loup noir mais la louve blanche prenait sa défense et…

– C'est très bien, Lazare, lui dit la maîtresse qui circulait entre les allées, mais tu as fait une seule phrase. Il faut mettre des points et des majuscules de temps en temps. Et toi, Paul, où en es-tu ?

Après avoir mâchouillé son stylo, Paul avait opté pour une histoire de famille loup, où les parents loups se disputaient et le père loup partait tout seul à la chasse et ne revenait plus jamais (l'intrigue n'en disait rien, mais le père loup rencontrait probablement une jeune louve aux dents longues prénommée Pimprenelle).

– C'est très bien, Paul, mais quand tu parles des loups, c'est qu'il y a plusieurs loups ? Alors, qu'est-ce qu'il faut mettre ?

Paul écarquilla les yeux. Qu'est-ce qu'il faut mettre ? La table ?

– À la fin du mot, Paul, quand il y a plusieurs loups… on met du plu… du plu… ?

Duplu, duplu ? Elle est folle, cette maîtresse !

– Du pluriel, Paul. Tu te réveilles un peu ? Mets un « s » à loup.

– À la fin de l'histoire, lui glissa Lazare, le loup noir se marie avec la louve blanche et ils ont un petit loup gris.

– C'est très bien, mais rajoute des points.

Madame Dumayet fit quelques pas dans l'allée puis sourit. Loup noir + louve blanche = petit loup gris. Message reçu.

À la sortie des classes, Lazare tomba sur la maman de Paul, qui lui demanda des nouvelles de son hamster.

– Il a pas le moral, répondit Lazare, soucieux. Mais on va lui acheter une roue mercredi à Jardiland. Papa dit que pour Bounty, faire tourner sa roue, ça donne un sens à sa vie.

Louise sourit en reconnaissant l'humour discret de monsieur Saint-Yves.

– Papa dit que vous êtes très jolie, ajouta Lazare, car Sauveur disait du bien des gens, même quand ils n'étaient pas là.

– Oh, c'est… gentil, fit Louise en rougissant comme si elle avait quinze ans.

Paul glissa fièrement sa main dans celle de sa maman. Mais comme c'était la semaine de papa, quelques pas plus loin, ils durent se séparer à l'arrêt du tramway.

– Je veux pas y aller, maman, gémit Paul. J'aime pas Pimprenelle et c'est moche là-bas…

– Chut, fit Louise, le cœur battant.

– Mais c'est vrai ! Et en plus, je ne vais plus avoir ma chambre.

– Comment ça ?

– Ils vont la donner au bébé. Ils ont déjà mis le berceau. Moi, j'aurai le canapé dans le salon.

Un cri de haine se fraya un chemin jusqu'aux lèvres de Louise, mais elle les tint serrées en pensant : « Sauveur, Sauveur ! » Elle voulait trouver les mots justes, des mots de psychologue.

– Pourquoi tu ne demandes pas à ta sœur si tu peux t'installer dans sa chambre ? dit-elle d'une voix qui tremblait.

– Alice ? Mais elle veut pas de moi ! Personne veut de moi là-bas !

Louise s'agenouilla pour se mettre à hauteur de son fils et elle le serra contre elle.

– Je t'aime, lui dit-elle à l'oreille.

Alors, Paul lui avoua tout bas son grand projet :

– Maman, quand je serai grand, je t'achèterai une maison et on pourra plus nous séparer.

Louise se redressa, essayant de refouler ses larmes. C'est à ce moment qu'elle vit Lazare, qui avait observé la scène. Lui, quand il serait grand, il serait comme papa, psychologue pour les gens, et un peu pour les hamsters. Il tourna le dos aux Rocheteau et s'éloigna, tirant son cartable et se demandant déjà : C'est le jour de qui ? Du petit garçon qui fait pipi au lit ? Non. De celle qui est phobique scolaire ? Non. Le lundi, c'est… Ah oui, le jour de Margaux, la scarificatrice.

Rue des Murlins, Sauveur avait replacé la tenture dans son cabinet, mais la barre ne tenait plus très bien. Lazare s'arrêta de respirer tandis qu'il entrebâillait la porte comme si son souffle risquait de faire tomber le rideau. De l'autre côté, Saint-Yves, qui venait d'ouvrir en grand la porte de la salle d'attente, resta un instant interdit en voyant deux jeunes filles.

– C'est ma sœur, dit Margaux, elle voulait vous voir.

– Vraiment ?

La cadette se leva aussi soudainement qu'un diable à ressort jaillissant de sa boîte.

– C'est pas ça, c'est que j'ai peur toute seule à la maison. Alors, Margaux m'a dit que je pouvais venir vous parler si j'avais envie.

– Et tu en as envie ?

Elle plia sa jambe droite à l'arrière et attrapa sa cheville d'une main, en mode flamant rose.

– C'est quoi, un psy, en fait ?

– C'est moi, répondit Sauveur. Tu veux entrer… Blandine ?

– Cool, vous savez mon nom ! En fait, un psy, c'est comme un télépathe ?

– Absolument, répondit Saint-Yves en laissant passer la fillette.

Elle était à peine vêtue d'un blouson en jean et d'un pantalon trop court, toute en nerfs et en tendons, le menton pointu et le regard en coin.

– Ah oui, c'est comme ça chez le psy, fit-elle en regardant autour d'elle, tandis que Sauveur refermait la porte. C'est vraiment des psychopathes qui viennent vous voir, des tueurs en série ?

– Pas trop. Tu peux t'asseoir ?

– Il ne faut pas s'allonger sur le canapé ?

– Non, assise, ça suffit.

Mais la fillette ne semblait pas imprimer ce qu'il lui disait. Elle se mit à marcher en rond dans le cabinet comme si cette activité était nécessaire au bon fonctionnement de son moulin à paroles.

– L'année dernière, les gens disaient que j'étais folle, les gens de ma classe, c'était une classe atroce, mais cette année, je me suis fait une bande de potes avec Samir et Louna, on se tape trop des barres, mais je leur ai dit, direct au début de l'année, que j'étais fan des Petshops parce que les autres de l'an dernier : « Gna gna gna, c'est une débile, elle joue aux Petshops », mais c'est pas ça, je joue pas avec, je fais des vidéos, genre stop motion, je photographie image par image, je sais pas si vous voyez ? Non ? J'en ai fait une avec un Petshop que j'appelle Bloomfield. Il revient de l'école où il y a des enfants qui le harcèlent, un peu genre moi l'an dernier. Il pleure, j'ai fait couler une larme sur sa figure avec un compte-gouttes, les filles qui regardent ma chaîne m'ont dit : « C'est trop réaliste ! » La mère demande à Bloomfield : « Qu'est-ce qui ne va pas ? » Je fais des bulles qui sortent de la bouche de mes Petshops pour les faire parler, et alors, Bloomfield répond rien. Il monte sur le toit de sa maison (j'ai une maison Playmobil qui me sert pour les décors) et il se tue en se jetant du toit. J'ai mis *Hurt* en fond sonore, c'est ma sœur qui m'a donné l'idée... Mais bon, ça prend hyper trop de temps à faire.

Elle s'arrêta un instant de tourner.

– Je suis folle ? demanda-t-elle sans paraître s'inquiéter outre mesure.

– On va dire agitée, diagnostiqua Sauveur, qui était resté debout, impassible, les mains dans le dos.

– Ça, c'est mon père : « Ah, là, là, tu peux pas rester tranquille ! » Avec lui, faut pas bouger, genre mort.

– Genre mort ? releva Sauveur, espérant trouver une accroche.

– Sa maison, elle est morte. Sa femme, elle est morte. Lui, il est mort.

Blandine scandait ses phrases en appuyant sur MOR.

– Mon père, c'est le roi Midas, tout ce qu'il touche, ça devient de l'or, mais l'or, c'est MORT. Et son fils, il est genre autiste. Il dit deux mots. Deux mots à trois ans !! Margaux, elle en est trop fan. Mais je sais pas, moi, je serais sa mère, je m'inquiéterais.

Elle étendit les bras et avança comme un robot, imitant la voix d'un bébé : « Ragaux, Ragaux. »

– Tu ne veux vraiment pas t'asseoir ?

– Si.

Elle s'assit brusquement et Sauveur put enfin se poser dans son fauteuil.

– Pour nous résumer, dit-il, tu as des amis cette année…

– Oui.

– Et tu ne t'entends pas bien avec ton père ?

Pas de réponse.

– Ma pote Louna, elle est amoureuse d'Emma Watson.

– De qui ?

– Emma Watson. Elle est trop belle. Je sais pas si c'est possible, enfin si, je sais que ça existe d'être amoureuse d'une fille quand on est une fille. Moi et mes copines, on est *space*. On dit qu'on se mariera ensemble plus tard parce qu'on n'aime pas les garçons.

– À 11 ans, vous n'êtes pas perdues pour la cause.

– On préfère les homos. Samir, il est homo.

– À 11 ans ?

– 12.

– Oh, ça change tout.

Blandine se mit à rire, elle commençait à connecter avec Sauveur.

– Mais les Blacks aussi, c'est bien, dit-elle.

– Je confirme.

– Vous êtes gay ?

– Non, désolé.

Comment arriver à cadrer un pareil entretien ? se demandait Sauveur. Les associations d'idées allaient si vite dans la tête de la petite qu'il était presque impossible de la suivre.

– Moi, je suis poupédophile.

– Pardon ?

– Poupédophile, répéta Blandine en pouffant. J'aime les poupées, les Monster High, vous connaissez ?

– Non.

– Vous connaissez rien, en fait.

– Pas grand-chose. Mais j'aime bien qu'on m'explique.

– Vous êtes cool. Margaux m'a dit : tu verras, il est cooool !

– Elle voulait que tu me parles ?

– Oui.

– Tu sais pourquoi ?

– Moi, je crois que c'est pour que je vous dise du mal de papa. Elle ose pas. Elle fait sa gentille avec lui. Comme ça, il lui achète des vêtements de marque. Mais moi, je m'en fous. Des trucs avec marqué dessus Kaporal et Abercrombie, t'as l'air trop con. Moi, les gens qui portent des marques, je leur dis : « Bonjour Abercrombie » ou : « Tiens, salut Kaporal ! »

– Tu ne serais pas genre peste ?

– Moi ? Non, ça va. Sauf pour papa. Alors, là ! Pour lui, je suis…

Elle prit un ton précieux et fit un geste maniéré des mains : « borderline, ma pauvre petite. »

– C'est ce que dit ton père ?

– Oui, quand il est gentil. Autrement, c'est : « Tu es complètement folle, tu as un QI de moins 2, cache tes genoux, ils sont trop gros, tu sens des pieds, mets du déodorant. »

– C'est ce que dit ton père ? voulut se faire confirmer Sauveur.

– C'est un gros pervers. On croirait pas, il fait style je suis sympa, je comprends ta life. Mais pas du tout. Sa femme, il lui dit : « Pourquoi tu mets toujours des pantalons, ma chérie ? C'est pas féminin. » Et après il lui dit : « Tu as vu la jupe que tu as mise ? Tu veux faire le trottoir ou quoi ? »

Elle s'était lancée dans une imitation de son père et Sauveur se cala au fond de son fauteuil, signe qu'il lui prêtait une attention accrue.

– Moi, il me dit : « Ah, c'est bien de faire des petites vidéos avec tes Petshops » et après : « Quoi, tu as mis tes vidéos sur Internet ! » Évidemment, je les mets sur ma chaîne YouTube, autrement ça sert à rien si les autres les voient pas. Mais alors, là, le drame. « Tu te rends pas compte à l'âge que tu as, les pédophiles sur Internet, tout ça ! » Il a détruit mes vidéos. Des heures de travail !

Des larmes avaient sauté aux yeux de la petite.

– Il regarde dans mes affaires, je vous jure, il fouille, je suis obligée de cacher mon journal. Et même dans mon téléphone il a regardé mes photos. Je photographie mes pieds. J'ai bien le droit. Eh bien, non. Je suis folle de faire des photos de pieds, c'est du fétichisme malsain.

– Du fétichisme malsain, c'est ce que dit ton père ?

– Oui.

La petite n'inventait sûrement pas ce genre d'expression. Est-ce que ce père était perturbé par l'étrangeté de sa fille, ou était-il le perturbateur d'une enfant tout simplement vivante ?

– Tu es chez ton père cette semaine ?

– Yes.

– Il est au courant que tu es ici ?

– Il sait même pas que Margaux voit un psy. Et il sait rien sur…

Blandine fit le geste de s'entailler le bras.

– Mais toi, tu es au courant.

– Je l'ai vue faire dans la salle de bains.

– Et tu n'as rien dit à personne ?

– Non.

– Tu ne trahis pas ta sœur ?

– Non.

– Tu es une fille bien.

– Merci.

Ils se sourirent.

– C'est fini ? demanda-t-elle.

– Oui. On va… Je vais terminer la séance avec Margaux. Si tu veux bien attendre à côté ?

– Y a pas de souci. Je vais faire des photos de pieds.

– D'accord.

L'échange des deux sœurs se fit sans commentaires dans la salle d'attente mais, après s'être assise sur le canapé, à la même place que la fois précédente, Margaux suggéra :

– Elle est bizarre, hein ?

– Originale.

– Maman la laisse faire n'importe quoi. Elle fatigue trop papa. Moi aussi, elle me fatigue.

D'emblée, Margaux se positionnait du côté de son père.

– Qu'est-ce que Blandine vous a raconté ?

– Ce qui se dit entre ces quatre murs reste confidentiel, lui rappela Sauveur.

Il la sentait indécise. Elle voulait et ne voulait pas être là.

– Je voudrais arrêter, dit-elle après un silence.

– Ce serait dommage d'arrêter la thérapie avant d'avoir commencé.

Elle le dévisagea, l'air stupéfait. Puis eut un ricanement.

– Je parlais d'arrêter…

– … de te scarifier, compléta Sauveur, un peu confus d'avoir interprété trop vite.

– Pourquoi est-ce que je fais ça ? le questionna-t-elle, les yeux agrandis par l'angoisse.

– Qu'est-ce que tu ressens quand tu le fais ?

– C'est surtout avant… avant de le faire. Je me sens tellement mal. J'ai envie de me taillader la figure, de de de… de m'ouvrir le ventre. Alors, juste, quand je commence… quand je vois le sang, ça me calme. Ça me calme.

Elle leva une main pour l'empêcher de commenter.

– J'ai lu ce qu'ils disent dans les forums, ils disent que l'incision déclenche l'émission d'endorphine et que c'est un calmant naturel. Ça soulage le stress, c'est ça ?

– En gros, oui.

– Et je vais faire ce truc de ouf toute ma vie ?

– La scarification n'est pas le problème en soi, Margaux. Tu me l'as très bien dit la première fois. Il y a les VRAIS problèmes, ce sont eux qui te poussent à faire ce que tu fais.

– Et ils sont où, mes vrais problèmes ?

– C'est la question.

– Et vous n'avez pas la réponse ?

– Si je l'avais – ce qui n'est pas le cas – et si je te la donnais, cela ne te serait d'aucune utilité. La thérapie est un chemin, et c'est toi qui es sur ce chemin.

– J'ai plutôt l'impression d'être à l'arrêt.

– Pourquoi es-tu venue avec Blandine ?

– Elle a peur toute seule.

– Ce serait bien, puisque j'ai vu ta mère et ta sœur, que je puisse aussi rencontrer ton père.

Le regard de Margaux s'enflamma.

– Je vous ai déjà dit NON !

– Mais puisque tu t'entends mieux avec ton père qu'avec ta mère, fit Sauveur, jouant les naïfs, ce serait une bonne chose qu'on puisse parler avec lui de tes VRAIS problèmes.

– NON. Parce que… non. Je ne vais pas lui donner du souci avec mes histoires. Il a assez de ses problèmes. Je suis la seule personne sur qui il peut compter. À qui il peut se confier.

– À qui il peut se confier…

– Et c'est reparti de répéter tout ce que je dis !

– Je trouvais juste intéressant de souligner votre complicité.

– Vous sous-entendez des trucs… Mais vous ne savez pas qui est mon père et vous ne savez pas ce qu'il vit.

– Tu peux me l'expliquer. Il a une vie difficile, compliquée ?

Margaux prit l'air buté. Elle ne voulait rien dire de plus. Mais la pression intérieure était si forte qu'elle finit par laisser échapper :

– Même sa femme…

Saint-Yves comprit qu'il s'agissait de l'épouse actuelle de monsieur Carré.

– Même sa femme ? répéta-t-il, au risque de se faire rembarrer une nouvelle fois.

– Elle est là, à toujours se plaindre : « Qu'est-ce que je lui ai dit ? Qu'est-ce que je lui ai fait ? » Il lui dit rien de particulier, il lui fait juste une petite blague…

– Il aime plaisanter ?

– Hier, il l'a appelée « ma grosse », mais c'était parce qu'elle le soûlait avec le régime qu'elle voulait faire. C'était pas méchant.

– Elle est grosse ?

– Elle a deux-trois kilos à perdre, papa lui a dit « dix kilos », mais c'était pour rigoler.

Sauveur commençait à se faire une idée du tableau. Monsieur Carré faisait d'abord remarquer à sa femme qu'elle avait dix kilos à perdre, puis l'entendant parler de régime, il lui disait : « Tu n'as pas besoin de maigrir, ma grosse... » Ou peut-être : « Mais je t'aime avec tes bourrelets. » Une petite blague.

– Des fois, elle est là, à table, reprit Margaux, mimant sa belle-mère, elle regarde de tous les côtés. Elle prend son air affolé. On croirait un oiseau qui se cogne dans les fenêtres...

– ... en essayant de s'échapper, suggéra Saint-Yves, pensant prolonger la métaphore.

– Mais personne veut s'échapper ! Vous interprétez ce que je dis et à chaque fois vous vous plantez.

– Désolé, j'essaie de suivre. Donc, tu parlais de ton père ?

– Vous voulez me faire dire des trucs contre

mon père. C'est parce qu'il est huissier, c'est ça ? Ce n'est pas sa faute si les gens paient pas leurs dettes, et on leur envoie l'huissier ! Les gens ont des préjugés contre les huissiers, c'est un genre de racisme.

– De racisme ?

– Oui, et vous, vous savez ce que vous êtes ? Un manipulateur mental ! C'est ça, un psy.

– Ah oui ? dit Saint-Yves sur un ton détaché qui aurait fait enrager n'importe qui.

– Je sais ce que c'est, la manipulation mentale, s'excita Margaux. C'est ce que fait ma mère quand elle me montre des sites sur les pervers narcissiques pour me persuader que mon père en est un. Comme dit papa, un manipulateur, c'est quelqu'un qui rentre dans votre tête pour vous obliger à penser pareil que lui.

– C'est ce que fait ta mère... d'après ton père ?

– C'est ce que VOUS faites tout de suite !

– Je t'assure qu'avec moi tu es libre de penser... commença Sauveur de sa voix suave.

– Mais ta gueule !

Margaux était prise d'un tremblement nerveux, le sang avait envahi ses joues. Si elle avait eu son cutter sous la main, elle aurait pu se soulager. De l'autre côté de la porte, Lazare écoutait, scandalisé.

Comment pouvait-on parler sur ce ton à son papa ? Il se sauva vers la cuisine en se bouchant les oreilles. Margaux se leva brusquement.

– Je ne supporte pas votre façon de parler. C'est toujours des insinuations.

– Margaux, je t'en prie, assieds-toi…

– Vous pensez que j'ai peur de mon père.

– Je n'ai rien dit de semblable.

– C'est de vous que j'ai peur ! Vous voulez contrôler ma vie, me dire ce que je dois faire, ce que je dois penser, qui je dois aimer, pas aimer !

Tout en parlant, elle se dirigeait vers la salle d'attente.

– Viens ! cria-t-elle à sa sœur.

Sans l'attendre et raflant son sac à dos au passage, elle courut vers la sortie.

– Hein, quoi, y a quoi ? bredouilla Blandine, interrogeant Saint-Yves, qui avait suivi sa sœur.

– Rattrape-la ! lui dit-il, l'escortant jusqu'à la porte de la rue des Murlins, que Margaux avait laissée grande ouverte.

Devait-il courir après la jeune fille ? Il vit qu'elle avait ralenti le pas, puis qu'elle se retournait. Il donna une tape sur l'épaule de Blandine.

– Va, elle t'attend.

Margaux allait mal. Qui devait-il prévenir ? Sa mère ? L'infirmière scolaire ? Sauveur revint vers son cabinet de consultation, un peu flageolant. Bien sûr, la rage de Margaux n'était pas dirigée contre lui. « Nothing personal », comme aurait dit un tueur à gages chargé de le flinguer. Mais tout de même, sur le moment, ça faisait de l'effet.

Il venait de prendre son téléphone pour appeler madame Dutilleux, la mère de Margaux, quand la pensée de son propre fils interrompit son geste. Ne devait-il pas vérifier qu'il était rentré de l'école et que tout allait bien ? Sauveur fila à la cuisine, qu'il trouva déserte. Son inquiétude monta tout de suite d'un cran, mais il supposa que son fils était allé rejoindre le hamster à l'étage.

– Lazare !

Il était bien là, assis en tailleur devant la cage.

– Tu crois qu'il va mourir ?

Sauveur attrapa la cage à deux mains et la mit à hauteur de ses yeux.

– Il roupille, ce gros fainéant. J'ai lu sur ton site de conseils que les hamsters viennent du désert, c'est là qu'ils ont pris l'habitude de vivre la nuit.

– Mais il n'a jamais vécu dans le désert, Bounty ?

– Non. Mais on garde en soi la trace de ce qu'ont

vécu les parents, les grands-parents, les arrière-grands-parents… Ce n'est pas une mémoire personnelle, c'est une mémoire familiale.

Qu'est-ce que ce hamster essaie de me faire dire ? se demanda Saint-Yves.

– Hachis Parmentier ? conclut-il à haute voix.

– Ouais !… Est-ce que je peux descendre Bounty à la cuisine ?

– C'est la meilleure idée de l'année, approuva Sauveur, se sentant une affection grandissante pour ce hamster neurasthénique.

Après avoir enfourné la barquette surgelée dans le micro-ondes, Sauveur alla écouter ses messages. Durant la journée, plusieurs personnes l'avaient appelé, mais comme il recevait des patients, il avait laissé le répondeur se mettre en route.

– Bonjour, je suis le proviseur du lycée Guy-Môquet. J'ai eu votre numéro par un psychiatre de la Madeleine, je sais que vous suivez Gabin. Je voulais vous prévenir qu'il n'est pas venu en cours de toute la journée et qu'il ne répond pas au téléphone de son domicile. Il semblerait qu'il n'ait pas de famille sur Orléans pour prendre soin de lui… Il faudrait peut-être prévenir les services sociaux ? Voudriez-vous me rappeler…

Suivait un numéro, que Sauveur nota à la volée. Mais il lui parut plus urgent de joindre le jeune homme lui-même. Malheureusement, il tomba sur : « Bonjour, vous êtes sur le portable de Gabin. Vous pouvez me rappeler plus tard. Ou pas. » Sauveur resta un moment, les yeux dans le vide, indécis. Puis il chercha l'adresse des Poupard dans son fichier de patients.

– 20 rue Auguste Renoir, marmonna-t-il. C'est pas trop loin.

Le hachis fut englouti en dix minutes, et Sauveur laissa son fils au premier étage entre Bounty et une pile de *Yakari*.

*
* *

Gabin vivait dans un immeuble protégé par un digicode et un interphone. Au bout de la sixième sonnerie, un faible « c'est qui ? » répondit à Sauveur.

– Saint-Yves.

– C'est pour quoi ?

– Tu m'ouvres.

C'était sans réplique, et d'ailleurs Gabin ne répliqua pas. Au quatrième étage, sa tête parut dans l'entrebâillement de la porte, hirsute, livide, les yeux rougis. Manque de sommeil ? Usage de substances toxiques ?

– Y a un problème ? Ma mère ?

– Ta mère est entre de bonnes mains. Mais il y a un problème. Pourquoi n'étais-tu pas en cours aujourd'hui ?

Gabin ne s'attendait pas à ce que son psy fût au courant. Il bafouilla qu'il était mal fichu, migraine, pas dormi, crise d'angoisse... Saint-Yves l'interrompit.

– Prends tes affaires de classe, ordonna-t-il, quelques vêtements, une brosse à dents. Tu vas dormir dans mon bureau. Demain, tu seras au bahut.

– Je peux me gérer tout seul.

– La preuve que non.

Saint-Yves usait rarement d'autorité, mais son flegme et sa haute stature impressionnaient. Gabin, esquissant une moue, alla préparer son paquetage. Sauveur attendit dans l'entrée par discrétion et, au bout de quelques minutes, jeta un coup d'œil à sa montre.

– Tu te dépêches, Gabin ? s'écria-t-il depuis l'entrée.

– Casse-toi si t'es pressé, fit le jeune homme entre ses dents, glissant son ordinateur portable dans son sac à dos.

Il accéléra pourtant le mouvement et se présenta bientôt devant son psy, faisant la gueule, mais soulagé d'être pris en charge. Ils partirent tous deux dans les rues désertes. Le vent du dehors fit se rétracter Gabin, qui s'étiolait entre quatre murs, passant ses journées et parfois ses nuits vissé à son clavier.

À peine furent-ils de retour rue des Murlins que Saint-Yves entendit son fils à l'étage qui glapissait :

– Papa, t'es là ? Vite, viens viiiiite !

Il monta quatre à quatre l'escalier, ayant quand même le temps d'imaginer l'enfant à terre se vidant de son sang.

– Bounty ! hurla Lazare en apercevant son père. Il est réveillé !

Sauveur porta la main à son cœur pour ralentir les battements.

– En voilà une bonne nouvelle.

Le petit hamster trottinait dans sa cage. Sauveur et son fils eurent la satisfaction de le voir manger, boire et pisser.

– Nous avons tous besoin d'une bonne nuit, conclut Saint-Yves.

En fait de bonne nuit, Lazare fut réveillé à plusieurs reprises par un Bounty hyperactif, qui fourrageait dans sa paille ou se lançait dans des acrobaties pas toujours réussies, en se suspendant aux barreaux de sa cage. Quant à Gabin, une fois au lit et assuré que Saint-Yves ne viendrait plus le déranger, il alluma son ordinateur portable et ne l'éteignit qu'à 3 heures du matin. Sauveur, de son côté, s'endormit sur son livre psy du moment, *L'homme qui prenait sa femme pour un chapeau*. Mais à 0 h 15, une pensée le traversa dans son sommeil : tu n'as pas appelé la mère de Margaux ! C'était sa conscience professionnelle, tel le fantôme dans *Hamlet*, qui venait le tourmenter.

– Meeerde, marmonna-t-il.

Pendant les deux heures d'insomnie qui suivirent, la quasi-totalité de ses patients défila devant lui, y compris madame Huguenot, toujours harcelée par sa chef de service. Il se rendormit sur cette pensée réconfortante qu'il ne servait à rien ni à personne et qu'il allait modifier sa pratique professionnelle.

Docteur Sauveur

Voit votre avenir dans le marc de café
Fait revenir l'être aimé, guérit de l'impuissance sexuelle
Résultats garantis aux examens

Le lendemain matin, après sa troisième tasse de

café, Saint-Yves retrouva sa confiance en lui et en Sigmund Freud. Dix minutes auparavant, le front appuyé à la verrière, il avait regardé s'éloigner dans le jardin Lazare et Gabin. Le jeune homme semblait remorquer sa propre carcasse. Saint-Yves se promit d'approfondir le sujet avec lui. Était-ce la peur de glisser du sommeil à la mort qui le maintenait éveillé ? Faisait-il des cauchemars ? Était-il obsédé par l'état psychique de sa mère ?

Une fois habillé de son éternel costume sans cravate et de sa chemise blanche, Sauveur profita de ce qu'il était un peu en avance sur ses patients pour faire quelques révisions. Il avait un cahier d'écolier à spirale et grands carreaux, sur lequel il jetait de temps en temps quelques notes, surtout des noms et des dates. C'était ainsi qu'il avait pu appeler Blandine par son prénom, parce que madame Dutilleux l'avait mentionné et qu'il l'avait noté.

– Ah oui, tressaillit-il en rejetant son cahier, rappeler madame Dutilleux.

Il leva les yeux vers la grosse pendule en face de son bureau. 8 h 55. Était-elle déjà en salle de classe ?

– Madame Dutilleux ? Sauveur Saint-Yves. Je vous dérange ?… C'est à propos de Margaux. Elle est partie très vite hier de mon cabinet… Ah, vous êtes au courant ?

Madame Dutilleux avait eu droit à un débriefing téléphonique de la part de ses deux filles.

– Vous êtes comme certains films dont on parle dans *Télérama*, lui dit-elle en riant, « les avis sont partagés ». Blandine vous trouve trop cool, mais pour Margaux vous êtes – je cite – un sale con.

Sauveur nota un changement dans la façon dont madame Dutilleux s'adressait à lui. Elle n'était plus agressive-pincée mais agressive-moqueuse. Comme si elle lui faisait comprendre qu'ils étaient, elle et lui, logés à la même enseigne. Des sales cons.

– Malgré tout, répondit-il sur un ton neutre, ce serait bien que Margaux poursuive une thérapie.

– Je voulais vous demander de maintenir le rendez-vous de lundi prochain. Elle n'y viendra pas, mais moi, j'ai besoin de vous parler.

Cette brusque substitution laissa un moment Saint-Yves sans voix.

– C'est entendu, madame Dutilleux. À lundi.

Les gens n'en finissaient pas de le surprendre, et c'était bien ainsi.

*
* *

À l'école Louis-Guilloux, madame Dumayet avait

programmé une sortie pour ce mardi après-midi, ce qui était une grande nouvelle pour Paul, car madame Rocheteau allait être une maman accompagnatrice. En dépit de son amitié indéfectible pour Lazare, Paul ne put s'empêcher de donner la main à sa maman pour le trajet, ce qui contraignit Lazare à se ranger aux côtés d'Océane. D'un mouvement machinal, il lui attrapa la main au moment où toute la classe s'ébranlait vers le but de la sortie, à savoir l'hôtel Groslot. Mais la petite Océane lui glissa entre les doigts et s'écarta de lui. Avant de savoir que Nicole le traitait de nègre, Lazare n'aurait pas remarqué ce mouvement.

– Alors, questionna la maîtresse, ayant fait entrer toute sa classe dans la cour d'honneur de l'hôtel Groslot, est-ce que vous reconnaissez cette statue ?

Elle désignait une jeune fille pensive sur son socle, serrant une épée contre son cœur.

– Jeanne d'Arc ! s'écrièrent les enfants, qui n'habitaient pas Orléans pour rien.

– Et qu'est-ce qu'elle a fait, Jeanne d'Arc, à Orléans ? poursuivit la maîtresse, prenant confiance dans l'immense culture historique de ses CE2.

Silence gêné. On avait trop peur de dire une bêtise. Madame Dumayet commença à perdre pied, d'autant que deux parents d'élèves l'observaient.

Il lui fallait pourtant obtenir une réponse ou on douterait de ses compétences.

– Elle a dé... Elle a dé..., souffla la maîtresse.

Elladé ? Elladé ? Paul interrogea sa mère du regard. Elle est folle, cette maîtresse ?

– Elle a bouté les Anglais hors d'Orléans, intervint le papa accompagnateur, qui était professeur d'histoire en faculté et père d'Océane.

Ayant compris « elle a goûté les Anglais », Paul se demanda pourquoi ce papa accusait Jeanne d'Arc de cannibalisme. Mais il renonça à obtenir un complément d'information auprès de sa maman, qui papotait avec le papa. Du reste, il s'était habitué à l'idée que les grandes personnes sont cinglées.

Une fois dans l'ancienne salle municipale, où la maîtresse eut beaucoup de mal à empêcher ses élèves d'essayer tous les sièges néogothiques en forme de trône, Paul sentit un regard posé sur lui. C'était le triste regard de Lazare, livré à lui-même.

– Maman, maman, dit Paul en tirant sa mère par la manche.

– Une seconde, tu vois bien que je parle, le gronda Louise, qui redécouvrait le plaisir d'attirer l'attention d'un monsieur, fût-il un papa accompagnateur, un peu chauve et bedonnant.

Paul haussa les épaules. Il avait juste voulu signaler à sa maman qu'il allait la laisser tomber pour rejoindre Lazare. Ce qu'il fit, après avoir lancé un mauvais regard à ce monsieur qui cannibalisait sa maman.

– C'est ton papa ? lui demanda Lazare.

– Lui ? fit Paul en plissant le nez de dégoût. Il pue du cul.

Lazare fut enchanté de la formule, qui agrémenta la fin de la sortie pédagogique sous forme de variations : pue du cul, trou du cul, pète au cul, etc. Pendant ce temps, Louise vantait la sensibilité de Paul – presque féminine, dit-elle – au papa d'Océane, lequel lui apprit sur le chemin du retour qu'il était divorcé et libre une semaine sur deux.

– Ah oui ? dit Louise, refroidie.

Plus jamais, pensa-t-elle, plus jamais un homme dans ma vie. Son regard se posant sur Lazare qui riait comme un bossu, elle se demanda si monsieur Saint-Yves avait fait vœu d'un célibat définitif.

– Ton papa va bien ? voulut-elle savoir.

– Oui. Salut Paul ! lança Lazare, toujours bousculé en fin d'après-midi.

On était mardi, jour de la phobie.

*
* *

Sauveur avait bénéficié de la compagnie de Bounty pendant toute la journée. En accord avec son fils, il avait installé la cage du hamster sur une petite table basse, dans le coin où les enfants dessinaient pendant la consultation.

– Oh, il est mignon ! s'exclama Ella, s'accroupissant pour admirer Bounty. Il dort ?

– C'est son passe-temps préféré.

Elle se redressa, ses yeux pétillant d'intelligence derrière les carreaux de ses lunettes. Sauveur sourit de plaisir rien qu'à la regarder.

– Je lui ai dit ! s'écria-t-elle, toujours debout, et son gros sac à dos à bout de bras.

– Tu as dit quoi à qui ?

– À maman. Pour le truc des règles.

– D'accord… Assieds-toi.

Elle s'assit et fit tout tomber à ses pieds, sac, blouson, écharpe.

– Tes parents ne viendront pas ?

– Peut-être maman. Elle n'était pas sûre. C'est à cause de son boulot. Mais j'ai trop trop de choses à vous dire !!

Elle s'arrêta net, soudain décontenancée.

– Je sais pas par quoi commencer.

– Raconte-moi ta semaine.

– J'ai pas trop manqué.

– Pas trop ?

– Sauf le latin, la prof est sadique. Quand elle me regarde, j'ai peur qu'elle m'interroge, j'arrête de respirer, je deviens toute rouge. Une fois, je suis tombée de ma chaise.

– Tu as fait un malaise ?

– Je crois, oui. Et en maths, je comprends rien, mais rien, et le prof se moque de moi. Une fois, il a dit devant toute la classe : Monsieur et Madame Pasinventélapoudre ont une fille, comment elle s'appelle ?

– Ella, murmura Saint-Yves en faisant signe qu'il désapprouvait ce genre de blagues.

Pour éviter certains profs, Ella pratiquait la scolarité à trous, arrivant en retard le matin, s'enfermant dans les toilettes ou se réfugiant à l'infirmerie. Sa moyenne générale, qui avait été de 13 au premier trimestre, ne cessait de dégringoler. Le bel entrain qu'avait manifesté Ella en début de séance s'était envolé.

– Mais ce n'était pas de ça dont tu voulais me parler, lui fit remarquer Sauveur.

Ella secoua la tête et la vie se ralluma dans ses yeux noirs.

– Vous vous rappelez les histoires de chevalier et tout ça ?

– Bien sûr.

– Quand j'ai parlé avec maman, je lui ai dit qu'ils auraient préféré si j'étais un garçon. Parce qu'ils avaient déjà une fille.

– Mm, mm, acquiesça Sauveur pour l'encourager à continuer.

– Maman est devenue… toute bizarre. Elle m'a dit que ça ne lui manquait pas d'avoir un garçon parce que les filles, c'est très bien. Mais j'ai cru qu'elle allait pleurer.

– Mm, mm…

– Et puis elle m'a dit qu'elle avait perdu un bébé. Et là, elle a pleuré.

Elle-même était au bord des larmes. Sauveur vint à son aide en la questionnant.

– Ce bébé était un garçon ?

– Oui.

– Ça s'est passé avant ta naissance ?

– Oui.

– Donc, il y a eu trois enfants dans la famille Kuypens, Jade, ce garçon et toi. Et on ne t'en avait jamais parlé ?

– Non.

Saint-Yves était conscient de vivre un de ces rares moments dans une thérapie, où un secret de famille est dévoilé.

– Le bébé est mort dans le ventre, dit Ella.

Puis elle répéta les explications données par sa mère : le cordon ombilical s'était enroulé autour du cou du bébé, qui était très remuant, et il s'était étranglé. On avait dû faire une césarienne pour le sortir du ventre maternel.

– Il avait huit mois. C'était un petit garçon normal. Blond comme papa. Il aurait dû… Il aurait dû…

Elle hoqueta avant d'éclater en larmes.

– Viiiivre.

Saint-Yves lui tendit sa boîte de Kleenex et attendit un instant qu'elle se calme. De l'autre côté, dans l'obscurité du couloir, un petit garçon essuyait ses larmes avec sa manche. Mais Ella n'avait pas fini son récit.

– Maman a voulu me montrer, je ne sais plus comment ça s'appelle, le livre de la famille ?

– Le livret de famille, rectifia Saint-Yves. Ton frère est marqué dedans ?

– Oui. Avec son nom.

Sauveur devina ce qu'elle allait dire à la solennité du silence qui suivit.

– C'est Elliot.

Monsieur et madame Kuypens n'avaient jamais parlé à Ella du bébé mort in utero mais, se dit Saint-Yves, elle avait pu un jour surprendre une conversation entre adultes ou simplement entendre ce prénom prononcé par son père ou sa mère. L'autre hypothèse était que parents et enfants communiquent sans qu'il soit besoin de mots.

Depuis des années, Ella portait en elle son petit frère mort.

– Le chevalier Elliot, murmura Sauveur.

– Ça se ressemble trop, Ella et Elliot.

– Oui.

Elle s'était vécue comme un – mauvais – produit de remplacement, et les premiers signes de la féminité lui avaient cruellement rappelé qu'elle ne pourrait jamais être le petit garçon perdu. Saint-Yves leva les yeux vers la pendule. La séance s'écoulait, et ni monsieur ni madame Kuypens ne se présentaient. C'était dommage, car Ella aurait eu besoin d'entendre ses parents lui dire qu'elle avait été désirée et que sa naissance ne les avait pas déçus. Si du moins telle était bien la vérité.

– J'ai pas osé demander à maman où il était.

– Où il était ? répéta Sauveur.

– Elliot. Qu'est-ce qu'on a fait de lui ? Les bébés comme ça, on… on les jette à la poubelle ?

– Non, la plupart du temps, le corps est incinéré, euh… brûlé, à l'hôpital. Mais il faudrait que tu poses la question à tes parents.

– Oh, alors là ! s'esclaffa-t-elle. Maman m'a dit qu'il ne faut pas parler d'Elliot à papa. Papa ne supporte pas qu'on parle de mort ou de maladie ou d'hôpital.

– Je pense que tu aurais besoin de savoir si ton petit frère a été incinéré à l'hôpital.

– Moi, j'aimerais qu'il ait une tombe avec son nom et je mettrais des fleurs dessus. Papa, il a peur de tout ça. Les cimetières… Dieu… Après la mort… J'ai une copine qui va au catéchisme, les autres se moquent d'elle, mais moi, j'aimerais bien y aller.

La délicate petite lampe à l'abat-jour rose s'était rallumée, éclairant Ella de l'intérieur. Elle était en extase.

– Je voudrais faire une prière pour Elliot. Mais je ne sais pas comment on fait.

– Prends les mots qui te viennent. Parle à ton petit frère.

Ella croisa les mains, ferma les yeux.

– « Mon petit frère, je pense à toi, j'ai de la peine

pour toi parce que tu n'as pas eu de chance. Ce n'est pas drôle tous les jours de vivre, mais je t'aurais aidé. Maintenant, tu es mort et tu es peut-être avec Dieu, et c'est peut-être toi qui vas m'aider. »

– Amen, dit Sauveur en guise de point final.

Lazare, qui pleurait, craignit d'être trahi par ses reniflements. Il se releva, songeant : ce qui se passe après la mort, Dieu, tout ça, papa ne m'en parle jamais. Une fois dans le couloir, un léger bruit de froissement lui fit tourner la tête vers la porte d'entrée. Quelqu'un glissait un papier par en dessous. Une publicité ? Mais cela semblait n'être qu'une feuille blanche pliée en quatre. Lazare pensa aussitôt à un quimbois et il s'en approcha. La panique s'empara de lui quand il entendit un autre bruit signalant un danger imminent, celui d'une chaise raclant le plancher. Ella s'était levée, la séance était terminée, Saint-Yves allait ouvrir la porte de son cabinet. Lazare fourra le papier dans sa poche d'anorak et courut se réfugier dans la cuisine. Son père le rejoignit bientôt, portant la cage de Bounty.

– Salut bonhomme, je t'amène de la compagnie ! fit-il gaiement en apercevant Lazare.

Son ton de voix s'infléchit aussitôt.

– Tu as pleuré ?

– Non, mentit son fils en baissant le nez.

– Tu t'es disputé avec Paul ? insista Sauveur.

– Non.

Lazare comprit qu'il lui fallait lâcher quelque chose pour expliquer ses yeux rougis par les larmes.

– Je pensais à maman.

– Ah bon ? Tu… Il faudra que tu m'en reparles. Mais là…

Il fit un signe vers la porte, indiquant qu'il devait retourner au travail.

– Gabin ne va pas tarder, ajouta-t-il, pensant que son fils s'en réjouirait.

– Encore ?

Le ton de Lazare n'était pas entièrement bienveillant. Jaloux ? se demanda son papa.

– Tu ne voulais pas qu'on s'occupe de lui ? répliqua-t-il, mécontent.

En réalité, Lazare craignait que Gabin, dont il ne surestimait pas les capacités intellectuelles, oublie que le quimbois était un secret entre eux et lâche une allusion à une certaine poule noire.

– Croque-monsieur-salade, annonça Sauveur au dîner sur le ton du garçon de café.

– Cool, fit Gabin. En théorie, j'en mange trois.

– Tu connais la phrase de Desproges, lui rétorqua Sauveur, « Un jour, j'irai vivre en Théorie, car en Théorie tout se passe bien » ?

Lazare rappela alors à son père qu'ils devaient acheter une roue pour Bounty.

– Je n'aurai pas le temps demain après-midi, bonhomme.

– Mais tu avais promis, gémit Lazare.

– En Théorie, se vengea Gabin.

– Nicole ira à Jardiland avec toi, dit Sauveur, regardant son fils de façon appuyée comme s'il attendait une réaction.

Lazare se contenta de bouder son croque-monsieur en prétendant qu'il était trop cuit, puis il attendit d'être certain qu'on ne le dérangerait plus, lumière éteinte, bordé dans son lit par papa, pour se relever et fouiller dans la poche de son anorak. La feuille blanche s'y trouvait toujours, pliée en quatre et froissée. Il la déplia et, dans le rond de lumière de sa lampe torche, il lut :

TU AS VOULU BLANCHIR LA RACE
ELLE EN EST MORTE

Madame Dumayet aurait dit de mettre des points.

*
* *

La journée du mercredi commença pour Saint-Yves par un appel de madame Courtois, la maman du petit Cyrille.

– Je voulais vous prévenir, dit-elle d'une voix essoufflée comme si elle avait couru, j'annule le rendez-vous pour demain, ça sert à rien.

– Qu'est-ce qui ne sert à rien ?

– Votre machin avec les parapluies et les soleils. Il n'a jamais autant fait pipi au lit.

– Il faudrait savoir pourquoi il a recommencé…

– Ça ne m'intéresse pas. Je veux qu'il arrête de faire pipi, c'est tout.

– Écoutez, madame Courtois, fit Sauveur presque suppliant, essayez de passer une dernière fois me voir, même dix minutes. Je ne vous ferai pas payer la séance. Je veux juste savoir ce que vous envisagez pour Cyrille.

– Si vous y tenez, grommela madame Courtois. Mais Cyrille ne sera pas avec moi. Il ne veut plus venir.

– Il vous l'a dit ?

– Oui.

Elle mentait. Il était sûr qu'elle mentait.

– Donc, je vous attends demain à 8 h 30.

Dans l'autre partie de la maison, ayant déjà raté la première heure de cours, Gabin estima raisonnable de se lever et de rendre visite à son prof d'anglais, qu'il aimait bien. Comme Ella, mais pour d'autres raisons, il se faisait une scolarité sur mesure, à base de langues étrangères. Sac en bandoulière, il traversa le jardin en sifflotant, eut au passage la tentation de faire de la balançoire, mais y renonça à la vue du portique rongé par la rouille. Il eut un mouvement de surprise lorsque, se retrouvant dans la venelle du Poinceau, il aperçut à quelques mètres de lui un homme en survêtement, la capuche rabattue jusqu'aux yeux. L'inconnu se détourna aussitôt et s'éloigna comme quelqu'un qui n'aurait pas la conscience tranquille. Gabin aurait pu faire un lien entre cet homme au comportement suspect et le quimbois de la semaine précédente, mais il aurait fallu qu'il se concentre quelques secondes d'affilée sur le même sujet.

À midi, ce fut au tour de Lazare d'emprunter cette même venelle du Poinceau pour rentrer chez lui après sa demi-journée d'école. Il installa Bounty sur la table de la cuisine et s'occupa en dessinant. Quand il entendit grincer la grille du jardin, il eut un rictus de douleur comme s'il venait de s'y coincer les doigts.

C'était Nicole apportant le déjeuner. Pas de surprise, c'était toujours du poisson pané et des pommes dauphine. Comme elle le disait à son mari : « Pour le prix qu'on me paie, je vais pas en plus me casser la tête ! »

– Dis donc, débarrasse-moi tout ça, fit-elle en guise de bonjour. C'est quoi, cette bestiole ?

– Un hamster, marmonna Lazare.

– C'est rien vilain. Ça me fait penser à la grosse souris que mon mari a tuée avec le balai. Une queue longue comme le bras. Comment qu'on peut aimer ce genre de bête ?

Quelque chose envahissait Lazare, quelque chose qu'il n'avait jamais éprouvé et qu'il n'identifiait pas, n'ayant jamais détesté personne. Soudain, la porte de la cuisine s'ouvrit et monsieur Saint-Yves parut, très élégant, tout souriant.

– Bonjour Nicole.

– Ah, docteur Sauveur, c'est pas souvent qu'on vous voit ! Ça va comme vous voulez ? fit Nicole, tout sucre et miel.

– Très bien, je vous remercie. Je venais vous dire que nous allons nous passer de vos services, mon fils et moi.

– Co… comment ça ? balbutia Nicole, qui avait reculé d'un pas sous le choc.

– Eh bien, très simplement. À partir d'aujourd'hui. Je vais vous payer pour tout ce mois-ci. J'ai préparé votre enveloppe. La voici.

Il gardait un ton aimable comme s'il ne disait rien de bien extraordinaire.

– Mais c'est pas possible, ça ! On renvoie pas les gens comme ça ! glapit Nicole, retrouvant son aplomb. Ça fait cinq ans que vous m'employez, cinq ans que je m'occupe de votre fils, même si ça me fait du tort auprès des autres parents !

– J'en suis désolé, Nicole, parce que c'est cinq ans de trop. Je n'aurais jamais dû vous confier un petit garçon qui porte un nom de gare et qui est le fils d'un nègre.

Il n'avait pas monté le ton, il paraissait en effet désolé, désolé de s'être laissé abuser, désolé de n'avoir pas su protéger Lazare.

Sur le pas de la porte, Nicole laissa libre cours à son racisme.

– C'est sûr que les Noirs sont pas à leur place ici ! Y a qu'à voir comment que vous vous conduisez avec moi. Un docteur, tu parles ! Tout le monde le dit : ce docteur Sauveur, c'est un charlatan. Ça m'étonnerait que vous ayez les bons diplômes.

Ce furent ses dernières paroles avant de disparaître de la vie des Saint-Yves, père et fils. Sauveur s'accroupit devant Lazare, dont les larmes roulaient sur les joues.

– Tu l'aimais, Nicole ?

– Non-on, hoqueta le petit garçon.

– Pourquoi tu ne me l'as jamais dit ?

– Je sais pa-a-as.

– Écoute-moi, Lazare…

– Oui ?

– Quand tu n'aimeras pas quelqu'un, tu me le diras. Promis ? Allez, ne pleure plus, *give me five* !

Tous deux déboulèrent à Jardiland, peu avant l'heure de fermeture. Pour soulager son sentiment de culpabilité, Sauveur acheta une nouvelle cage pour Bounty, ridiculement immense, puis il l'équipa d'une petite maison colorée avec une chambre et une pièce à provisions, d'une roue, d'un tunnel, d'une mezzanine, etc.

– Ah oui, quand même, fit-il, quand la caissière lui annonça le montant de l'addition.

Les préparatifs pour transformer la cage en Bountyland occupèrent la soirée de Gabin et Lazare. Saint-Yves les observa en train d'imaginer le plaisir du hamster à se promener sur sa mezzanine et à faire des stocks dans sa maison. Non seulement les deux garçons étaient contents pour Bounty, mais ils étaient Bounty, grâce à cette merveilleuse ressource de l'âme humaine qui se nomme empathie.

– Moi, j'aimerais trop habiter à Bountyland, dit rêveusement Lazare.

Après avoir piégé le hamster à l'intérieur d'un rouleau de carton, Sauveur le débarqua dans son nouvel habitat. Bounty courut vers un coin de la cage et s'aplatit au sol, oreilles rabattues. Une heure plus tard, il était toujours dans la même posture.

– Il a fait un arrêt cardiaque ou quoi ? s'informa Gabin auprès de Saint-Yves.

– Non, il est simplement la preuve qu'on ne peut pas faire le bonheur des autres à leur place.

– Putain, marmonna Gabin en portant les mains à son crâne, comme si cette façon de tout psychologiser lui donnait mal aux cheveux.

À 21 heures, Sauveur demanda à son fils d'éteindre sa lumière, et lui-même se mit au lit avec *L'homme qui prenait sa femme pour un chapeau*. Une heure plus tard, son livre étant tombé à terre et ses lunettes de lecture ayant glissé au bord de son nez, Sauveur, qui était en train d'expliquer à madame Courtois qu'il souhaitait adopter Cyrille, fut réveillé en sursaut par son fils légitime.

– Papa, je peux pas dormir. Il y a Bounty qui fait de la roue !

Sauveur se leva mécaniquement, enfila son caleçon et alla se planter devant la cage où Bounty faisait vrombir sa roue.

– Mais quel casse-couilles, ce type !

Le hamster finit sa nuit dans le cabinet de consultation.

*
* *

Madame Dumayet, bien qu'à deux ans de la retraite, s'intéressait toujours à son métier et, ayant lu dans une revue pédagogique que l'école n'apprenait pas aux jeunes Français à travailler en groupe, elle avait décidé ce jeudi matin de redresser la barre de l'Éducation nationale.

– Vous allez vous mettre par groupes de quatre, expliqua-t-elle à ses CE2, que cette innovation mit tout de suite en effervescence.

Il s'agissait pour eux de choisir l'un des dix proverbes qu'ils avaient recopiés dans leur cahier du jour et d'inventer collectivement une histoire qui l'illustrerait. À peine madame Dumayet avait-elle fini ses explications que Lazare avait déjà décidé qu'il écrirait une histoire à partir de *Chose promise, chose due* avec Paul, Nour et Noam. Malheureusement pour lui, c'était madame Dumayet qui constituait les groupes.

– Lazare, dit-elle, tu te mets avec Paul, Nour et Océane.

Le cœur du petit garçon fit un bond.

– Ah non, pas Océane !

Elle avait refusé de lui donner la main, il en avait déduit qu'elle était raciste comme Nicole.

– Comment ça, « pas Océane » ? répéta la maîtresse en prenant tout de suite sa grosse voix. Et pourquoi, s'il te plaît ?

– Parce que je l'aime pas.

Lazare ne se doutait pas qu'une simple phrase pouvait déclencher une tornade, un séisme, la troisième guerre mondiale. Madame Dumayet déclara qu'elle « tombait des nues », ce que personne ne comprit. Mais Lazare comprit fort bien en revanche que madame Dumayet lui réclamait son carnet de liaison pour y mettre un mot à son père. La brûlure au fer chaud de l'Injustice s'imprima sur son cœur. Il avait promis à papa de toujours le dire quand il n'aimait pas quelqu'un ! Pourtant madame Dumayet écrivit en rouge sous ses yeux : *Lazare a eu aujourd'hui un comportement inadmissible en classe. J'aimerais pouvoir en discuter avec vous un jour de la semaine prochaine après 16 h 30.* Depuis le temps qu'elle voulait rencontrer ce monsieur, elle avait trouvé un prétexte.

– Voilà, tu fais signer par ton papa, dit-elle en rendant son carnet à un Lazare anéanti.

– Tu sais, moi, j'en ai eu sept de mots, le réconforta Paul tout bas. On s'en fiche.

De son côté, Sauveur se préparait à une journée inconfortable, commençant à 8 h 25 par madame Courtois.

– Je ne vais pas pouvoir rester, dit-elle en s'asseyant au bord du canapé sans même déboutonner son manteau. J'ai une collègue malade que je dois remplacer…

– Et vous, comment allez-vous, madame Courtois ?

La chaleur humaine que Sauveur mit dans sa question la prit au dépourvu.

– Moi ? Oh, je… Ça va. Enfin, ça irait s'il n'y avait pas ce problème avec Cyrille. Mais je pense qu'on a trouvé la solution.

– La solution ?

– Je sais que vous n'allez pas être d'accord. Mais moi, je ne peux plus passer ma vie dans le pipi.

– Vous passez votre vie dans le pipi ?

– Oui, enfin, c'est une façon de parler. Mais tous les matins, les draps à défaire, le pyjama trempé… Alors voilà, c'est mon ami qui a eu l'idée. Je lui mets une couche.

– Vous mettez une couche à… ?

– À Cyrille, oui. Je sais que vous allez me critiquer. Mais quand même, il en fait un peu exprès. C'est de pire en pire, c'est toutes les nuits.

– Et vous ne voyez pas d'explication à cela ?

– C'est possible qu'il soit jaloux parce que je me suis retrouvé quelqu'un.

– Il est jaloux, et donc vous le punissez ?

– Quand il en aura assez des couches, il arrêtera de faire pipi, c'est ce que je me dis. De toute façon, mettre une couche, ce n'est pas si terrible. J'en mets aux vieux à l'hôpital.

– Et on en met aux bébés. Aux bébés et aux vieux.

– Mais pas à un garçon de neuf ans, c'est ça que vous voulez dire ? Je savais bien que vous alliez me critiquer. Mais d'un autre côté vous n'avez pas de solution.

– Je souhaiterais que Cyrille fasse une thérapie.

– Eh bien, moi, j'en ai pas les moyens. 45 euros toutes les semaines, figurez-vous que je ne les ai pas.

– On peut s'arranger, madame Courtois. Vous paierez selon vos moyens. Je pense que Cyrille ne va pas bien…

– Non, non, dit-elle en s'agitant, vous allez encore me compliquer la vie. Je dois y aller, ma chef m'attend. Ces histoires de psy, c'est pour les riches.

– C'est pour les gens qui vont mal.

Elle se leva et se serra elle-même entre ses bras, cillant pour ne pas pleurer.

– J'y vais, dit-elle en détournant la tête. Je ne vous dois rien ?

Elle essayait de se faire croire que tout était une question d'argent.

– Je regrette de n'avoir pas pu vous aider, madame Courtois. Ma porte vous reste ouverte et vous avez mon numéro de téléphone…

– Oui, merci.

Elle était venue, prête à batailler, elle repartait honteuse, culpabilisée, ce qui ne valait pas mieux. Après son départ, Saint-Yves resta un moment debout sans réaction.

– Et merde ! dit-il en donnant un coup de pied dans le canapé.

Puis il se vengea en pensant à ce qu'aurait dit

Jonathan Swift : « Les parents sont les derniers à qui l'on puisse confier l'éducation de leurs enfants. »

Sauveur s'assit à son bureau et s'absorba dans des tâches administratives jusqu'à 9 h 25. Il truandait toujours madame Huguenot de dix bonnes minutes. Entendant qu'elle toussotait dans la salle d'attente, sans doute pour lui rappeler son existence, il sourit en se rappelant la blague qu'il avait lue sur un site d'histoires drôles, qu'il consultait pour épater ensuite Lazare. C'est l'histoire d'un monsieur qui va chez son psy pour se plaindre : « Docteur, j'ai l'impression que personne ne s'intéresse à moi. – Patient suivant ! »

– Madame Huguenot ?

– Il fait encore frais ce matin, mais on se sent de suite mieux quand le ciel est bleu, dit-elle avec l'air d'énoncer une vérité scientifique.

– Certes, répondit Sauveur, sentant venir le premier bâillement.

Il fut question de la chef de service de madame Huguenot et de la belle-fille de madame Huguenot, mais aussi d'une grand-tante maternelle, Rose Patin.

– Pour ainsi dire, c'est elle qui m'a élevée, se confia madame Huguenot. C'était une vieille demoiselle originale, elle faisait peur à tout le monde, mais pas à moi. Elle passait son temps à broder des dessus de coussin et à empoisonner les chats du voisinage avec des boulettes de viande à la mort-aux-rats. C'est elle qui m'en a donné le goût.

Le curieux enchaînement des phrases sortit Sauveur de son coma.

– Le goût… de la broderie ?

– Oui, mais ça me fait mal aux yeux maintenant. Les derniers coussins que j'ai faits, c'était pour les chaises de la salle à manger de ma belle-fille. Des bouquets de roses au point de croix, c'est très élégant. Vous croyez qu'elle m'aurait remerciée ?

Encore dix minutes à tenir, indiquait la pendule ronde, et Sauveur y accrocha le regard comme à une bouée.

– La semaine prochaine à la même heure ? conclut madame Huguenot, très satisfaite de sa séance.

– On peut se contenter d'une séance de bilan dans un mois, vous vous en sortez très bien avec votre belle-fille…

– Vous m'avez assez vue, c'est ça ?

Quelque chose dans le ton de madame Huguenot venait de virer à l'acide.

– Ce n'est pas du tout ça, protesta Sauveur, assez

penaud d'être démasqué. Je constate que vous avez surmonté vos difficultés avec votre chef de bureau et que…

– Ne vous fatiguez pas, j'ai compris.

Elle se leva, chercha ses 45 euros dans son portefeuille en grommelant de vagues « On m'avait pourtant dit du bien de vous » et autres « Il faut compter sur personne ». Sauveur aurait aimé trouver des paroles de conciliation, voire d'excuse, mais rien ne venait. Il se contenta de raccompagner madame Huguenot jusqu'à la porte.

En fin d'après-midi, ce fut le tour des Augagneur. Ils arrivèrent chez leur psychothérapeute en pièces détachées, d'abord Marion, son téléphone greffé dans la main gauche, puis Lucile s'arrachant à un papotage entre copines et très mécontente d'être là, enfin monsieur Augagneur portant Élodie dans ses bras, car elle avait décrété qu'elle était trop fatiguée pour marcher. Comme la séance avait déjà pris du retard, Saint-Yves demanda si on attendait l'arrivée de Mylène, la petite amie de monsieur, pour commencer.

– Non, non, elle prendra le train en route, répondit Nicolas, le ton dégagé.

Cette fois, les deux aînées investirent le canapé

et d'entrée de jeu Élodie campa sur les genoux de son père. Saint-Yves jugea nécessaire de rappeler les règles.

– Marion, on avait dit : pas de téléphone.

– Ouais, je sais, fit-elle en s'activant sur son clavier. Juste un truc.

– Qui est-ce ?

– Hein ?

– Justin Truc.

– Hein ? Ah, ouais, mort de rire.

« Woof » fit le SMS en prenant son envol. Marion ferma le clapet de son téléphone d'un geste sec et plongea l'objet litigieux au fond de sa poche.

– Donc, cette semaine, vous avez la garde des enfants ? amorça Sauveur en se tournant vers monsieur Augagneur.

– Non, c'est la semaine de ma femme, enfin mon ex... Leur mère, quoi. Mais Lucile n'a pas voulu y aller... Enfin, il y a un problème.

Son ton de voix, qu'il avait voulu très ferme, s'effondrait déjà.

– On va rester longtemps ? demanda Élodie en glissant de ses genoux. Je m'ennuiiie.

– Va regarder la souris dans la cage, lui conseilla Marion.

– C'est un hamster, rectifia Sauveur, et il est comme toi.

– Hein ?

– Il a mauvais caractère.

Marion resta la bouche ouverte, hésitant entre deux options, le classique (mais déjà utilisé) « mort de rire » et le « non mais ça va de toujours me critiquer ! » qu'éprouve légitimement toute personne entre 12 et 15 ans. Profitant de son indécision, Sauveur se tourna vers la sœur aînée :

– Alors, Lucile, si je comprends bien, vous ne voulez plus voir votre maman ?

– Vous ne comprenez rien, le rabroua la jeune fille. C'est l'autre que je veux pas voir.

– L'autre ?

– La gouine.

Le visage de Sauveur se contracta comme s'il venait d'être frappé.

– Ouch, fit-il, c'est dur, ça.

– Quoi ?

– « La gouine ».

– Et alors ? C'est pas ce qu'elle est ?

– On peut dire les choses autrement, lui suggéra Saint-Yves. Et puis Charlotte ne se réduit peut-être pas à son orientation sexuelle ?

– Oh, c'est bon, la leçon de morale ! se récria Lucile. Moi, je m'en fous que les gens soient gays ou pas. Mais c'est juste que c'est ma mère et alors, là…

Elle fit un geste d'impuissance tandis que les larmes lui montaient aux yeux. Marion, voyant sa grande sœur en difficulté, se porta à son secours.

– En plus, les autres, quoi ! « Alors, tu vis chez ta mère et sa copine ? Ah bon, ta mère est une gouine ? »

– On t'a dit ça au collège ? s'affola son père.

– Non… mais on pourrait.

Pendant l'échange, Sauveur avait suivi la petite dernière d'un œil vigilant. Elle s'était accroupie devant la cage de Bounty, qui était en phase d'éveil et trottinait entre son tunnel et sa mezzanine.

– Non ! cria soudain Saint-Yves, faisant sursauter tout le monde. Ne passe pas le doigt à travers les barreaux ! Il va le confondre avec une carotte…

La petite se recula, très effrayée, et serra contre son cœur la main que le vilain hamster voulait croquer. Sauveur se leva, plaça la cage en hauteur et proposa à Élodie de faire un beau dessin. Il était fréquent que les enfants passent la séance de psychothérapie à dessiner tout en écoutant ce qui se disait entre grands.

– Qu'est-ce que je dessine ? lui demanda Élodie, décidément peu autonome ce jeudi.

– Ta famille, lui proposa Saint-Yves.

– Ça craint, remarqua Marion.

Monsieur Augagneur, débordé, finissait par ricaner.

– Mylène avait bien noté l'heure du rendez-vous ? lui demanda Sauveur en reprenant place dans son fauteuil.

– Oui, oui… Mais bon, ça la concerne pas tellement.

– Comment ça ?

– C'est pas ses affaires, bredouilla Nicolas, si ma femme, enfin mon ex, la mère… si elle est partie !

C'était un cri de douleur qui lui était échappé et il s'en rendit compte.

– De toute façon, marmonna-t-il.

– De toute façon ? l'encouragea Saint-Yves. Vous pouvez vider votre sac, Nicolas. On est là pour ça.

– De toute façon, on ne va pas rester ensemble, déclara monsieur Augagneur. J'ai pris une petite copine pour… pour avoir l'air.

– Avoir l'air ?

– De prendre les choses bien. Ma femme, enfin mon ex…

– Oui, j'ai compris, l'assura Saint-Yves.

– Elle s'en va comme ça du jour au lendemain. Elle refait sa vie. Et même pas avec un autre homme. Moi, ça… Ça passe pas, quoi.

Sa voix en effet s'étranglait. Les deux aînées se regardèrent, gênées.

– Moi, j'étais très bien comme ça, se reprit Nicolas, après s'être éclairci la voix. C'était peut-être égoïste de ma part. Mais je pensais qu'on était heureux tous ensemble. Je ne manquais pas de travail, ma f… Alexandra avait réussi à se mettre à son compte, les filles travaillaient bien à l'école…

– Papa, c'était pas le paradis non plus, le tempéra Lucile.

– Mais dans toutes les familles, y a des hauts et des bas. Des disputes. Pas vrai ?

Son regard interrogeait Saint-Yves, qui acquiesça.

– J'ai rien vu venir… Qu'est-ce que j'ai fait de mal ? Je rentrais peut-être trop tard ? Et Alexandra, elle aime sortir, moi, pas trop.

Il cherchait encore des explications à la catastrophe. Puis il se résigna.

– C'était la femme de ma vie. J'en ai jamais aimé une autre. Jamais.

Il enfouit son visage dans ses mains pour y cacher sa déroute.

– J'ai fini mon dessin ! annonça joyeusement Élodie.

– Viens nous le montrer, l'invita Saint-Yves.

Elle avait dessiné six bonshommes.

– Tu nous expliques ?

– Oui. Alors, là, c'est papa avec moi, dit-elle en désignant un grand et un petit bonhomme se donnant la main. Mylène, elle est partie faire du skate.

– D'accord.

– Là, c'est maman et sa copine.

Un grand et un petit bonhomme se donnant la main, semblables au couple précédent.

– D'accord.

– Et là, c'est Lucile, conclut la petite en désignant un bonhomme à longs cheveux jaunes.

– Et alors moi, j'existe pas ? se récria Marion, réellement outrée.

– Oups, fit la petite, qui courut avec sa feuille vers la table à dessiner.

Elle revint bientôt, triomphante, ayant ajouté un carré avec des boutons.

– C'est moi, ça ? s'étonna Marion.

– C'est ton téléphone. Tu es derrière.

La tribu Augagneur éclata de rire.

– C'est un beau dessin, la complimenta Sauveur.

Et c'est une belle famille. Comme vous disiez, Nicolas, avec ses hauts et ses bas.

Après le départ des Augagneur, Sauveur voulut porter la cage du hamster à la cuisine pour que Bounty y retrouvât son fils, mais la sonnerie du téléphone suspendit son geste.

– Sauveur ? C'est Brigitte. Je voulais te parler de ta patiente.

– Madame Poupard ?

– Elle a fait semblant de suivre son traitement, mais elle a mis de côté tous ses médicaments et elle les a avalés d'un coup hier soir.

Une tentative de suicide. Sauveur dut s'asseoir, les jambes coupées.

– Et ? fit-il faiblement.

– Rien de grave. Un lavage d'estomac. On va la surveiller de plus près. Si tu veux de ses nouvelles, demande à Mado parce que moi, je m'en vais.

– Tu quittes l'hôpital ? s'étonna Sauveur.

Un rire lui répondit. Non, Brigitte partait en vacances à Rivière-Pilote.

– Ça ne te manque pas, la Martinique ? demanda-t-elle à son compatriote. La mer, le soleil…

Sauveur laissa parler la jeune femme sans l'écouter vraiment. Il se demandait comment annoncer à Gabin la tentative de suicide de sa mère. Il prit soudain conscience que Brigitte avait dit quelque chose d'intéressant.

– Heu, qu'est-ce que tu disais à propos de Colson ?

– Excuse-moi, l'interrompit-elle, j'ai du monde… À plus !

Tout en reposant lentement son téléphone, les yeux plissés comme quelqu'un qui cherche à voir au loin, Sauveur tenta de faire revenir les mots qu'avait prononcés Brigitte. Elle avait parlé de l'hôpital psychiatrique de Colson à la Martinique, fermé pour des raisons sanitaires en 2012, et elle avait ajouté quelque chose comme : « J'ai vu quelqu'un de Colson. » Nombre de personnes autrefois internées à Colson se croyaient quimboisées ou se prétendaient quimboiseurs… L'une d'elles venait probablement d'échouer dans le service psychiatrique de Fleury.

*
* *

Ce soir-là, quand le dîner rassembla Gabin, Lazare et Sauveur, ce dernier chercha comment amener la conversation sur madame Poupard. Mais il fut uniquement question de Bounty.

– Papa, est-ce que tu crois que la maman de

Bounty était blanche et son papa noir, ou c'est le contraire ? voulut savoir Lazare.

– Qu'est-ce que tu préférerais ? lui retourna Sauveur, en bon psy qu'il était.

– La maman blanche et le papa noir, répondit Lazare sans hésitation.

– Comme toi, lui fit remarquer Gabin, qui commençait malgré lui à tâter de la psychologie.

Sentant qu'il était au centre de la conversation, Bounty se mit à faire le guignol. Il grimpa aux barreaux de sa cage, se déplaça latéralement avec beaucoup d'agilité puis, incapable comme tous les hamsters de descendre par où il était grimpé, il se laissa tomber lourdement. Il resta quelques instants immobile, un peu sonné par sa réception au sol, puis repartit à l'assaut du grillage comme si l'expérience précédente ne lui avait rien appris.

– Il est vraiment con ou il fait ça pour se rendre intéressant ? s'interrogea Gabin.

– C'est la question que je me pose assez souvent à propos de mes patients, lui répondit Saint-Yves.

Boum, fit le hamster en retombant.

– Mais papa, s'alarma Lazare, il faut lui dire d'arrêter !

– Tu sais, la vie est faite de répétitions…

– Mais il va se faire mal !

– La plupart des gens préfèrent se faire mal en répétant les mêmes choses plutôt qu'expérimenter quelque chose de nouveau, philosopha Saint-Yves.

– Putain, gémit Gabin en se prenant la tête entre les mains. Je vais me l'empailler, ce hamster.

Sauveur lui jeta un regard mi-amusé, mi-méfiant. Il ne savait toujours pas quoi penser de Gabin. Le garçon ne posait aucune question sur sa mère, on aurait pu le croire orphelin. Occupant maintenant le bureau du premier étage, il se trouvait placé sur le chemin de Lazare quand celui-ci se rendait dans la chambre de son père.

– T'es pas couché ? lui dit-il en le voyant traverser la pièce, son carnet de liaison à la main.

– Je dois faire signer un truc. Je crois que papa va pas être content.

– Montre.

Gabin lut le mot en rouge de madame Dumayet et prit un air admiratif.

– « Comportement inadmissible ». Yo, man, t'es un gangster ! Tu veux que je t'imite la signature de ton père ?

– Tu sais lire ? répliqua Lazare en lui reprenant le carnet des mains. Elle demande un rendez-vous. Et t'es pas tellement noir.

– Pas faux, admit Gabin.

Sauveur parut plus surpris que fâché à la lecture du mot de la maîtresse.

– Qu'est-ce qui t'est arrivé ?

– C'est mon premier mot, se défendit Lazare. Paul, il en a eu sept.

– Ce n'est pas ce que je te demande.

– Mais c'est pas ma faute, se défendit encore Lazare. Tu m'as dit de dire quand je n'aimais pas quelqu'un. J'ai dit que j'aimais pas Océane.

Saint-Yves eut quelque difficulté à faire comprendre à son fils qu'il avait mal interprété ses propos. Lazare répétait « c'est pas juste » et finit par accuser Océane de racisme.

– Mais voyons, Lazare, peut-être que cette petite fille n'aime pas donner la main ou bien elle est amoureuse d'un autre garçon et elle était déçue de n'être pas en rang avec lui…

– Mais je pouvais pas le savoir ! s'écria Lazare, au bord des larmes.

– Pour le savoir, tu aurais dû lui poser une question.

– Quelle question ?

– « Pourquoi tu ne veux pas me donner la main ? »

Lazare regarda son papa, décontenancé.

– Ah ben oui, c'est facile…

– Non, c'est tout sauf facile de poser ce genre de question. Et je vais te dire pourquoi. Parce qu'on a peur de la réponse. Océane aurait pu te répondre : « C'est parce que j'ai les mains collantes », mais aussi : « C'est parce que t'es moche. » Il y a toujours un risque à demander aux gens ce qu'ils pensent de vous. Alors, on préfère se faire les questions et les réponses dans la tête, et d'une petite fille timide on fait une sale raciste.

Lazare eut une lueur de ruse dans le regard.

– Mais peut-être… c'est quand même une raciste ? On sait pas…

– Mm, mm, fit Sauveur, étonné de sentir que son fils lui résistait.

Puis il signa le mot et écrivit qu'il acceptait de rencontrer madame Dumayet le 6 février à 16 h 30.

*
* *

Gabin s'éveilla avec l'intuition qu'il n'irait pas au lycée ce vendredi. Mais il ne pouvait rester toute la journée vautré sur le canapé avec son ordi sur les genoux, bien que ce fût le plus cher de ses souhaits. À 10 heures, il sortit de la maison et, au moment où il débouchait de la venelle, il aperçut l'homme en survêtement qui s'éloignait par la rue des Murlins. Il rôdait donc toujours dans ce quartier bourgeois, où il détonnait avec son pantalon de jogging et sa veste bleu marine, capuche rabattue. Gabin ne *décida* pas de le prendre en filature, puisque aucun centre décisionnel n'avait encore été officiellement repéré dans son cerveau, mais il lui emboîta le pas. Après le carrefour, l'homme à la capuche se dirigea tout droit vers le McDonald's, où il entra. Gabin sentit son estomac gargouiller et – bien sûr sans réfléchir – entra, lui aussi. Cheeseburger-Coca, voilà ce qu'il lui fallait. Il se mit en rang dans la queue voisine de celle de l'inconnu, qu'il entendit commander un café allongé. Il s'éloigna ensuite vers le fond du fast-food sans montrer rien d'autre que son dos. Une fois muni de son plateau, Gabin traversa la salle de restauration et aperçut enfin l'homme de face, assis à une place isolée. Il avait ôté sa capuche et posé sur la table les lunettes noires qui dissimulaient son regard. Gabin, pourtant peu émotif, eut un tressaillement qui faillit renverser son verre de Coca. L'homme avait quelque chose d'une apparition, il était blanc plus que blanc, décoloré, dépigmenté, avec des cheveux de neige, des sourcils et des cils blancs, un regard d'un bleu transparent et un air absent. Gabin, s'écartant de son champ de vision, alla s'installer le plus loin possible de lui. Il ignorait que l'étrange inconnu, avant de venir boire son café chez McDo, avait pris le temps de glisser une nouvelle feuille de papier sous la porte du 12 rue des Murlins.

À 10 h 20, Saint-Yves finissait de recevoir dans son bureau monsieur et madame Boulanger, les grands-parents carnivores à qui on confiait si rarement leurs petits-fils. Ce vendredi, ils étaient contents parce que leur belle-fille avait consenti à leur laisser Edgar et Quentin, 8 et 6 ans, le mercredi précédent.

– Eh bien, vous voyez, nous progressons, se réjouit Sauveur.

– Mais si vous saviez comme tout est compliqué, soupira la mamie. Ils ne doivent pas boire de lait, ils sont allergiques au gluten… On a l'impression qu'il suffit de leur parler de saucisson pour qu'ils tombent raide morts !

Fort heureusement pour eux, monsieur et madame Boulanger avaient le sens de l'humour.

– On fait comme vous nous avez conseillé la dernière fois, conclut le papy en citant les propos de Saint-Yves : « On ouvre notre porte et on ferme notre gueule. »

Sauveur leur fixa un dernier rendez-vous pour le mois suivant afin de faire un bilan, il leur serra vigoureusement la main puis les escorta jusqu'à la sortie. De temps en temps, dans son fichu métier, il y avait une éclaircie, et il aimait en profiter.

– Oh, attention ! le prévint madame Boulanger, vous allez marcher sur votre courrier.

Sauveur referma la porte puis se baissa pour ramasser une feuille blanche pliée en quatre, dont il supposa que c'était un oubli d'un de ses patients.

TU L'AS TUÉE

Quatre mots sur le papier. Comme une balle tirée à bout portant. Qui était visé, sinon lui ? Il n'avait pas voulu admettre que le cercueil lui était destiné. Mais le doute n'était plus permis. Quelqu'un le quimboisait, quelqu'un le menaçait. Quelqu'un de Colson ? En tout cas, quelqu'un qui connaissait son histoire et les bruits qui avaient couru à la mort de sa femme.

Ce soir-là, Lazare fit remarquer qu'ils étaient quatre garçons à la maison, lui, son papa, Gabin et Bounty, dont la cage trônait sur la table de la cuisine à l'heure du dîner.

– Bounty trouve que ça manque de filles, dit Gabin, se faisant l'interprète du hamster.

Pour dépenser son surplus de testosterone, Bounty courait comme un fou dans sa roue, se faisant parfois éjecter sur le côté aussi brutalement que l'homme-canon du cirque Barnum.

– Il doit appartenir à une sous-espèce de hamster suicidaire, commenta Gabin.

Sauveur se retint d'enchaîner : « à propos de suicidaire, ta mère… », mais il dit tout de même :

– J'aurai un peu de temps demain après-midi, Gabin. Je peux t'emmener à Fleury pour que tu voies ta mère…

– Cool, fit Gabin.

C'était loin, demain.

*
* *

– Monsieur Sauveur…

– Tu peux m'appeler Sauveur, Gabin.

– C'est Bounty. Il est mort.

– Mais non, il dort.

Saint-Yves suivit Gabin à la cuisine, où la cage était restée pour la nuit. Voyant le hamster allongé devant sa maison, le museau dans la litière, Sauveur ouvrit la porte et enfonça le bras jusqu'à le toucher.

– Il ne dort pas, admit-il.

Gabin, dont le visage était chiffonné par une nuit d'insomnie, ne manifesta aucune émotion particulière.

Lazare n'étant pas réveillé, son père hésita sur la conduite à suivre. Fallait-il jeter le hamster dans quelque poubelle du voisinage ? Mais l'enfant s'était attaché au petit animal, on ne pouvait le faire disparaître comme par magie.

À l'annonce de la nouvelle, Lazare nia d'abord le fait puis, placé devant l'évidence, il s'écria que c'était « pas juste » et enfin, se laissant aller au chagrin, il pleura dans les bras de son papa.

– Mais pourquoi ? balbutia-t-il.

– Je pense qu'il a fait une mauvaise chute. On va l'enterrer dans le jardin. Au pied du palmier, il sera bien. Ça lui rappellera le désert.

Ce fut Gabin qui prononça l'éloge du défunt devant la petite tombe.

– On te regrettera, Bounty. Bien sûr, tu étais fou. Mais tu avais aussi des qualités, même si on n'a pas eu le temps de savoir lesquelles.

Sortant d'un silence méditatif, Lazare demanda « comment c'est d'être mort », certain que papa allait lui fournir la bonne réponse.

– Sur cette question, lui répondit Saint-Yves, les petits en savent autant que les grands.

– Tu ne sais rien ? s'étonna Lazare.

– On a des vers de terre qui nous sortent par les trous de nez, intervint Gabin sur le ton de « et puis voilà ».

Sauveur proposa d'en parler ensemble devant un bol de chocolat chaud parce qu'il faisait froid dans ce jardin. Ce fut pour lui l'occasion d'enchaîner sur le fait que Bounty n'éprouvait plus ni le chaud ni le froid, ni la faim ni la souffrance.

– Il est peinard, voulut de nouveau conclure Gabin.

– Et il est avec Dieu ? relança Lazare, qui se souvenait avoir entendu quelque chose à ce sujet.

Sauveur parla de l'âme immortelle, de ceux qui y croyaient, de ceux qui n'y croyaient pas, puis il tenta de colmater l'angoisse qu'il sentait sourdre en son fils.

– Est-ce que tu te rappelles comment c'était avant que tu naisses ?

Lazare, intrigué, fit non de la tête.

– Il y a un avant et un après la vie, dont on n'a ni le souvenir ni la connaissance.

– Laisse-moi mon bol ! glapit alors Lazare,

s'apercevant que Gabin lui avait piqué son mug Barbapapa.

La parenthèse métaphysique étant refermée, Gabin demanda de quelle couleur on allait prendre le hamster suivant.

À Jardiland, paradis ouvert le dimanche, Sauveur, Lazare et Gabin tombèrent sur un hamster doré, dont le vendeur, qui semblait l'avoir toujours connu, assura qu'il n'était ni suicidaire ni acrobate. Baptisé Gustave par Lazare et Mustafa par Gabin, le hamster présenta tout de suite des tocs, cachant des provisions sous sa litière et gardant en permanence de la nourriture dans ses bajoues, ce qui lui donnait l'air de sortir de chez le dentiste après une double extraction dentaire. Les rires et les plaisanteries des deux garçons penchés au-dessus de la cage troublèrent Saint-Yves. Il lui semblait que le deuil de Bounty avait été bâclé.

En fin d'après-midi, il proposa à Gabin de faire un saut à l'hôpital de Fleury, où madame Poupard vivait recluse dans sa chambre. Depuis sa tentative de suicide, elle était même enfermée à clé, ce qui ressemblait à une punition. Dès son arrivée dans le service dans un état de grande agitation, elle s'était fait mal voir du personnel. Quand la surveillante d'étage avait voulu faire l'inventaire de ses affaires avant de les placer dans un vestiaire, madame Poupard lui avait asséné un bon coup de sac à main. Elle avait aussitôt été maîtrisée par deux solides infirmiers qui l'avaient revêtue de force d'une chemise de nuit et traînée en chambre d'isolement. Chaque brutalité avait accru sa certitude d'être tombée dans un guet-apens d'Al-Qaïda. Puis les neuroleptiques avaient agi. Revenue à la lucidité et souhaitant appeler son fils, elle avait réclamé son téléphone portable, qu'un infirmier, se référant au règlement, lui avait refusé. Nouvel accès de colère, nouvelles brimades. Le manque de compréhension dont elle était victime n'avait fait que nourrir sa paranoïa. Persuadée qu'on cherchait à l'empoisonner avec toutes ces petites pilules, elle avait fait semblant de les avaler. En réalité, elle les collait à son palais ou sous sa langue, puis les recrachait quand l'aide-soignante avait le dos tourné. Si elle en avait finalement absorbé toute une poignée, ce n'était pas parce qu'elle était dans un état délirant, mais bien au contraire parce qu'elle allait mieux et avait pris conscience de sa grande misère. En conséquence de quoi, le psychiatre de service la maintenait en HSC – hospitalisation sans consentement – et n'avait accepté la visite de Gabin que parce qu'il était accompagné d'un psychologue clinicien.

– Maman ? balbutia Gabin apercevant, tassée dans un fauteuil, une vieille femme échevelée qui bavait, la bouche ouverte.

L'infirmière-chef avait assuré Sauveur que madame Poupard faisait de rapides progrès. Mais Gabin ne l'avait jamais vue dans cet état. Saint-Yves s'approcha de son ex-patiente, il lui essuya la bouche avec un Kleenex puis, ayant trouvé un peigne dans la salle de bains, il la recoiffa, tandis que Gabin regardait par la fenêtre le jardin de l'hôpital.

– Madame Poupard, vous me reconnaissez ?

– Oui, monsieur, fit une voix pâteuse.

– Qui je suis ?

– Machin… Sauveur…

– C'est ça. Je suis venu avec votre fils. Il est près de la fenêtre. Vous souhaitez lui parler ?

– Je sais pas… C'est qui ?

– Votre fils. Gabin.

– Ah oui ?

Abrutie de neuroleptiques, madame Poupard luttait pour reprendre pied de ce côté-ci du monde. Elle marmonna « Gabin » plusieurs fois comme pour s'habituer à l'étrangeté de ce prénom, tandis que le jeune homme pleurait, le front contre la vitre. Sauveur se sentit agrippé par une main.

– Il faut pas, dit madame Poupard en le regardant dans les yeux.

– Il ne faut pas quoi ?

Saint-Yves redouta un instant que l'imam du Yémen ne refît surface.

– Gabin, reprit-elle. Ils vont le mettre dans un foyer. Je veux pas. Je vais sortir. Je veux sortir.

– Tranquillisez-vous, madame Poupard. Votre fils est là. Voulez-vous lui parler ?

– Je sais pas… Une autre fois.

Consciente de son délabrement, elle ajouta :

– Je suis pas maquillée.

Sauveur promit de revenir bientôt, quand madame Poupard aurait pu faire quelques frais de toilette. Gabin quitta la fenêtre et s'éloigna vers la porte sans regarder du côté du fauteuil.

– Au revoir, maman, dit-il, le dos tourné.

– Au revoir… Gabin, fit la voix.

*
* *

Rue de la Lionne, Louise, écoutant enfin les conseils de ses amies, Valentine et Tany, profitait de son week-end sans enfants.

– Pourquoi est-ce que j'ai accepté cette invitation ? se demanda-t-elle en passant du mascara sur ses cils.

Pendant la sortie à l'hôtel Groslot, le père de la petite Océane, monsieur Bonacieux, lui avait soutiré son numéro de portable.

– Pourvu qu'il ne me drague pas, marmonna Louise, après avoir contemplé dans le miroir son joli visage rehaussé par le maquillage.

Monsieur Bonacieux, amateur de grosse bouffe, steak-frites et confit de canard, avait supposé que cette nourriture ne conviendrait pas à une blonde délicate et il avait donné rendez-vous à Louise dans un restaurant où l'on servait du flan de riz au coulis d'orties. Déjà installé à une table, il se leva en la voyant entrer et nota qu'elle avait sorti le grand jeu, petite robe noire, bimbeloterie au cou et aux oreilles. Il la débarrassa de son manteau, lui tira sa chaise, l'étourdit de compliments. Il en faisait trop, et Louise se rétracta. Mais monsieur Bonacieux – Patrick de son prénom – pratiquait la chasse à l'affût : patience et observation. Percevant la gêne de la jeune femme, il fit signe au serveur d'apporter la carte et parut se concentrer sur le choix du vin. Puis il utilisa la botte secrète des séducteurs et demanda à

Louise des nouvelles de ses enfants. Elle devint tout de suite charmante, riant et le faisant rire des naïvetés de Paul et des crises de nerf d'Alice. Devant le plat de résistance, Patrick voulut à son tour placer une anecdote de bon père de famille.

– Moi aussi, j'ai eu droit à un drame cette semaine avec Océane. Elle est revenue de l'école sens dessus dessous parce qu'un petit garçon s'était permis de dire en pleine classe qu'il ne l'aimait pas et qu'il ne voulait pas faire partie du même groupe de travail qu'elle.

– Oh, c'est affreux, compatit Louise.

– J'ai voulu tirer l'affaire au clair. C'est le cas de le dire d'ailleurs, s'amusa monsieur Bonacieux, parce que le garçon en question est noir.

Louise porta lentement à ses lèvres son verre de Bordeaux et peina à déglutir.

– Il porte un nom cocasse, poursuivit monsieur Bonacieux. Balthazar.

– Lazare, corrigea-t-elle du bout des lèvres.

– Oui, c'est ça, ah, ah, comme la gare ! enchaîna monsieur Bonacieux. Ce qui est regrettable, c'est que les enseignants, même en centre-ville maintenant, ont des problèmes avec ces gamins qui ne sont pas éduqués. « Il faut tout un village pour élever un enfant », dit le proverbe africain. Mais chez nous, cela veut dire qu'*ils* nous laissent élever les leurs !

Pourquoi n'ai-je pas répondu que Lazare était le meilleur ami de mon fils et qu'il était bien élevé ? s'interrogea Louise, une fois de retour devant son miroir. Parce que j'ai peur du conflit. Mais je ne suis PAS raciste.

Pour s'en donner confirmation, elle pensa à Sauveur, tel qu'il lui était apparu la première fois, adossé au mur de la boulangerie. Comme si elle était devant un écran de cinéma, elle le regarda s'approcher d'elle, veste ouverte, mains dans les poches. Sa haute stature, son regard lumineux, ses lèvres épaisses qu'encerclait un trait de moustache et de barbe, son sourire à peine moqueur, sa voix chaude. Laissant échapper un soupir, elle renversa la tête pour qu'il l'embrasse. Comme au cinéma.

Sauveur ouvrit son agenda :

Semaine du 2 au 8 février 2015.

Son planning indiquait qu'en fin d'après-midi il recevrait madame Dutilleux, mais il était certain qu'elle lui poserait un lapin. Pourtant, à 18 heures, elle était dans la salle d'attente, portant de grosses boucles d'oreilles triangulaires, sans doute de son invention, et une robe décolletée, plus appropriée à un rendez-vous amoureux qu'à une consultation chez le psy. Mais peut-être avait-elle des projets pour sa soirée ? Tandis que, passant devant lui, elle laissait un sillage parfumé, Sauveur songea à ce que Margaux lui avait dit de sa mère : déprimée, déprimante, angoissée, chiante. Il s'assit sur une chaise et, s'identifiant à Margaux, il fit « alors ? » sur un ton agressif.

– Vous me laissez votre fauteuil ? remarqua madame Dutilleux.

– Votre fille sait que vous êtes ici ?

– Vous êtes chargé de ses intérêts ?

Saint-Yves se rendit compte que l'échange était mal engagé et il quitta la chaise pour le fauteuil.

– Excusez-moi, dit-il. Je crois que j'ai exprimé – involontairement – mon refus que vous soyez ma patiente.

– Je peux savoir pourquoi ?

– Je suis déçu que Margaux interrompe sa thérapie.

– Elle en a plus besoin que moi ?

– Laissez-moi le temps de m'adapter à la situation.

– Vous êtes compliqué pour un psy... J'imagine que ma fille vous a fait mon portrait ?

– ...

– Ah oui, c'est vrai, vous êtes une tombe.

Elle rit.

– Si vous aviez reçu mon ex-conjoint en consultation, mais cela ne risque pas d'arriver parce que, pour lui, les psys soignent les fous, et il n'est pas fou, les autres, oui, mais pas lui...

– Donc, si j'avais reçu monsieur Carré en thérapie ? la recadra Saint-Yves.

– Il vous aurait dit qui je suis. Une femme qui

se déteste tellement qu'elle ne peut aimer personne. Une femme dépressive, mais qui est dans le déni de sa dépression. C'est la raison pour laquelle il a dû un soir me dire : « Je vais m'installer en ville. Tu es dangereuse et je me mets à l'abri »... Il a juste oublié de me préciser qu'il se mettait en ménage avec une fille de dix ans plus jeune, et plus malléable que moi. Moi, je n'étais plus manipulable. Je l'avais démasqué.

– Démasqué ?

– C'est un pervers narcissique.

Devant l'absence de réaction de Saint-Yves, elle ajouta sur un ton d'ironie :

– Vous en avez entendu parler ?

– Des pervers narcissiques ? Comme tout le monde. À la télé.

Elle le chercha au fond des yeux.

– Vous n'y croyez pas ?

– Le pervers narcissique est à la mode, comme l'enfant hyperactif. Ou l'épidémie de dépression nerveuse.

– L'hyperactivité, c'est pour ma fille cadette. La dépression nerveuse, c'est pour moi ?

– Vous avez raté votre vocation. Vous auriez dû être psychologue.

Sauveur prit une lente inspiration. Qu'est-ce qui

lui prenait de croiser le fer avec une patiente ? Lui était-elle antipathique ? Ou était-il attiré par elle ?

– Madame Dutilleux, pourriez-vous me dire pourquoi vous avez pris ce rendez-vous ?

Un long silence, qu'il se garda d'écourter.

– J'ai peur, dit-elle enfin.

– Peur ?

Madame Dutilleux avait peur de son ex-conjoint, non, plutôt peur du mal qu'il pouvait encore faire. Pas à Blandine. Blandine était insolente, insaisissable. Son père ne cessait de la critiquer, de la cribler de moqueries, mais il ratait sa cible. Elle bougeait trop vite pour lui. Mais Margaux était captive. Elle voulait être aimée de son père. Il allait la détruire. Sauveur écoutait en silence. Il savait à quel point les enfants sont des enjeux entre des parents qui se sont mal séparés.

– Vous aimeriez que Margaux voie son père avec vos yeux ?

Madame Dutilleux haussa les épaules.

– Je voudrais surtout qu'elle arrête de le croire quand il lui raconte que je suis dépressive et castratrice et je ne sais quoi encore d'horrible ! Blandine me répète tout ce qu'il dit sur mon compte, mais elle, elle ne le croit pas. Elle est révoltée. Elle dit que c'est un gros menteur.

Elle avait même traité son père de gros pervers, se rappela Saint-Yves. Chaque fille avait choisi son camp. Blandine avec sa mère, Margaux…

– Pourquoi est-ce qu'elle se scarifie à votre avis ? l'interrogea soudain madame Dutilleux.

– C'est ce que j'aimerais élucider avec elle.

Madame Dutilleux eut un ricanement dépité. Elle ne tirerait rien de ce psychologue borné.

– Je suis déçue, fit-elle, je pensais que vous comprendriez.

– Que je comprendrais quoi ?

– Que cet homme est toxique !

– Vous parlez du père de vos enfants ?

Elle lui jeta un regard de colère qui, un bref instant, la fit ressembler à sa fille aînée.

– Vous me prenez pour une paranoïaque, c'est ça ?

– Madame Dutilleux, si on arrêtait avec les étiquettes ? Vos enfants sont écartelées entre leur père et leur mère, et elles souffrent toutes les deux à leur manière.

– Mais je le sais ! s'écria-t-elle en levant théâtralement les bras au ciel, ce qui la fit ressembler à son autre fille.

Sauveur esquissa un sourire.

– Qu'est-ce qu'il y a ? Je vous amuse ?

– Vos deux filles tiennent de vous, madame Dutilleux, et elles ne sont ni dépressives, ni castratrices, ni paranoïaques. Elles ont une forte personnalité.

Sauveur avait parlé sans chercher à savoir s'il avait raison. Il voulait juste réconforter. Madame Dutilleux lui sourit, peut-être flattée de cette forte personnalité qu'il lui accordait, peut-être attendrie à la pensée de ces deux filles qui lui ressemblaient. Sur le pas de la porte, elle promit de parler à Margaux pour qu'elle reprenne sa thérapie. Sauveur lui souhaita en retour une bonne soirée.

– Que voulez-vous dire ?

– Pardon ?

– Vous me dites « bonne soirée » sur le ton de « éclatez-vous bien ». Je rentre chez moi m'occuper de mes filles, c'est tout.

– Bonne soirée en famille, rectifia Sauveur, tout en songeant que madame Dutilleux avait donc mis pour lui la robe sexy.

Revenu dans son cabinet, Sauveur remarqua qu'un courant d'air soulevait la tenture. Maugréant contre cette porte qui fermait mal, il enfonça vigoureusement le pêne dans la gâche, faisant tressaillir

Lazare, adossé de l'autre côté du mur. Le heurtoir en bronze se fit alors entendre, à la grande surprise de Saint-Yves qui n'attendait plus de patient.

– Margaux ? Mais tu...

– Je sais. J'ai raté mon rendez-vous, l'interrompit l'adolescente. Maman est venue, non ?

– Entre, entre...

– Je ne reste pas, se défendit-elle tout en franchissant le palier. Je sais que ma mère est venue vous dire du mal de mon père.

D'un signe de la main, Sauveur l'invita à passer dans son cabinet. Elle secoua la tête.

– Quand je reviendrai ici, ce sera avec mon père, affirma-t-elle sur un ton de défi.

– D'accord. Lundi prochain, 18 heures ?

Il se doutait que Margaux n'avait pas osé parler à son père de thérapie, et encore moins de scarification.

– Ce sera peut-être 19 heures, fit-elle d'une voix hésitante. Papa travaille tard.

Sauveur résuma :

– Lundi. 19 heures. Monsieur Carré...

– ... et moi, ajouta Margaux dans un souffle.

Puis elle se sauva.

Pendant ce temps, Lazare s'était faufilé vers la

cuisine, où il trouva Gabin, prostré sur une chaise, en tête à tête avec Gustave-Mustafa.

– T'étais où ? demanda Gabin, le ton morne.

– Hein ? Derrière… dans le couloir, enfin, non.

Gabin avait posé sa question sans se soucier d'une réponse, mais l'embarras du petit garçon le fit tiquer.

– Tu faisais quoi dans le couloir ?

– Hein ? Rien.

– Rien ? Dans le couloir ?

– Tu peux garder un secret ?

Avec l'index, Gabin fit le geste de se coudre les lèvres.

– Il y a une porte qui s'ouvre dans le couloir, commença Lazare sans préciser qu'elle ne s'ouvrait pas d'elle-même. Et on peut écouter.

– Écouter quoi ?

– Papa.

– Et les patients aussi ?

Lazare acquiesça d'un hochement de tête.

– Mais t'es pas bien, toi !

– T'as promis, t'as promis, lui rappela Lazare, au bord des larmes.

– Oui, mais quand même…

Gabin resta un moment rêveur, accédant presque à l'introspection, car il se demandait s'il aimerait écouter à la porte du bureau de consultation. Puis l'image d'une vieille femme échevelée lui passa devant les yeux.

– Tu connais *World of Warcraft* ? demanda-t-il à Lazare.

Sauveur rejoignit les garçons dans la cuisine au moment où Gabin expliquait à Lazare qu'il était un Elfe de la nuit, voleur et herboriste, et qu'il passait sa vie en compagnie de Gnomes, d'Orcs et de Centaures.

– Hello, boys !

Saint-Yves avait décidé de trouver normal que Gabin soit là tous les soirs.

– Comment va Gustave ?

Il s'accroupit au niveau de la cage.

– Il mange tout le temps, répondit Gabin, il va faire le double de Bounty.

Sa remarque tira un froncement de sourcils à Sauveur.

– D'accord, dit-il en se redressant. Le vendeur s'est foutu de nous. C'est une femelle et elle est pleine.

– Putain, c'est une Mustafette, réalisa Gabin.

– Ouais, des bébés hamsters ! s'enthousiasma Lazare.

– … que nous ne garderons pas, le modéra son père. Parce qu'au bout d'un mois ils se reproduiraient et que l'élevage de hamsters ne fait pas partie de mes projets professionnels à court terme.

*
* *

Madame Dumayet, suite à une conférence pédagogique donnée par monsieur l'Inspecteur, avait découvert la semaine précédente que l'écolier français manquait d'autonomie. Portant sur ses épaules l'avenir de la nation, elle afficha au mur de sa classe, grâce à ce soutien indéfectible du pédagogue qu'est la Patafix, un

TABLEAU DES RESPONSABILITÉS

- Éteindre/allumer les néons
- Tenir la bibliothèque
- Être chef de rang en sortie
- Copier au tableau le proverbe du jour
- Distribuer les cahiers
- Veiller à la propreté de la classe
- Être le messager de la maîtresse

Lazare se vit attribuer pour la semaine le nettoyage du tableau tandis que Paul obtint l'arrosage des plantes vertes sur la quinzaine, ce qui nécessitait qu'il aille vérifier toutes les heures que le terreau n'était pas en train de se craqueler sous l'effet de la sécheresse. Du reste, chaque élève, répondant à l'appel du devoir (ou du néon ou de la corbeille à papier), se levait désormais sans permission et vaquait à ses occupations. Madame Dumayet, n'ayant pas perdu de vue la nécessité pour l'écolier français de travailler en groupe, redémarra aussi ce mardi l'activité d'écriture collective. On arriva en milieu de matinée à un tel paroxysme d'autonomie participative que la maîtresse, qui au début de sa carrière exigeait d'entendre une mouche voler, n'aurait même pas entendu un avion à réaction.

– Maîtresse ! glapit soudain Lazare.

Le petit garçon, que la maîtresse avait maintenu dans le groupe d'Océane, devait écrire une histoire à partir de *Il faut de tout pour faire un monde.*

– Qu'est-ce qu'il y a, Lazare ?

– C'est Océane ! dit-il, pointant l'index vers la fillette. Elle veut pas croire que ma maman est blanche.

– Une maman blanche peut pas avoir un bébé noir dans son ventre, rétorqua Océane sur le ton de l'évidence.

Madame Dumayet s'aperçut que le silence s'était fait dans la classe.

– Eh bien, se souvint-elle très à propos, Lazare a écrit l'autre jour une jolie histoire où une louve blanche tombait amoureuse d'un loup noir, ils se mariaient et ils avaient un beau petit loup gris. Figure-toi, Océane, que c'est ce qui se passe dans la vie. Une maman blanche et un papa noir, ou le contraire, ont des enfants comme Lazare, qu'on appelle des métis.

– Il faut de tout pour faire un monde, conclut Paul, trouvant enfin une utilité à la sagesse des nations.

Pour Paul, depuis la veille, c'était la semaine avec maman. Donc il était heureux, même s'il devait endurer la nouvelle fixette de sa sœur, un sac-Vanessa-Bruno-en-forme-de-cabas-toutes-les-filles-en-ont-un.

– Maman, dit Paul à la sortie de l'école, est-ce qu'on peut raccompagner Lazare chez lui ? On n'a pas eu le temps de se raconter tous nos trucs.

De fait, Paul devait encore parler à Lazare de son futur demi-frère et Lazare de son nouveau hamster. Louise avait du repassage en retard et un article à écrire d'urgence, mais elle fit un petit signe d'acquiescement.

– J'ai deux pains au chocolat, dit-elle en tendant le paquet de la boulangerie à son fils.

– C'est très aimable de votre part, fit Lazare, qui copiait les formules de son père.

Le cœur de Louise s'emballa.

– Il va bien, ton papa ? demanda-t-elle.

– Mumm, répondit Lazare, la bouche pleine.

Puis il lui tourna le dos et, traînant derrière lui son cartable à roulettes, commença ses messes basses avec son copain. Une fois devant la grille du jardin, Lazare fit de nouveau face à Louise.

– On peut se voir demain ?

Louise jeta un regard désolé à son fils.

– Mais non, Paul. Je t'ai dit que mamie venait déjeuner à la maison.

– Oh nooon, gémit Paul. J'ai pas enviiie.

– Ce n'est pas gentil, le gronda mollement sa mère. Mamie vient spécialement d'Étampes.

Elle savait déjà que sa mère passerait l'après-midi à la critiquer et à lui donner des conseils de « bon sens » totalement irréalisables. Elle aurait bien gémi, elle aussi : « J'ai pas enviiie. »

– Donne le bonjour à ton papa, fit-elle en embrassant Lazare sur les deux joues.

Ce stupide cœur allait-il s'affoler chaque fois qu'elle évoquait Saint-Yves ?

– Maman, dit Paul en s'éloignant à son côté, Lazare a un autre hamster. Un hamster doré.

Paul comptait développer une stratégie en cinq mouvements. Première étape : informer sans paraître concerné.

– C'est une femelle, elle s'appelle Gustavia.

Deuxième étape : focaliser.

– Elle va avoir des bébés. Le papa de Lazare ne veut pas les garder.

Troisième étape : dramatiser.

– C'est triste parce qu'il faudra les tuer.

Quatrième étape : toucher le point faible de l'interlocuteur.

– Tuer des BÉBÉS.

Enfin, proposer une solution.

– Lazare dit que si j'en veux un…

– Non.

Les grands stratèges savent se replier sur leur base arrière.

– Tu sais comment il va s'appeler, le bébé de Pimprenelle ?

Louise tendit l'oreille.

– Achille.

– Mais quel imbécile, marmonna Louise.

– Achille ?

– Non. Ton père.

– Moi, si j'ai un hamster un jour, dit Paul, favorable à la reprise des négociations, je voudrais trop l'appeler Bidule.

– Eh bien, on va l'appeler comme ça.

Paul eut un tressaillement de joie.

– Mon hamster ?

– Non. Ton père.

*
* *

Quand Lazare s'assit au sol après avoir entrebâillé la porte, la séance d'Ella avait commencé.

– Tes parents ne viendront pas ? s'informa Sauveur.

– Si ! s'exclama-t-elle. Maman doit passer au travail de papa et ils arriveront ensemble. Papa a dit qu'il voulait faire le point avec vous.

– D'accord. Y a-t-il quelque chose que, toi, tu souhaites leur dire ?

– Déjà, je voudrais leur dire que, pour la phobie scolaire, ça s'est arrangé.

– Tu n'as pas manqué de cours cette semaine ?

– Que le latin. J'aime pas quand la prof me regarde.

– Quel genre de regard est-ce ?

– Je sais pas… J'aime pas quand on me regarde.

– Tu voudrais être invisible ?

L’idée l’enchanta.

– Oh, oui ! C’est une histoire que j’ai lue. On tourne un anneau et on disparaît.

– L’anneau de Gygès. Tu verrais les gens et tu ne serais pas vue d’eux.

On frappa à la porte d’entrée.

– Tes parents ? supposa Saint-Yves. Je vais leur ouvrir. N’en profite pas pour disparaître, d’accord ?

Elle rit nerveusement.

Saint-Yves connaissait déjà madame Kuypens, qui avait accompagné sa fille lors de la première séance. C’était une femme d’une quarantaine d’années, qui avait dû être jolie dans sa première jeunesse et s’était fanée très vite. Elle avait le teint terne, les paupières flétries, le cheveu sec. Saint-Yves lui serra la main.

– Votre mari n’a pas pu se libérer ?

– Il était au téléphone avec un client. Ça n’en finissait pas.

Monsieur Kuypens était à la tête d’une entreprise de chromage. Ella bondit de sa chaise pour embrasser sa maman tout en s’écriant : « Et papa ? »

– Il arrive, il arrive.

Elle se tourna vers Saint-Yves.

– Elle vous a parlé du petit frère ? Ça l’a mise dans tous ses états.

Elle-même semblait fébrile.

– Mon mari ne comprend pas ça.

– Qu'est-ce qu'il ne comprend pas ?

Pour toute réponse, madame Kuypens s'écria : « C'est lui ! » en entendant cogner à la porte.

Monsieur Kuypens avait couru, il transpirait en dépit du froid et dégageait une forte odeur de tabac, de produits chimiques peut-être, ou d'eau de toilette qui aurait tourné, la sclérotique de ses yeux était jaune et la peau fine de ses pommettes striée de veinules. Tout cela, Sauveur le nota en une poignée de main, plongeant non dans un bain de chrome, mais de perceptions, d'où il ressortit avec la certitude que le père d'Ella était alcoolique.

– Je vous remercie de vous être libéré, lui dit-il. Entrez, c'est par là.

Monsieur Kuypens se laissa embrasser par sa fille puis demanda : « Où je me mets ? » sur un ton peu engageant. Sa femme lui désigna la place à côté d'elle sur le canapé.

– Alors, c'est quoi, votre affaire ? dit-il à Saint-Yves, comme s'il avait quelque objet à chromer.

– Nous parlions du bébé mort in utero avant la naissance d'Ella.

– Encore ? Mais c'est une vieille histoire, ça fait quinze ans !

– Quatorze, murmura sa femme sans qu'il l'entende.

– C'est mort et enterré, voulut-il en finir.

– Enterré où ? demanda Ella.

– Hein ? Mais j'en sais rien ! se braqua son père. C'est malsain, toutes ces questions. C'est ça, votre psychologie ?

Sauveur n'eut pas à répondre, car madame Kuypens s'interposa avec la plus surprenante des déclarations.

– Elliot est enterré au cimetière Saint-Victor.

– Qu… quoi ? suffoqua son mari.

Les yeux lui sortaient de la tête, mais sa femme, sans se laisser intimider, lui apprit que les cendres de l'enfant, recueillies dans une urne, étaient dans un emplacement réservé du columbarium avec une plaque au nom d'Elliot Kuypens. Ella joignit les mains sur son cœur dans un mouvement de ravissement.

– Je pourrais lui porter des fleurs ?

– Si tu veux. On fera ça ensemble, lui promit sa maman.

– Mais c'est fou, ça. Elles sont folles, bredouilla monsieur Kuypens.

– C'est toi qui as failli me rendre folle ! rétorqua sa femme. J'ai jamais eu le droit d'en parler. Même pleurer, il ne fallait pas ! Soi-disant à cause de Jade. Mais en fait, c'était à cause de toi. Tu voulais faire comme s'il ne s'était rien passé. Mais moi, je l'avais porté dans mon ventre, le bébé. Pendant huit mois !

– Il fallait tourner la page, c'est ce que nous a conseillé l'interne à l'hôpital. Il fallait remettre un bébé en route tout de suite.

Monsieur Kuypens chercha un appui du côté de Sauveur. Un homme, un genre de médecin, il allait dire des choses raisonnables.

– Votre femme avait besoin de partager sa peine avec vous, tenta de lui faire comprendre Sauveur.

– Quand je me suis aperçue que le bébé ne bougeait plus dans mon ventre, il m'a conduite à l'hôpital et il m'a laissée seule, renchérit-elle. Il avait rendez-vous chez son comptable ! L'échographie pour constater que le bébé était mort, la césarienne pour le sortir, j'étais seule. Et les décisions à prendre : qu'est-ce qu'on fait du corps ? Est-ce que vous voulez inscrire le nom de votre enfant sur le livret de famille ? J'étais seule. Alors, oui, après, comme dit mon mari, ça a été mort et enterré. Et notre couple aussi.

La petite Ella porta les mains à ses oreilles. Saint-Yves regarda autour de lui, incrédule. En quelques secondes, trois vies dévastées. C'était ça, la psychothérapie ? Monsieur Kuypens se leva.

– Ah bien, bravo ! Bravo ! fit-il, sarcastique, en s'adressant à Saint-Yves comme s'il était l'unique responsable du désastre.

– Pourriez-vous rester jusqu'à la fin de la séance ? lui enjoignit Sauveur.

– Tout est dit, non ?

– Asseyez-vous. Prenez le temps cette fois-ci. Ella, tu avais une question au sujet de ton prénom ?

La petite, qui se sentait coupable de tout ce qui venait de se passer, nia en secouant la tête.

– Tu trouves que Ella, ça ressemble trop à Elliot, lui rappela-t-il.

– On cherchait un prénom et mon mari a proposé Ella, intervint madame Kuypens, qui avait encore le souffle haché après sa tirade.

– Moi ? Jamais de la vie ! protesta son mari.

– Bien sûr que si. Tu m'as même dit : comme Ella Fitzgerald.

– Tu as rêvé.

– Ne vous disputez pas, supplia Ella. C'est pas important.

– C'est intéressant, lui fit observer Sauveur. Parce que chaque fois qu'on dit « Ella », on peut penser à Elliot. Et c'est ton papa qui a trouvé ton prénom.

– C'est bien des trucs de psy, ricana l'intéressé. Ella, c'est pour une fille. Elliot, c'est pour un garçon. Ce n'est pas comme mon prénom.

– Pas comme votre prénom ?

La couperose de monsieur Kuypens s'enflamma.

– Je m'appelle Camille. C'est un prénom mixte.

– Tu pourrais peut-être dire au docteur que c'était aussi le prénom de ta sœur, lui suggéra sa femme.

– Ça n'a pas de rapport avec Ella, marmonna son mari.

– Vous avez eu une sœur prénommée comme vous ? le questionna Sauveur de sa voix suave.

– Oui. Mais ça n'a rien à voir.

– Elle est née avant vous ?

– Je vous dis que ce n'est pas pareil ! s'emporta Camille. Elle est morte à un an d'une méningite.

– Vous avez hérité son prénom, lui fit remarquer Saint-Yves.

– Et alors ?

Sauveur entrevit la possibilité de sauver la situation.

– Monsieur Kuypens, vous avez cru, étant enfant,

que votre mère s'était consolée de la perte de votre petite sœur en vous faisant porter le même prénom. Quand votre femme a vécu un drame similaire, vous lui avez suggéré d'appeler sa fille presque comme son petit frère. Vous vouliez la consoler…

Sauveur n'était pas certain de la validité de son interprétation. Mais il tendait une perche à monsieur Kuypens.

– Je voyais pas les choses comme ça, hésita Camille. Mais c'est sûr que j'ai eu beaucoup de peine à la mort d'Elliot. En plus, un garçon. Quand on a sa propre entreprise, hein ? on veut la transmettre à son fils.

Saint-Yves étouffa un soupir. Si Ella se demandait encore si son père aurait préféré qu'elle soit un garçon, elle avait la réponse.

– J'aurais pas dû naître, laissa-t-elle tomber sur le ton du constat.

La mère, qui venait de lui apprendre qu'elle était née d'un couple sans amour, le père, qu'il aurait voulu un fils pour héritier, parurent choqués. Avec tout le mal qu'ils se donnaient pour elle ! Mais après quelques protestations, ils se turent, gênés.

– Ça va mieux à l'école, n'est-ce pas ? fit madame Kuypens, sans qu'on puisse savoir si la question s'adressait à Ella ou à son psy.

– Globalement, oui, répondit Saint-Yves.

Il n'eut pas le courage d'ajouter qu'un symptôme peut disparaître ici pour reparaître là.

– Alors, ça ne sert plus à rien qu'elle vienne ici, grommela Camille Kuypens.

– Qu'est-ce que tu en penses, Ella ? lui demanda Sauveur.

– Ici, c'est le seul endroit où je suis moi, déclara-t-elle.

Silence dans le cabinet du thérapeute à l'annonce de la nouvelle : Ella avait un moi.

– Tu veux continuer ta thérapie ? la questionna sa mère.

– Oui.

Madame Kuypens tendit le bras vers elle et, lui attrapant la main, la serra dans la sienne.

Lazare ne resta pas jusqu'à la fin de la séance. Cette inquiétante histoire de bébé mort dans le ventre lui rappelait le refus d'Océane d'admettre qu'il eût une maman blanche. Pourquoi n'avait-il pas de souvenirs de sa mère ? Dans sa chambre, rue de la Lionne, Paul avait un cadre numérique sur lequel défilaient des photos de lui, bébé ou petit garçon, avec sa maman, ses grands-parents, et même son papa. Pourquoi Lazare n'avait-il pas de photos ? Jusqu'à ce jour, il lui avait suffi de savoir que sa maman s'appelait Isabelle, qu'elle était blonde et qu'il avait ses yeux. Il s'était inventé une maman Princesse Disney, qui lui convenait. Mais c'est de l'imagination, se dit Lazare, les bras sur la table de la cuisine et la tête au creux de ses bras, tout contre la cage de Gustavia. Une vraie maman, c'était Louise Rocheteau, une dame avec des petites rides au coin des yeux et le bout du nez rouge quand il fait froid.

*
*   *

Il y avait de brefs moments dans la vie de Louise, par exemple ce mercredi entre 6 h 10 et 6 h 15, où tout devenait possible. Pourquoi Alice n'aurait-elle pas un sac Vanessa Bruno argenté ? Pourquoi Paul n'aurait-il pas un hamster doré ? Pourquoi ne feraitelle pas un enfant avec Sauveur Saint-Yves ? Elle en était à choisir le prénom quand son réveil sonna. Elle souleva une paupière et, scandalisée de ce qu'il fût 6 h 20, voulut replonger dans ses rêveries. Mais un messager vêtu de noir accourut vers elle porteur de la mauvaise nouvelle : « Louise, ta mère arrive à midi avec un far aux pruneaux ! » Elle s'éveilla tout à fait.

Elle avait cinq heures pour mettre sa maison au

cordeau, finir le repassage, traquer les miettes dans la salle à manger, ranger le capharnaüm dans les chambres d'Alice et de Paul, faire les courses et préparer le repas, tout en sachant d'avance qu'elle oublierait un détail qui permettrait à sa mère de lui dire sur un ton de désolation :

– Louise, comment tu peux vivre sans nettoyer tes brosses à cheveux ?

Louise s'aperçut, tout en faisant tremper ses brosses dans un peu d'eau tiède savonneuse, qu'au fond elle s'en fichait. De ce que sa mère dirait.

– Maman, l'attaqua Alice dès le petit déjeuner, il y a des soldes en ce moment aux Galeries...

– Oui, on verra.

– On verra quoi ?

– Samedi. On ira acheter ton sac aux Galeries.

D'ébahissement, Alice resta la mâchoire inférieure pendante.

– Mamie te dirait : ferme ta bouche, tu vas avaler les mouches, la taquina sa mère.

– Et moi, j'ai JAMAIS rien ! fit Paul sur un ton inhabituel de pleurnicherie.

– On demandera au papa de Lazare de te garder un hamster, lui répondit sa mère. Mais Bidule, ce n'est pas un très joli prénom.

La pensée que le bébé de sa rêverie matinale était sans doute un hamster déguisé la fit sourire.

– Qu'est-ce qu'il y a de drôle ? s'informa Alice aux aguets.

– Rien.

Ça s'était passé à son insu : Louise était tombée amoureuse de Saint-Yves. Penser à lui faisait la toile de fond de ses journées. Quant à sa mère, elle arriva bien à midi avec un far aux pruneaux.

– Et des sucettes au caramel au beurre salé pour les enfants ! annonça-t-elle sur le palier.

Alice estimait que les sucettes n'étaient plus de son âge et Paul n'avait jamais aimé le caramel au beurre salé. Leur mamie trouva que Paul devrait consulter un orthodontiste et qu'Alice avait une mine de papier mâché. Dans les faits, c'était Alice qui avait besoin d'un appareil dentaire et Paul qui avait mauvaise mine.

– Tu n'aurais pas un peu forci des hanches ? demanda mamie à sa fille.

– Tu m'as toujours dit que j'avais des grosses fesses, maman, lui rappela Louise, le ton indifférent.

Puis, après avoir complimenté Louise sur sa « belle maison », mamie ajouta qu'elle ne comprenait pas pourquoi elle déménageait.

– Je n'ai plus les moyens de louer quelque chose d'aussi grand, maman.

– Dans ce cas, prends un appartement. Mais achète au lieu de louer. Le loyer, c'est de l'argent qui part en fumée.

– Oui, maman, répondit Louise, renonçant à expliquer à sa mère que son compte en banque était à découvert.

– C'est curieux que tu n'aies pas plus de bon sens, observa mamie. Tu ne tiens pas de moi pour ça.

À 18 heures, Louise raccompagna sa mère sur le quai de la gare et eut droit en guise de remerciement à cette ultime remarque :

– Ma pauvre fille, on n'a pas eu de chance avec les hommes, toi et moi. Et puis, c'est pas avec deux enfants que tu trouveras à te recaser.

Louise sourit en songeant au hamster qu'elle allait demander à Sauveur.

– Qu'est ce que j'ai dit de drôle ? s'étonna mamie.

– Rien. Ne rate pas ton train.

– Et toi, ne rate pas ta vie, répliqua sa mère du tac au tac, avec l'air de penser que c'était déjà fait.

Et pourtant, Louise repartit d'un pas léger. Elle était amoureuse comme on l'est à l'âge d'Alice d'une star de cinéma ou d'un grand de terminale. Bien sûr, l'intéressé n'en saurait jamais rien.

*
* *

Gustavia avait remplacé Bounty dans le cabinet de Saint-Yves. C'était une touchante boule de poils dorés, plus active que son prédécesseur pendant la journée. Suivant les recommandations du site consacré aux hamsters, Sauveur avait mis à la disposition de la future maman du foin, des feuilles et même un mouchoir en papier. Gustavia était censée construire un nid pour ses petits.

– Tu ne vas pas les tuer quand même ? lui avait demandé Lazare la veille au soir.

Sauveur avait donc affiché dans sa salle d'attente : « Possibilité d'avoir un joli hamster dans 5-6 semaines. Le réserver auprès de monsieur Saint-Yves. » Il espérait que d'ici là Gustavia ferait sa réclame auprès des petits patients.

– Docteur Sauveur ?

– Oui.

C'était un premier appel ce mercredi, juste avant le démarrage des consultations.

– C'est madame Courtois.

Saint-Yves savait que ce nom aurait dû lui évoquer une personne connue de lui, mais rien ne se présenta à son esprit.

– La maman de Cyrille, ajouta la voix avec un rien de contrariété.

– Oui, oui, bien sûr. Comment allez-vous ?

– Si je vous appelle, c'est que ça ne va pas.

En termes embarrassés, madame Courtois lui raconta une obscure histoire de jeux sexuels entre enfants dans les toilettes de l'école Victor-Duruy. Cyrille, qui était en CE2, s'était laissé entraîner par deux « grands » de CM2. Des parents avaient porté plainte, le directeur parlait d'un renvoi, c'était la honte, madame Courtois avait peur pour son emploi, son ami lui avait dit que son fils était un pervers. Son débit s'était accéléré, elle était en panique.

– Calmez-vous, calmez-vous, lui dit Sauveur. On dramatise souvent ce genre d'histoires, ça ne rend service à personne, pas plus aux victimes qu'aux fautifs. Avez-vous parlé avec Cyrille ?

– Oui, mais ça s'est pas bien passé. Je l'ai tapé. Je sais que j'ai eu tort.

– Ne dites pas toujours que vous avez tort. Vous avez réagi sous le coup de l'émotion. Avec le directeur, les parents d'élèves et votre ami qui ont tous l'air de vous juger.

– C'est exactement ça, soupira-t-elle. Comme si j'avais élevé un monstre !

Sauveur regarda l'horloge en face de lui. Il avait deux minutes pour improviser une consultation téléphonique.

– Vous m'avez dit quelque chose de contradictoire, madame Courtois : que les grands avaient entraîné Cyrille et qu'il était menacé d'un renvoi de l'école. Le directeur le considère donc comme coupable et non comme victime ?

– Un peu les deux. Parce qu'il y avait aussi une petite fille de sa classe et les grands disent que c'est Cyrille qui l'a forcée.

– Forcée à quoi ?

– Mais je ne sais pas, je ne sais pas, balbutia madame Courtois.

– Vous êtes aide-soignante, la raisonna Sauveur. Le corps ne vous effraie pas quand vous le soignez, quand vous le lavez. Ne soyez pas effrayée parce que des enfants ont exploré leur corps. Évidemment, c'est une mauvaise idée que de faire ça à l'école. Mais enfin, le jeu du docteur ne date pas d'hier, et les garçons ont toujours eu envie de savoir ce que les filles avaient dans leur culotte, et réciproquement. La question est de savoir si l'un de ses enfants a été contraint par les autres. Apparemment, c'est le cas pour cette petite fille. Mais Cyrille était peut-être, lui aussi, forcé ?

Saint-Yves revoyait le visage souffreteux de l'enfant et cet appel de détresse qu'il avait lu dans ses yeux.

– La réapparition de l'énurésie au mois de septembre plaiderait pour cette hypothèse, ajouta Saint-Yves, soucieux de revenir au symptôme initial.

– Je sais ce que vous allez me dire. Que j'ai eu tort d'arrêter la thérapie.

– Mais qui vous a mis dans la tête que vous aviez toujours tort, madame Courtois ?

– On se fait engueuler tout le temps dans la vie, répondit-elle. Pas vous, bien sûr. Mais moi, à mon niveau. Et Cyrille, ça va être pareil.

– Ne soyez pas aussi fataliste. L'année dernière, Cyrille travaillait bien à l'école ?

– Oui, mais il va être renvoyé, ça sera marqué dans son dossier…

– Attendez, rien n'est fait.

Saint-Yves convainquit madame Courtois de venir le lendemain avec Cyrille à 8 h 30, puis il raccrocha, soucieux. Il lui semblait que cette jeune femme, qui jusque-là avait lutté, était en train de se laisser broyer, et son fils avec elle.

*
* *

Quand on a un ami, le bonheur se multiplie. Si le proverbe n'existe pas, il aurait fallu l'inventer pour Paul ce jeudi matin. Sa joie à l'idée d'avoir un hamster n'était presque rien en comparaison de sa joie de l'annoncer à Lazare.

– Elle veut bien, elle veut bien !

– Elle a dit oui ? fit Lazare, encore incrédule.

– Ouiiii !

Les petits garçons s'étreignirent les mains. Ils auraient scellé un pacte avec le diable qu'ils n'y auraient pas mis plus de ferveur.

– Comment tu vas l'appeler ?

– Bidule.

– Trop bien.

Mais leur bonheur ne s'arrêtait pas là, car Lazare avait aussi une grande nouvelle à partager.

– Gustavia a commencé son nid. On l'a vue faire hier soir, elle déchirait des petits bouts de feuille et des petits bouts de mouchoir avec ses pattes de devant et elle les poussait en tas contre sa maison.

Pour donner plus d'efficacité à son récit, Lazare avait mimé le petit rongeur, ses dents qui avancent, ses agiles petites pattes de devant. Il s'aperçut que, non loin d'eux dans la cour de récréation, Océane l'avait imité en accentuant ses grimaces pour faire rire ses copines.

– Je vais la taper, décida-t-il.

– Laisse, dit Paul avec une moue de dédain, c'est une raciste.

Pendant ce temps, Sauveur attendait madame Courtois et son fils dans son cabinet de consultation. 8 h 35. 8 h 40. 8 h 50. Saint-Yves ne confondait pas les retards de ses patients avec de l'impolitesse. Ils n'étaient jamais anodins dans une thérapie. Il se demandait donc pour quelle raison madame Courtois, qui avait demandé son aide la veille, était en train de laisser passer l'heure. Quand le téléphone sonna, il sut qu'il allait avoir l'explication.

– Docteur Sauveur ? Je suis désolée. Mon fils a fait une fugue.

– Une fugue !

– On l'a retrouvé. Il était chez ma sœur. Mais je ne l'ai su que ce matin. La nuit que j'ai passée !

Le mercredi, le petit garçon avait l'habitude de rentrer chez lui après le centre aéré. Or, pour une raison connue de lui seul, il était resté à traîner dans les rues puis, la nuit tombant, la faim, le froid, la peur l'avaient conduit au domicile d'Irène, sœur de madame Courtois. Il lui avait raconté que sa maman avait eu un accident, qu'on ne pouvait pas la joindre, et qu'elle lui avait demandé de passer la nuit chez sa tante. Pas un instant Irène n'avait supposé que l'enfant, toujours obéissant et un peu craintif, la menait en bateau. Au matin, madame Courtois, affolée, presque désespérée, l'avait appelée pour lui faire part de la disparition de Cyrille.

– Je ne sais plus quoi devenir avec lui, sanglota la jeune femme au téléphone. Mon ami me dit qu'il faut lui passer l'envie de recommencer.

– C'est-à-dire ?

– Le punir.

– Le battre, c'est ça ?

– …

– Madame Courtois, ce n'est pas votre façon de faire.

– Mais je suis nulle ! Je n'arrive plus à rien avec mon fils. Il est en train de mal tourner.

– Cyrille est en danger. Il n'est pas dangereux. Vous sentez bien la nuance ?

– Oui.

– Où est-il en ce moment ?

– Chez ma sœur. J'ai l'impression qu'il la préfère à moi. Et il ne veut plus aller à l'école. Les enfants se moquent de lui.

Tout en parlant avec madame Courtois, Sauveur feuilletait son agenda dans un sens, dans l'autre, cherchant à quel moment il allait recevoir Cyrille. C'était une urgence, il le sentait, mais il ne pouvait décommander quelqu'un d'autre.

– Demain soir à 19 h 30 ? dit-il, sacrifiant sa soirée avec Lazare.

– Oui, mais qu'est-ce que je fais pour l'école ?

– Inutile de parler de fugue. Dites qu'il est souffrant. S'il peut rester chez votre sœur aujourd'hui, c'est le mieux. Il faut le laisser souffler un peu.

– Et qu'est-ce que je lui dis quand je le revois ?

– Que vous vous faites du souci pour lui, qu'il ne va pas bien et que son psychologue va l'aider. Si c'est possible, gardez-le avec vous vendredi.

Un silence à l'autre bout du fil.

– Madame Courtois, vous m'entendez ?

– Je vais encore me faire critiquer.

– Par qui ?

– Par tout le monde, mon ami, ma sœur, le directeur de l'école…

– Madame Courtois, faites ce que vous dicte votre cœur de maman.

Un nouveau silence.

– À demain, docteur Sauveur. Merci.

La voix de la jeune femme s'était raffermie. Sauveur raccrocha et démarra sa journée de consultation.

À 18 h 25, avec un léger retard sur son emploi du temps, Saint-Yves alla chercher les Augagneur dans la salle d'attente et fut surpris d'apercevoir une jeune femme seule, feuilletant un magazine.

– Vous avez rendez-vous ? demanda-t-il d'une voix hésitante.

Puis il la reconnut : c'était la compagne d'Alexandra, celle par qui le scandale était arrivé.

– Désolé… Charlotte, n'est-ce pas ? Les autres ne viennent pas ?

– Alex vient de m'envoyer un SMS, répondit Charlotte, le ton rogue. Elle a récupéré la petite chez son père. Elle sera là dans dix minutes. Les deux grandes ne veulent pas venir. Plus exactement, elles ne veulent pas me parler.

– Mais moi, je veux bien, répliqua Sauveur, esquissant un sourire. Pourquoi ne pas employer ces dix minutes à faire connaissance ?

Charlotte répondit tout de suite à l'invitation et Saint-Yves songea que c'était une personne de bonne volonté.

– Excusez-moi, commença-t-il en s'asseyant dans son fauteuil, je n'ai pas bien compris la dernière fois ce que vous faisiez dans la vie…

– C'est normal. Je n'ai pas compris non plus.

Il la dévisagea. Elle avait la ride du lion entre les yeux et les mâchoires crispées – elle devait grincer des dents la nuit.

– Vous avez un travail actuellement ? questionna-t-il du ton le plus léger qu'il put.

– Je fais un stage. Ça fait quatre ans que je fais des stages. À 300 euros par mois pour dix heures de taf par jour. J'ai 28 ans. J'ai un Master de communication. Ça veut dire bac + 5. Vous m'expliquez comment on peut vivre avec 300 euros par mois, se loger, manger ? Je ne parle même pas de vie de famille, d'enfant et de tout ce luxe. Non, juste ça : se loger, manger. Jusqu'à l'année dernière, mes parents payaient pour moi. Toutes ces études pour se faire entretenir par papa-maman ! La seule chose qui me console, c'est que 80 % de mes anciens condisciples sont dans le même cas. On fait semblant d'avoir un travail, on dit aux gens : « Je suis chez Veolia » ou :

« Je bosse pour une grosse agence de pub. » Et c'est vrai qu'on travaille comme si on était des cadres, peut-être même qu'on travaille plus, plus tard le soir, plus dur, parce qu'on espère être embauchée... à la fin du stage. Mais au bout de trois mois, on nous jette comme un Kleenex, on nous remplace par un autre stagiaire. À 300 euros. Là où je travaille, personne ne sait comment je m'appelle. Les gens disent : « Demande à la stagiaire. Donne ça à faire à la stagiaire. » Vous m'expliquez la différence entre un stagiaire et un esclave ? Ah oui, ils n'ont pas le droit de mort sur moi. Mais ils m'interdisent de vivre, c'est presque pareil !

Sa voix était sourde, sa rage contenue, mais sous les sourcils foncés, ses yeux lançaient de brefs éclairs de colère.

– Et puis j'ai commis un crime.

Elle laissa passer un silence.

– Je suis tombée amoureuse d'Alexandra.

Elle défia Saint-Yves du regard.

– J'ai fait mon *coming out* il y a un an en famille. Je leur ai dit un dimanche au dessert que j'étais lesbienne. Mes parents m'ont coupé les vivres. Mon frère m'a dit de ne plus remettre les pieds chez lui « à cause de sa petite fille ». Et maintenant...

Elle rit tristement.

– Me voilà chez le psy et, là encore, je ne comprends pas pourquoi.

– Pour dire tout ce que vous venez de me dire. Ah, je crois qu'on frappe à la porte. Un instant. Je vais ouvrir.

C'était Alexandra portant dans ses bras la petite Élodie, toujours fatiguée en fin de journée.

– Je suis désolée, fit la jeune femme. J'ai eu tout un tas de problèmes. Marion et Lucile ne viendront pas. Je ne sais pas si on maintient la séance ?

– Mais bien sûr que si, répliqua Saint-Yves. On a d'ailleurs commencé avec Charlotte.

– Charlotte ! s'écria gaiement la petite.

Elle passa des bras de sa mère à ceux de sa compagne.

– Je vois que vous vous entendez bien, toutes les trois, souligna Saint-Yves, cherchant sur quel point positif il pourrait s'appuyer.

Charlotte, Alexandra et Élodie lui répondirent par un sourire et s'assirent sur le canapé, la petite entre les deux femmes.

– J'ai deux mamans, dit Élodie en se rengorgeant.

– C'est à cause d'un album que j'ai emprunté à la médiathèque et qui s'appelle comme ça, voulut expliquer Charlotte.

– Et tu as combien de papas ? s'informa Sauveur.

– Un !

– Combien de sœurs ?

– Trois !

– Trois ? s'étonna Sauveur.

– Elle se compte dedans, intervint Charlotte. C'est une erreur fréquente à 5 ans.

– Il y avait un livre sur la psychologie enfantine à la médiathèque ? voulut la taquiner Sauveur.

– Oui. Mais je n'ai rien trouvé sur les cons.

– Charlotte, la rabroua sa compagne à mi-voix.

– C'est pas bien de dire des gros mots, gronda plus fermement Élodie.

– Va voir le hamster, lui suggéra sa mère. Mais n'essaie pas de le toucher.

– Ce serait bien si la société n'avait pas plus de préjugés qu'une enfant de 5 ans, remarqua Sauveur, regardant s'éloigner la fillette.

– Malheureusement, dès 14 ans, ça se gâte, répliqua Charlotte.

– On ne peut pas dire ça, protesta Alexandra. Marion et Lucile me font payer le fait que j'ai quitté la maison, elles m'en veulent, je les comprends.

– Et quand elles me traitent de gouine, tu les comprends aussi ?

– Oh, monsieur Docteur, viens voir ! appela Élodie, accroupie devant la cage de Gustavia. Y a des limaces-hamsters !

– Elle a accouché ! s'écria Sauveur.

Lazare, dans le couloir, se retint de bondir et appliqua de ses deux mains un bâillon sur sa bouche, tant il avait envie de crier : « Montre, montre ! »

– 1, 2, 3, 4, 5, les compta Sauveur. 5 bébés. Mes compliments, madame Gustavia.

– Ils sont tout nus, s'attendrit Élodie.

– Les poils vont pousser dans quelques jours, commenta Charlotte, elle aussi accroupie devant la cage. Pour le moment, ils ont les yeux fermés, ils ne voient rien, ils n'entendent rien.

Elle releva la tête et croisa le regard amusé de Saint-Yves.

– Non, je n'ai pas emprunté de livre sur les hamsters, lui dit-elle, commençant à s'amuser, elle aussi. Mais j'ai eu une dame hamster quand j'étais petite. Elle s'appelait Cocotte… Qu'est-ce que vous allez faire des petits ?

– Je vais les placer, répondit Sauveur, attendant avec une certaine confiance la scène qui allait suivre.

– Oh, je pourrais en avoir un ? supplia Élodie, penchant la tête sur le côté et faisant des yeux de Bambi.

Les deux jeunes femmes se consultèrent du regard et ce fut Charlotte qui prit la décision.

– Vous nous en gardez un ? Un mâle. Ils sont moins agressifs.

– Si vous le dites, conclut Sauveur en riant franchement.

Les deux jeunes femmes revinrent s'asseoir sur le canapé, laissant Élodie dessiner le hamster de ses rêves tandis que Lazare, mécontent, retournait à la cuisine. Son père n'allait tout de même pas distribuer ses bébés hamsters à n'importe quelle petite fille ! En plus, celle-ci avait deux mamans, et lui zéro.

Dès le lendemain matin, Lazare avertit Paul du danger qu'il courait. Si sa mère ne se dépêchait pas de venir choisir un bébé hamster, il ne resterait plus que les moches.

– Il faut qu'elle prenne un mâle. C'est moins agressif.

*
* *

Ce 6 février, madame Dumayet avait rendez-vous avec le père de Lazare. Qu'est-ce qui lui avait pris de le convoquer ? À 16 h 20, elle était dans tous ses états. Qu'aurait-elle à lui dire quand il se présenterait devant l'école dans dix minutes ? Que son fils était un élève charmant, mais qu'il savait des choses qui n'étaient pas de son âge ?

– Je… Je me suis fait du souci pour Lazare, bredouilla-t-elle quand Saint-Yves fut en face d'elle.

– Mm, mm.

Quel grand gaillard que ce papa ! Large d'épaules, semblant sûr de lui et la regardant avec une attention dérangeante.

– En début d'année, il était seul dans la cour.

– Mm, mm.

– Et puis, en classe, il est souvent dans la lune.

Madame Dumayet se sentait de plus en plus minable. Sa voix tremblotait.

– Je croyais que vous vouliez me parler de cette histoire avec la petite fille ? la brusqua Sauveur. Océane, c'est ça ?

– Oui, mais je… je crois que j'ai fait une erreur d'appréciation. J'ai pensé que Lazare n'était pas très gentil avec Océane. Mais je me demande si ce n'est pas la petite qui… Enfin, c'est un peu délicat à dire, mais…

Sauveur, qui était pressé, prit sur lui de compléter la phrase :

– Elle a peut-être tenu des propos racistes ?

– Non ! Enfin… Elle a dit l'autre jour en classe qu'elle ne croyait pas que la maman de Lazare était blanche, parce qu'une maman blanche ne pouvait pas avoir un enfant noir dans son ventre.

Sauveur sentit le sol se dérober sous lui. Cette petite fille ne pouvait pas savoir ce qui s'était passé à la naissance de Lazare. Elle avait parlé au hasard. Il toussota pour se donner le temps de retrouver son sang-froid.

– Comment a réagi Lazare ?

– Il n'était pas… content.

Madame Dumayet ne trouvait plus ses mots. La forte présence du psychologue la privait de ses moyens.

– Je suis désolée de vous avoir dérangé pour si peu, dit-elle, déconfite.

– Mais pas du tout, vous avez bien fait et je vous remercie. Je vais en reparler avec Lazare.

Madame Dumayet étouffa un soupir de soulagement.

– Vous avez l'air un peu fatiguée, remarqua Sauveur sur un ton de compassion. Les enfants sont agités en ce moment de l'année.

Ce fut comme si Saint-Yves avait prononcé : « Sésame, ouvre-toi ! » ou tout autre formule magique.

Madame Dumayet déversa sur ce petit bout de trottoir ce qu'elle gardait en elle depuis des semaines, peut-être des mois, elle lui parla de son travail, de l'autonomie des élèves qui tournait à la cacophonie, du travail en groupe qui faisait que les deux tiers de la classe se tournaient les pouces, de tout ce que la société exigeait d'elle, qu'elle éduque, qu'elle transmette, qu'elle soigne ! Elle voulait bien faire, mais par moments elle ne savait plus où elle en était. Un chronomètre se déclencha dans la tête de Saint-Yves. Il avait trois minutes pour remettre d'aplomb une maîtresse d'école au bout du rouleau.

– Je crois que vous aimez bien les proverbes ?

Elle observa un silence méfiant.

– Il y a un proverbe qui dit *À l'impossible nul n'est tenu.* Vous placez la barre très haut, madame Dumayet.

Toute sa présence d'esprit lui revint d'un coup.

– *Le mieux est l'ennemi du bien*, c'est ça ? se moqua-t-elle d'elle-même.

– Vous avez peut-être ouvert trop de chantiers à la fois ?

– Oui, vous avez raison, je m'agite, je m'agite ! Mais ils vous font tourner en bourrique, les médias, les politiques, les parents ! Les enfants doivent apprendre l'anglais, l'informatique, le vivre ensemble, la Marseillaise, et en plus de ça, ils ne lisent plus, ils sont nuls à l'oral, ils doivent faire une dictée par jour…

Sauveur partit d'un grand rire.

– Vous n'allez pas sauver la planète, madame Dumayet !

Là-dessus, la pédagogue et le psychologue se donnèrent une poignée de main complice. Car au fond, c'était ce qu'ils voulaient : sauver la planète.

– Est-ce que je peux repartir avec mon fils ?

– Bien sûr, monsieur Sauveur. Il est sous le préau avec le référent du périscolaire.

Une ombre de sourire passa sur les lèvres de Saint-Yves. « Le référent du périscolaire » ! Encore un bac + 5 qui jouait à loup glacé pour 300 euros par mois ?

– Elle t'a dit quoi, la maîtresse ? voulut savoir Lazare sur le chemin du retour.

– On en reparlera plus tard. Ça ne t'ennuie pas de courir ?

Mais Saint-Yves eut beau accélérer le cours des choses, il avait tout de même une demi-heure de retard lorsqu'il vint chercher ses derniers patients, Cyrille et sa maman.

– Je pensais que vous nous aviez oubliés, bougonna-t-elle.

Saint-Yves faillit lui signaler qu'il l'avait rajoutée à un planning surchargé, mais il se mordit l'intérieur des joues, préférant suivre le conseil qu'il donnait parfois aux autres : ferme ta gueule, ouvre ta porte.

– Désolé, madame Courtois. Entrez. Bonjour Cyrille.

– J'ai que des parapluies, marmonna l'enfant en s'asseyant au bord d'une chaise.

– Pardon ?... Ah oui, des parapluies !

– Il pisse au lit toutes les nuits, confirma madame Courtois, toujours sur le ton de la râlerie. J'ai arrêté les couches puisque vous êtes contre. Mais il a recommencé à inonder son lit aussi sec.

– « Aussi sec » ? Pour une inondation... lui fit observer Sauveur.

– Hein ? Ah oui.

Elle lui jeta un regard de réprobation, blessée qu'il se permette de faire de l'humour.

– Est-ce que ça t'embête de faire pipi au lit, Cyrille ? le questionna Sauveur de cette voix hypnotique qu'il prenait de temps en temps.

– Oui.

– Ça t'embête parce que ça embête ta maman. Mais toi, ça t'embête ?

– Non.

– Ah bon ? explosa sa mère. Ça te fait plaisir d'être trempé de pisse tous…

– Madame Courtois, l'interrompit Sauveur en étendant la main dans un geste de pacification.

Elle se tut, mais poussa un gros soupir d'exaspération.

– Tu sais qu'on dit parfois, reprit Saint-Yves, s'adressant uniquement à Cyrille, que faire pipi au lit, c'est la même chose que pleurer la nuit ?

– Je pleure pas, marmonna le petit garçon.

– Non. Je vois bien que tu as les yeux secs.

Cyrille leva vivement les yeux à ce moment-là, cherchant le regard de son psy, puis il les baissa de nouveau.

– Comment on pourrait faire pour que tes soucis s'expriment autrement qu'en faisant pipi au lit ? parut s'interroger Sauveur, l'air perplexe.

Aucune réaction, ni de la mère ni de l'enfant.

– Peut-être qu'on pourrait en parler tous les deux, et ta maman irait en salle d'attente ?

Un « nan ! » déchira l'air, suivi de :

– Je veux qu'elle reste, je veux qu'elle reste, prononcé sur un ton paniqué.

– Tu veux qu'elle reste, répéta Sauveur. De quoi voudrais-tu qu'on parle ensemble ? Autre chose que de cette histoire de pipi au lit, qui n'est pas très intéressante finalement. À quoi tu aimes jouer par exemple ?

– Ben... à trap trap.

– Oui, c'est comment ?

– On est prisonniers dans le camp et si on essaie de s'échapper, il y a le loup, il nous attrape, et on devient le loup.

– Qu'est-ce que tu aimes dans ce jeu ?

– Ben, j'aime parce qu'on s'échappe, fit l'enfant, qui s'animait peu à peu.

– Tu arrives à t'échapper ?

– Non. Parce que le loup est plus fort.

– Plus fort que toi ?

– Oui.

– C'est des grands qui font les loups ?

– Oui.

– Des grands du CM2 ?

– Oui.

– Et tu ne peux pas leur échapper ?

– Non.

Le dialogue était bien net, les réponses claquaient. Madame Courtois s'agita sur sa chaise et Sauveur renouvela discrètement son geste d'apaisement.

– Comment on pourrait faire pour que tu leur échappes ?

– Je vais plus jouer à trap trap avec eux, décida Cyrille.

– Ça me paraît une bonne idée, approuva son thérapeute. Il y a des gens avec lesquels il vaut mieux ne pas jouer.

– On perd à chaque fois, dit Cyrille en regardant Saint-Yves droit dans les yeux.

– C'est exactement ça.

Madame Courtois s'agitait toujours sur sa chaise, forçant Sauveur à lui demander :

– Oui, qu'est-ce qu'il y a, madame Courtois ?

– Excusez-moi, mais c'est à cause de l'heure. Vous nous avez reçus en retard et j'ai des courses à faire pour le dîner… Mais je suis d'accord pour que Cyrille reprenne la thérapie. Je… j'ai de quoi payer, ajouta-t-elle en attrapant son sac à main.

Refusait-elle de comprendre que son fils essayait de parler des jeux sexuels auxquels les grands l'avaient contraint ? Cette histoire de trap trap n'était-elle pas assez transparente ?

– Tu es d'accord pour qu'on se revoie, Cyrille ? interrogea-t-il l'enfant.

– Oui. Il y a d'autres jeux dont je voudrais parler.

– D'accord. Des jeux à l'école ?

– À la maison.

Madame Courtois se leva, décidément impolie.

– Bien, on y va. Franprix va fermer.

Sur le pas de la porte, Cyrille lança une dernière fusée de détresse.

– On pourra reparler du loup ?

– Oui, ça m'intéresse bien, répondit Sauveur en lui tendant la main.

Le petit s'y agrippa plus qu'il ne la serra.

– Chez tatie, murmura-t-il, j'ai que des soleils.

– On en reparlera. Remplis ta grille pour vendredi. Au revoir, Cyrille. Bonnes courses à Franprix, madame Courtois.

– Oui, heu, merci. Excusez-nous.

Elle partit, penaude, et bousculant Cyrille :

– Dépêche, dépêche…

Après avoir fermé la porte, Sauveur eut un étourdissement et dut s'appuyer au mur du couloir. Vidé par sa semaine, lui, le costaud, 1,90 mètre pour 80 kg.

*
* *

Ce samedi, Gabin, qui faisait tout à fait partie de la maison, avait pour mission de commander les pizzas à Zap'pizza. Tandis qu'il précisait au téléphone qu'il lui fallait une « reine mais sans champignons, une campagnarde mais sans oignons... », Lazare entama devant lui une danse de Sioux tout en lui montrant la cage de Gustavia.

– Mais quoi ? fit-il en raccrochant.

– Il y a un bébé qui ne bouge plus, dit Lazare, mélodramatique.

Gabin observa un moment la portée de madame Gustavia. Quatre petites limaces roses se tortillaient et la dernière, déjà un peu repoussée par la fratrie, ne donnait plus signe de vie.

– Ouais, ben, on va attendre ton père, conclut Gabin. Les macchabées, c'est pas mon truc.

Lazare ne demanda pas la définition du mot macchabée, mais supposa que ce n'était rien de bon.

Le samedi, Saint-Yves arrêtait ses consultations à 13 heures. Il fut accueilli dans la cuisine par le cri de Lazare :

– Papa, le bébé hamster !

Il n'était pas besoin d'être vétérinaire pour comprendre que le cinquième petit, sans doute trop faible à la naissance, n'avait pas réussi à se faire sa place dans la nichée. Sauveur ouvrit la cage et sortit d'un tas de foin une cuillère à café qu'il avait cachée avant la mise bas, suivant en cela les recommandations du fameux site. Avec des gestes précautionneux, il acheva de séparer le bébé mort des quatre survivants et le récupéra dans la petite cuillère, tandis que Lazare, grimaçant, détournait la tête.

– Cool, commenta Gabin.

Le couvercle de la poubelle en inox se referma, mettant un terme à l'épisode.

– Mais ils ne vont pas TOUS mourir ? s'alarma Lazare.

– Non, répondit Sauveur, qui n'en savait rien.

Le livreur de pizzas fit une heureuse diversion.

Une fois à table, Saint-Yves jugea que le moment était venu de parler de la petite fille qui ne croyait pas que la maman de Lazare fût blanche.

– C'est une sotte, dit-il, expéditif.

– Mais pourquoi je n'ai pas de photos ? questionna l'enfant.

– De photos ? De ta mère ? Eh bien… à l'époque, euh… aux Antilles… on ne faisait pas autant de photos que maintenant, bredouilla Sauveur.

– Ah bon ? s'étonna Gabin de sa voix nonchalante. Il n'a jamais vu sa mère en photo ?

– Bien sûr que si.

– Même pas vrai ! s'insurgea Lazare.

– Je t'ai montré notre photo de mariage.

– Non !

L'enfant tenait tête. Gabin n'aurait pas été témoin, Saint-Yves aurait peut-être tapé du poing sur la table.

– Je te la montrerai, dit-il entre ses dents.

– Quand ?

Lazare n'allait pas lâcher prise.

– Hein ? Quand ?

Sauveur jeta couteau et fourchette sur la table et se leva. L'enveloppe kraft était toujours dans le tiroir de sa table de chevet. Gabin et Lazare échangèrent une petite grimace craintive pour se soutenir l'un l'autre tandis que Sauveur montait à l'étage. Il redescendit bientôt avec une grande photo à la main, celle d'une noce qui posait devant une maison blanche de style colonial. Une trentaine d'invités arboraient le sourire convenu de ceux à qui un photographe professionnel a demandé de crier cheese ou bien ouistiti. Gabin eut recours à son expression favorite tandis que Lazare attrapait fébrilement la photo.

– Maman, fit-il, les yeux exorbités.

Peut-être, oui, peut-être son père lui avait-il montré cette photo de mariage, mais il y avait longtemps, il ne se souvenait plus bien. La haute stature de Sauveur dominait les autres et écrasait celle, toute menue, de la mariée. Isabelle Tourville, blonde aux yeux pâles, sans doute assez jolie.

– C'est qui, elle ? demanda Lazare en pointant une jeune femme noire, la seule autre note sombre dans une assistance blanche.

– C'est Évelyne.

– C'est qui, Évelyne ?

Il fallait arracher chaque mot à son père.

– Ma demi-sœur.

– Putain, fit alors Gabin.

Il venait de découvrir au dernier rang sur la photographie un jeune homme aux cheveux blancs, à demi caché par son voisin.

– Qu'est-ce qu'il y a ? lui demandèrent en chœur Sauveur et son fils.

– Hein ? Rien… Je pensais à un truc.

Il semblait bien que chacun d'eux pensât à un truc : Sauveur à la lettre anonyme qui l'accusait d'avoir tué, Lazare à l'autre lettre anonyme, dont le sens lui échappait, et Gabin au rôdeur qu'il avait pris en filature et qui n'était autre que le garçon albinos de la photographie avec quelques années de plus. Tous trois détenaient les morceaux d'un puzzle, qu'ils refusaient de poser sur la table, chacun s'étant empêtré dans des non-dits, des secrets ou des cachotteries. La sonnerie du téléphone les tira de l'hébétement dans lequel ils avaient plongé.

– Docteur Saint-Yves ? Madame Rocheteau, vous savez, la maman de Paul.

– Bien sûr. Que puis-je pour vous ?

– C'est au sujet du bébé…

– Du bébé ?

– Hamster ! ajouta Louise précipitamment. Le bébé hamster !

– Vous êtes intéressée par un bébé ?

Louise tressaillit. Elle imaginait le petit sourire qui se jouait sur les lèvres de Saint-Yves.

– Oui. Un mâle. Il paraît qu'ils sont plus faciles à dresser, à élever, à apprivoiser, je veux dire.

Elle ne savait plus du tout ce qu'elle disait.

*
* *

La nuit suivante, à minuit passé, Sauveur referma son livre psy du moment, *Comment faire rire un paranoïaque*, et entra à pas de loup dans le bureau où Gabin était censé dormir. Le garçon ne l'entendit pas s'approcher car, les écouteurs enfoncés dans les oreilles, il avait disparu dans le *World of Warcraft*. Saint-Yves lui tapota l'épaule.

– What ? dit Gabin en arrachant ses écouteurs.

– C'est ce que tu fais de tes nuits ?

– C'est le week-end. Et puis c'est rien de mal. C'est un jeu de rôle en ligne. World of Warcraft, vous connaissez ?

– Parfaitement. Et je connais aussi l'addiction aux jeux vidéo, et l'absentéisme scolaire qui en découle.

– Pff, c'est pas pour ça, dit Gabin avec un haussement d'épaules.

Après avoir jeté un dernier coup d'œil à son écran, il l'éteignit à regret.

– Le proviseur de ton bahut m'a rappelé cet après-midi. Tu ne vas plus du tout en cours.

– Il exagère. Je manque les maths. De toute façon, j'ai décroché, j'y comprends plus rien.

– Tu ne vas plus du tout en cours, répéta Saint-Yves, peu disposé à gober des bobards.

– Qu'est-ce que ça change ?

– Ça change que tu vas te retrouver dans un foyer avec des éducateurs.

Les yeux de Gabin s'emplirent de larmes – lentement – parce que tout lui prenait du temps.

– À quoi ça sert ? marmonna-t-il.

– Quoi sert à quoi ?

– Mais tout. Le lycée. Les maths. Les études.

Sauveur chassa la pensée inopportune de Charlotte, bac + 5, sans emploi.

– Ça sert à trouver sa place dans la société. Tu n'as aucun projet d'avenir ? Aucune idée de ce que tu voudrais faire ?

– Elfe de la nuit.

– C'est ça, ton ambition : passer ta vie à comater devant un écran ?

Sauveur s'en voulait d'être aussi moralisateur en face de Gabin. Il savait bien que c'était inefficace avec un adolescent.

– Alors je fais quoi ? Je vous débarrasse de moi ?

Le professionnalisme de Saint-Yves reprit le dessus. Il était en face d'une personnalité fragile, qu'il devait ménager.

– On ira voir ta mère demain.

– Elle est folle.

– J'ai eu de ses nouvelles. Elle va mieux. Ils ont ajusté son traitement. Elle dort moins, elle participe à des ateliers. Et tu lui manques.

Le dimanche après-midi, quand Gabin et Sauveur demandèrent à voir madame Poupard, la surveillante d'étage les dirigea vers la salle d'activités, où une animatrice avait organisé une partie de loto.

– Le 80 !

Un vieux monsieur leva la main, sa voisine se pencha au-dessus de sa grille de loto et dit :

– Il l'a pas.

– Le 16 ! poursuivit l'animatrice, après avoir pioché un jeton dans un sac.

Le vieux monsieur leva la main, même jeu de scène de sa voisine.

– Il l'a pas.

Gabin aperçut sa mère près de la fenêtre. La grille de loto devant elle, elle regardait au-dehors. Elle ne portait plus la misérable chemise des hôpitaux publics, mais ses propres vêtements.

– Je l'ai déjà pris, dit-elle machinalement, supposant qu'une infirmière s'approchait d'elle pour lui faire avaler une pilule.

Saint-Yves, qui avait guidé Gabin jusque-là, posa la main sur son épaule pour l'empêcher de fuir.

– Maman ?

Elle tourna vers lui son visage. Elle était coiffée, maquillée et, n'était son air absent, elle ressemblait à madame Poupard, qui avait été chef de rayon aux Galeries Lafayette.

– C'est gentil d'être venu, dit-elle sur le ton d'une leçon apprise. Je vais mieux. Je vais bientôt sortir.

Elle regarda du côté de Saint-Yves pour s'assurer qu'elle disait les mots qu'il fallait.

– Le traitement me réussit bien.

Elle jouait le rôle de la bonne malade, elle avait compris que c'était la seule solution pour qu'on la relâche.

– Je suis content pour vous, madame Poupard, lui répondit Sauveur. Je vous laisse bavarder avec votre fils. J'ai une petite démarche à faire et je reviens.

Appuyant sur l'épaule de Gabin, il le força à s'asseoir en face de sa mère. Mais ne voulant pas le laisser trop longtemps, Sauveur fila jusqu'à l'accueil, où Mado avait remplacé Brigitte. Après quelques considérations sur la chance qu'avait leur compatriote d'être en vacances à la Martinique, Sauveur demanda « un petit service » à Mado.

– Est-ce que tu pourrais savoir si un ancien malade de Colson est passé récemment en psychiatrie ? Un transfert de la Martinique vers la métropole. Mais je n'ai pas son nom.

Mado trouva la demande assez insolite, mais elle alla se renseigner. Elle revint bientôt en secouant la tête : non, pas de malade en provenance de Colson. Fausse piste. Gabin et Sauveur quittèrent l'hôpital peu après.

– Comment ça allait, ta mère ?

– Cool. Elle fait un peu robot.

Ce dimanche soir, après s'être assuré que Gabin avait éteint son ordinateur, Sauveur rouvrit le tiroir de sa table de chevet et sortit de l'enveloppe kraft la photo de mariage. Il avait parfois eu la tentation de la déchirer, mais il s'était dit qu'un jour Lazare voudrait voir à quoi ressemblait sa maman. Il était étonné du peu de commentaires qu'il avait fait. Juste une question au sujet d'Évelyne. N'avait-il pas remarqué le corps disloqué de la malheureuse jeune femme en fauteuil électrique, le visage ravagé par l'alcool du père de la mariée, le petit garçon d'honneur mongolien, le jeune homme albinos qui essayait de disparaître de la photo ?

Semaine du 9 au 15 février 2015

En ouvrant son agenda, Saint-Yves songea à la blague : « Comment vas-tu ? – Comme un lundi… » Le lundi, jour de la semaine où l'on se suicide le plus.

Saint-Yves attendait d'ailleurs la fin de ce lundi avec une certaine curiosité, car il devait faire la connaissance de monsieur Carré. Margaux avait parlé à son père. Viendrait-elle avec lui ? Il n'avait pu poser la question à monsieur Carré car l'huissier de justice avait fait confirmer le rendez-vous au téléphone par sa secrétaire. Il arriva à 19 h 10.

– Excusez-moi pour ce léger retard, dit-il en entrant. Je n'ai pas pu me dégager plus tôt.

C'était le ton de l'homme important. Il n'était pourtant pas impressionnant par la taille. Comme il n'appréciait pas de devoir lever la tête pour parler à Sauveur, il s'empressa de s'asseoir.

– Non, pas mon fauteuil, s'il vous plaît…

Monsieur Carré avait spontanément visé le siège qui convenait à un homme important.

– Oh, VOTRE fauteuil. Mille pardons, fit-il, plus ironique que poli.

Entre la porte d'entrée et la porte de son cabinet, Saint-Yves avait déjà recueilli un certain nombre d'informations sur son visiteur. Costume sombre de qualité, cravate sans originalité, traits fins et masculins, chevelure drue, coupée très court, grisonnant aux tempes, physionomie peu expressive qu'il corrigeait d'un sourire de politesse. Bel homme. Il pouvait paraître charmant ou glaçant, sans modifier grand-chose. Les deux hommes se dévisagèrent en silence. Monsieur Carré semblait penser que celui qui parlerait le premier serait en position de faiblesse. Comme Saint-Yves n'avait aucun goût pour les jeux de pouvoir, il entama le dialogue.

– Est-ce que Margaux doit nous rejoindre ?

– Je n'en ai pas vu l'utilité.

– Elle suit une thérapie avec moi. Vous lui avez parlé ?

– De cette sordide histoire de… scarification, c'est ça ?

– Sordide ?

– Je vais y mettre un terme, je me suis spécialement déplacé pour vous le dire.

Le visage empreint de gravité, monsieur Carré parlait sur un ton solennel, un peu précieux, et sans jamais élever la voix.

– Comment allez-vous vous y prendre ? s'informa Sauveur.

– En retirant la garde de Margaux à sa mère. Je vais faire une démarche en ce sens auprès du juge aux affaires familiales (que je connais personnellement). Il est évident qu'il y a là une carence éducative maternelle, comme vous avez dû le constater vous-même.

– Vous rendez madame Dutilleux responsable des scarifications de Margaux ? questionna Sauveur, gardant la neutralité de celui qui s'informe.

– Et qui d'autre ? sembla s'étonner monsieur Carré. Margaux a dû vous dire que c'était la faute de sa mère ?

– Non.

– Eh bien, pour un psychologue…

Il fit du regard le tour du cabinet de consultation comme s'il se demandait dans quel endroit il était tombé et haussa les sourcils en apercevant la cage de Gustavia et de ses petits.

– Au fait, docteur Saint-Yves, vous n'êtes pas docteur…

– En psychologie.

– Oui, mais pas en médecine. Vous n'avez pas droit au titre de docteur.

– Ce sont des médecins généralistes qui m'envoient leurs patients.

– Vous noyez le poisson. Mes filles parlent de vous comme du « docteur Saint-Yves ». Cela frise l'exercice illégal de la médecine.

Monsieur Carré aurait aimé rivaliser de flegme avec Saint-Yves. Mais la colère allait l'emporter. Il ressentait comme une humiliation le fait que lui ou l'un de ses enfants aient affaire à un psy.

– Il n'est pas question que ma fille poursuive une pseudo-thérapie avec vous. Si elle revient ici, je vous colle un procès.

– Le juge pour la mère. Un procès pour le thérapeute. Croyez-vous que la souffrance se traite de cette façon ?

– La souffrance de qui ?

– Je croyais que vous veniez pour parler de Margaux.

– Margaux va très bien.

– Pourquoi l'infirmière scolaire a-t-elle exigé qu'elle voie un psychologue ?

– Personne n'a le droit d'exiger quoi que ce soit concernant mes enfants.

– Vous allez faire un procès à madame Sandoz ?

– Qui ça ?

– C'est le nom de l'infirmière scolaire qui s'est inquiétée de l'état de Margaux.

– Margaux est une fille brillante, 18,7 de moyenne au dernier trimestre, félicitations du conseil de classe, excellente violoncelliste, excellente cavalière. Bien des parents aimeraient avoir une fille dans cet « état » !

– Elle vous a montré ses cicatrices ?

– Des bêtises d'ado... Mais oui, ça pourrait devenir inquiétant, fit monsieur Carré sur le ton de la concession. C'est pour ça que je veux intervenir rapidement et la soustraire à l'influence de sa mère.

– Vous ne voyez pas d'autre explication au mal-être de Margaux ?

– Vous allez sûrement me sortir une jolie théorie freudienne, parut s'amuser monsieur Carré.

– Vous dénigrez sa mère, ce peut être douloureux pour Margaux. Les enfants n'ont pas à choisir entre leurs parents lorsque ceux-ci divorcent.

– Vous êtes décidément un psychologue de premier ordre. Incapable de repérer les problèmes mentaux. Vous avez pourtant vu mon ex-femme ?

– À deux reprises, oui.

– Et vous n'avez pas décelé que c'était une manipulatrice ? Je sais qu'elle fait illusion, elle a une façade. On peut même être séduit.

Monsieur Carré était en train de brosser son propre portrait.

– Je vais donc mettre un terme à son pouvoir de nuisance, conclut-il, posant déjà en père meurtri et courageux.

– Vous ne parlez que de Margaux. Et Blandine ?

– Blandine est totalement sous l'emprise de sa mère. Je ne peux plus rien pour elle. Vous avez vu ses résultats scolaires ?

– Ils ne sont pas bons ?

– Lamentables. Et elle a abandonné le Conservatoire, elle se passionne pour des crétineries de poupées. Avec la bénédiction de sa mère, évidemment.

Blandine résistait à son père et ne le valorisait pas. Il préférait l'abandonner. Mais il allait s'accrocher à Margaux, « la fille brillante », et Sauveur ne voyait pas comment empêcher qu'elle ne soit détruite.

– Je peux très bien comprendre que vous ne soyez pas satisfait de mes services, dit-il. Mais vous devriez trouver un médecin qui aide Margaux à surmonter ses pulsions autodestructrices.

– « Pulsions autodestructrices », les grands mots ! Pour deux coups de canif.

Sauveur réitéra sa question :

– Margaux ne vous a pas montré ses cicatrices ?

Monsieur Carré se leva sans répondre.

– Je ne suis pas venu ici en thérapie, mais uniquement pour vous interdire de revoir Margaux, dit-il en enfilant son manteau. Je sais que vous vous faites rémunérer 45 euros pour vos petites séances. Mais désolé, je n'ai pas l'intention de vous payer.

– Je vous enverrai l'huissier, répliqua Sauveur sur le ton de la plaisanterie.

Monsieur Carré lui jeta un dernier regard glacé, où il concentra toute la haine dont son cœur bouillonnait.

Après son départ, Saint-Yves eut une brève hésitation avant de décrocher son téléphone.

– Madame Dutilleux ? Sauveur Saint-Yves.

En principe, tout ce qui se disait dans son cabinet devait rester confidentiel. Mais monsieur Carré avait refusé d'être considéré comme un patient. Sauveur se crut donc autorisé à rapporter à la mère de Margaux ce qui venait de se passer.

– Me… me retirer la garde de ma fille ? balbutia madame Dutilleux.

– Il n'y parviendra pas, la rassura Sauveur. Mais trouvez-vous un bon avocat dès maintenant. Je suis prêt à vous faire un certificat attestant des difficultés de Margaux et du souci que vous en prenez. Ne lâchez pas Margaux, même si elle vous paraît hostile. Elle ne sait plus où est la vérité.

– Mais vous, fit madame Dutilleux, la voix suppliante, vous savez où est la vérité. Il est dangereux, n'est-ce pas ?

Saint-Yves évita une réponse trop directe.

– Il faut protéger Margaux. Soyez près d'elle. Tenez bon, même si elle est dure avec vous.

– Merci, docteur.

Saint-Yves ouvrit la bouche pour lui rappeler la différence entre docteur en médecine et docteur en psychologie. Mais il se contenta d'un « bon courage ». Ses patients choisissaient de l'appeler comme ils le voulaient, et même Machin si ça les arrangeait.

Lazare n'avait pas suivi les derniers développements de l'affaire Margaux Carré, car Gabin l'initiait à *World of Warcraft*. Quand Sauveur les rejoignit dans la cuisine, portant la cage de Gustavia, ils étaient tous deux au coude-à-coude devant l'ordinateur portable de Gabin.

– Pas de travail pour demain ? ronchonna Saint-Yves.

– C'est fait !

– 4 × 8 ?

– 36, souffla Gabin de bonne foi.

– 36 ! répéta Lazare.

Sauveur abaissa lentement les paupières en signe de lassitude.

*
* *

À quelques rues de là, Alice et Paul regardaient aussi l'écran d'un même ordinateur. C'était la semaine chez le père. Le frère et la sœur faisaient preuve d'une solidarité toute nouvelle, peut-être due au fait qu'Alice, munie d'un sac Vanessa Bruno argenté, avait provisoirement comblé son appétit de consommation.

– Voilà, je vais acheter une cage comme celle-là, dit Paul en cliquant sur une photo.

Ils étaient en train de consulter le site qui servait de référence ultime à Sauveur en matière de hamstérologie.

– Tu es sûr que tu vas appeler ton hamster Bidule ?

– Tu n'aimes pas ?

– C'est moins moche qu'Achille !

Alice avait parlé très fort, sachant que Pimprenelle dans la cuisine laissait traîner une oreille. Paul pouffa en s'aplatissant derrière l'écran.

– Tu sais quand maman va le chercher, ton hamster ?

Paul fit signe que non, et Alice dégaina son iPhone.

– Je vais lui demander.

En réalité, Alice s'inquiétait de ce que faisait sa mère en son absence. Durant la semaine écoulée, elle avait repéré un comportement suspect chez Louise : un rire forcé lors d'une conversation téléphonique et une propension à fredonner *I'm singing in the rain*, comme si la vie faisait des claquettes.

– Elle décroche pas.

Alice venait d'appeler le numéro de la maison.

– Elle est sortie, supposa Paul sans paraître plus ému que cela.

– Sortie ? se récria sa sœur comme si c'était ce qu'elle avait entendu de plus absurde depuis longtemps. Les magasins sont fermés !

– Au cinéma.

– N'importe quoi ! Qu'est-ce que tu veux qu'elle fasse au cinéma !?

Percevant l'exaspération de sa sœur, Paul n'osa pas répondre que ce serait éventuellement pour voir un film.

– J'appelle son portable, décida Alice.

– C'est que pour les urgences, lui rappela Paul, la

règle étant qu'on évitait de déranger maman quand c'était la semaine de papa, et inversement.

– C'EST une urgence, dit résolument Alice. Oui, allô ? Maman ? Mais t'es où ?

– Je suis où ? chuchota une voix qui semblait au bout du monde. Mais à la maison.

– Non. Je viens d'appeler sur le fixe et je suis tombée sur le répondeur.

– J'étais sous la douche, fit la voix, toujours chuchotante. Qu'est-ce qui t'arrive ?

– C'est au sujet du hamster de Paul.

– Alors, là, non. Pas maintenant. On voit ça lundi prochain. Tu connais la règle.

Louise n'avait pas élevé le ton alors qu'elle aurait pu donner libre cours à son énervement si elle avait été seule chez elle. Alice détectait un bruit de fond qui n'était pas celui de la maison. Louise éteignit son portable, laissant Alice à sa fureur. Elle avait envie de pleurer, de crier, de fracasser son iPhone, tout en sentant que sa réaction était disproportionnée. Mais son père l'avait trahie, et elle saurait bien empêcher sa mère d'en faire autant. Elle se tourna vers Paul et lui demanda à brûle-pourpoint s'il avait déjà vu le père de Lazare.

– Ben oui. Je suis allé chez lui, j'ai même vu son nouveau hamster…

– À quoi il ressemble ?

– Il a des poils dorés et des. . .

– Mais pas le hamster ! Le père de Lazare, il est comment ?

– Il est trop marrant.

Alice leva les yeux au ciel.

– Il est beau ? Il est moche ? Il est petit ? Il est grand ? Il est vieux ? Il est jeune ?

– Il est trrrès grand, répondit Paul en montant les bras au plafond.

– Un géant ?

– Presque.

Alice hésita avant de poser une question qu'elle pressentait peu politically correct.

– Il est noir ?

– Oui.

– Noir comme ton copain ?

– Plus.

Un géant noir ! Alice eut la vision de sa mère au bras d'un joueur de la NBA. Elle aurait sans doute été soulagée de savoir que Louise, un peu pompette, faisait un dîner de filles avec Valentine et Tany.

*
* *

Coïncidence ou signe des temps, au courrier de ce mardi, Sauveur reçut deux faire-part de naissance d'anciennes patientes, l'un annonçant la venue d'une petite fille prénommée Gilles et l'autre, celle d'un petit garçon appelé Céleste. Quand, à 17 heures, Sauveur ouvrit la porte de la salle d'attente, pensant trouver Ella Kuypens, il aperçut un jeune garçon, le nez dans un bouquin. La confusion ne dura qu'une seconde.

Ella releva la tête.

– Tu... Tu as coupé tes cheveux ?

Le carré de cheveux bruns était devenu une coupe à la tondeuse.

– Vous n'aimez pas ? fit-elle avec un sourire (presque) de séduction.

– Ça te va très bien, chevalier.

Elle rit mais, dès qu'elle fut assise en face de lui, parut tout de suite recueillie.

– Vous êtes la seule personne à savoir mon secret. J'ai commencé à écrire mon histoire.

– Ton histoire ?

– Celle du chevalier Elliot. Je veux devenir écrivain. Je ne vais plus manquer l'école. La prof de latin m'a dit aussi que ça m'allait bien, ma coiffure.

Les pensées d'Ella semblaient sautiller, mais un

fil mystérieux les reliait. L'enfant savait où elle allait. Ou sinon elle, son inconscient.

– Je n'aime pas mon prénom. Quand je serai écrivain, j'en changerai.

– Elliot Kuypens ? murmura Saint-Yves.

– Oui.

Sauveur se souvint de l'article dans *Le Monde* sur le transsexualisme. Peut-être aux Pays-Bas, où c'était à la mode, un médecin proposerait-il à Ella un traitement hormonal pour bloquer sa puberté en attendant qu'elle choisisse son sexe ?

– Il y avait au XIXe siècle, commença Sauveur sur le ton de « il était une fois », une jeune fille qui s'appelait Aurore Dupin et qui décida de devenir écrivain. Elle s'habilla en homme, fuma la pipe, et se fit publier sous le nom de George Sand.

– C'est vrai ?

– Quand j'étais adolescent à la Martinique, j'ai lu trois de ses romans – que j'ai adorés. *La Mare au diable*, *La Petite Fadette* et *François le Champi*. Mes copains trouvaient que j'avais des goûts de fille.

Elle et lui échangèrent un sourire complice.

– Vous m'écrirez les titres des romans ?

Sauveur quitta son fauteuil et se dirigea vers une étagère pleine de livres. Il en sortit un, qu'il tendit à Ella.

– *François le Champi.*

– Vous me le prêtez ?

– Je te le donne.

Ella serra le livre contre son cœur, ce qui provoqua dans l'esprit de Sauveur une association d'idées.

– Tu es allée sur la tombe de ton petit frère ?

Ella secoua la tête.

– Vous savez, les adultes, ils promettent des trucs…

– … et ils ne tiennent pas leurs promesses ? Tu es sévère avec les adultes, Ella. Il faut leur laisser une chance. Ils peuvent faire des progrès, eux aussi.

– J'essaierai d'être comme vous quand je serai grand.

– Grand ?

– Grande.

– Ella-Elliot, murmura Sauveur, troublé par cette personnalité en train d'éclore sous ses yeux.

– Je crois que mes parents vont se séparer, dit-elle sur un ton détaché.

– Ils t'en ont parlé ?

– Non. Mais ils ne parlent plus. Entre eux, je veux dire.

– Ils sont fâchés ? Et tu te sens responsable ?

Sauveur voyait juste. Ella pensait que ses parents

s'étaient disputés à cause d'elle lors de la séance précédente, et Sauveur entreprit de la détromper.

– Ils se sont dit l'un à l'autre des choses qu'ils s'étaient cachées. Tu n'y es pour rien. Ce sont des histoires d'adultes et c'est aux adultes de les régler.

– Mais moi, je trouve qu'ils ne règlent rien, les adultes ! Mes parents boudent à table, on dirait des bébés.

Saint-Yves ne put s'empêcher de rire.

– Des fois, ajouta-t-elle, j'ai l'impression que je grandis trop vite. Vous savez, comme Alice quand elle mange le biscuit magique.

– Tu es en route, chevalier. Plus personne ne va t'arrêter.

– C'est la thérapie qui fait ça ?

Sauveur se sentit gêné de s'attribuer un tel mérite.

– C'est un des effets possibles d'une thérapie. Mais il faut aussi que la personne ait vraiment envie d'avancer.

Ella regarda le livre et ses lèvres articulèrent « Elliot Kuypens ». Elle voyait son nom écrit sur la couverture. Un peu de mégalomanie ne fait pas de mal à l'adolescence, songea Saint-Yves, tandis qu'Ella se projetait dans un avenir glorieux.

– Papa trouve que ça coûte cher, la thérapie,

dit-elle, revenant sur terre. Mais moi, je veux continuer.

Elle accrocha son regard à celui de Sauveur.

– Je lui ai dit que je paierai avec mon argent. J'en ai sur mon livret jeune. Je vais demander une carte de retrait à la banque. Je ne pouvais pas retirer l'argent pour aujourd'hui. Alors, j'ai pris celui de mon anniversaire. Mamie m'a donné un billet de 50 euros.

– Tu m'épates. Tu es capable de te tenir en équilibre entre ton monde imaginaire et le monde matériel.

Mais comme Ella avait aussi la naïveté de ses 12 ans, elle lui demanda si le latin était une matière importante pour devenir écrivain.

– Sans doute plus que les maths. Mais parles-en à ta prof de latin. Finalement, elle a l'air de t'apprécier.

– C'est compliqué.

– La vie ?

– Les gens.

– Et tu ne crois pas que tu es compliquée, Ella-Elliot ?

– Si, mais vous allez m'aider ?

– Tant que tu auras besoin de mon aide.

– Je voudrais que ce soit toute ma vie.

Elle soupira d'aise en serrant de nouveau le livre sur sa poitrine.

– Je suis tellement bien ici. Tellement moi.

*
* *

De son côté, madame Dumayet allait mieux depuis que son médecin traitant lui avait prescrit « un somnifère léger et un petit anxiolytique, de quoi tenir jusqu'aux vacances de février. »

– *À l'impossible nul n'est tenu.* Qui sait ce que ça veut dire ? Oui, Noam ?

– Moi, j'ai vu *Mission impossible* à la télé hier.

– Tu te coucherais plus tôt, cela t'éviterait de dire des bêtises le lendemain, commenta la maîtresse. Alors, personne n'a une idée ? Non ? Eh bien, vous allez me copier 1 000 fois la phrase sur votre cahier de brouillon.

Ce fut un concert de « Mais c'est pas possible ! », « 1 000 fois ! On n'y arrivera jamais ! »

– Eh bien, c'est le sens de ce proverbe, leur dit la maîtresse en riant (vive le petit anxiolytique !). Ce qu'on nous demande, ce n'est pas de faire l'impossible, c'est de faire du mieux qu'on peut. Recopier ce proverbe dans votre cahier sans faire de fautes, c'est possible ?

– Ouiii ! bramèrent 26 CE2, bien soulagés.

Devant l'école, Louise rêvait en attendant son fils. Elle se racontait que Sauveur venait chercher Lazare, qu'il l'apercevait et s'approchait d'elle, les mains dans les poches, avec cette décontraction si incroyablement séduisante…

– Eh, bonjour !

Louise dégringola du haut de sa rêverie. C'était le papa d'Océane qui la saluait.

– Je croyais que ce n'était pas ta semaine ? lui dit-il, car il s'autorisait à la tutoyer depuis leur dîner au restaurant.

Elle dut lui sourire, se justifier. C'était la semaine du papa en effet, mais Paul avait oublié sa flûte dans sa chambre, et expliquer : oui, Paul prend des cours de flûte le mercredi après-midi. Louise n'avait pas du tout envie d'articuler toutes ses phrases, mais plutôt de grogner : dégage ! Patrick croyait, lui, qu'une femme ne pouvait qu'être valorisée par l'intérêt qu'il lui portait. Pendant qu'il la baratinait, Louise se répétait comme un mantra : Dégage ! Dégage ! Elle ne voulait pas que Paul la voie en compagnie d'un homme.

– J'ai deux places pour l'*Antigone* d'Anouilh au théâtre Saint-Vincent, ça te dirait pour samedi ? lui proposa-t-il, déjà convaincu qu'elle serait enchantée.

– Samedi… ? répondit-elle, l'air de consulter mentalement son agenda farci de rendez-vous. Non, je ne peux pas.

– Dans ce cas, dimanche après-midi ? Je passe te prendre à 13 heures.

Il la sentait vulnérable, prête à lui céder, c'était une question de persévérance. Louise entendit la sonnerie de l'école, la porte allait s'ouvrir et son fils serait là et il regarderait l'homme et…

– Je ne suis pas libre, dit-elle, maîtrisant à peine sa colère. Je vois quelqu'un.

– Tu vois quelqu'un ? répéta Patrick, incrédule. L'autre soir, tu m'as dit que tu redécouvrais la vie de célibataire.

– C'est compliqué, fit-elle aux abois. Mais j'ai quelqu'un dans ma vie.

Elle aperçut son fils qui franchissait le porche de l'école et elle courut vers lui en criant comme une folle :

– Paul, Paul, j'ai ta flûte !

Elle partit entre Paul et Lazare sous le regard stupéfait de Patrick.

– Papa va bien, lui dit Lazare.

– Ah ? fit-elle, surprise d'être devancée dans sa question Tant mieux.

Les deux garçons s'éloignèrent côte à côte.

– J'aime bien ta maman, remarqua Lazare.

– Moi, j'aime bien ton papa.

Paul se retourna pour interpeller sa mère.

– Maman, faut que tu te dépêches d'aller choisir Bidule !

Dans l'immédiat, Sauveur aurait été bien en peine de distinguer Bidule de Trucmuche tant les quatre bébés limaces de madame Gustavia se ressemblaient, roses avec quelques traces un peu sales de fourrure grise. L'œil expert de Lazare en repéra un, un peu plus gros, donc forcément un mâle.

– Tu le gardes pour Paul, fit-il promettre à son papa.

Sauveur résista à son envie de tracer une croix à la peinture sur le dos du mâle présumé.

– Promis.

*
* *

C'était jeudi et Sauveur avait prévu pour 18 heures une réunion au grand complet de la tribu Augagneur, dont Mylène ne faisait plus partie. À 18 h 05, Marion, son père et sa mère faisaient face à Saint-Yves.

– Lucile ne viendra pas, annonça Alexandra, et Élodie a une otite.

– Elle en a trop entendu, analysa Marion.

– Et Charlotte ? s'informa Sauveur.

– Charlie me garde la petite.

– « Charlie et Alex », soupira Marion. J'ai l'air de quoi, avec mon prénom ? En plus, je couche avec un garçon, le truc trop pas à la mode.

– Tu couches avec..., suffoqua sa mère.

Puis s'adressant à Nicolas :

– Tu es au courant ?

– Elle prend la pilule.

– Donc, tu es au courant.

– Mais tout le monde s'en fout de ce que je fais, maugréa Marion.

– Pourquoi tu dis ça ? Je me suis occupée de toi pendant quatorze ans, lui rappela sa mère.

– Treize.

– Je n'ai pas le droit de vivre un peu pour moi ?

Elle se tourna vers Saint-Yves, le faisant juge :

– Je me suis retrouvée enceinte de Lucile à 17 ans, j'ai cru que j'étais amoureuse de... de lui, là...

– « Lui, là », répéta Nicolas, interloqué.

– Pendant quinze ans, j'ai mené une vie de dingue, à pas dormir la nuit à cause des bébés, à me lever à six heures, courir à la crèche, courir au boulot, courir pour faire les courses et lui, là...

Elle le singea :

– « Qu'est-ce qu'on mange ? Pourquoi la gosse pleure ? Mais tu sais t'en occuper, ou pas ? » Quinze ans avec une espèce de Jacky Tuning qui met toute sa paie dans les bagnoles. Et les soirées bière-foot pendant que je faisais des tournées de lessive. Attends, mais c'est qu'il croyait que j'étais heureuse !

Comme Marion manifestait son indignation, la foudre s'abattit sur elle.

– Et mes filles ! Jamais un merci, toujours à râler : « Pourquoi mon short est sale ? Tu as encore fait du poisson… » Le bordel partout où elles passent. C'est bien simple, elles chient sous elles.

– Hein ?

– C'est l'effet que ça me fait, j'y peux rien. Vos vêtements, vos clés, vos tampax, vos DVD (les boîtiers toujours vides), tout, vous laissez tout tomber à vos pieds. Les lits pleins de miettes, de mouchoirs sales, de canettes de Coca, de papiers de bonbons. C'est trop dur de porter un slip jusqu'à la panière de linge, de nettoyer la cuvette des WC ? Je suis quoi, moi ? La bonne ? Même pas. La serpillière, l'aspirateur, le sac-poubelle !

Alex était hors d'elle. Le rimmel commençait à couler, le rouge à lèvres à baver. Saint-Yves lui tendit sa boîte de Kleenex, elle s'essuya les yeux, puis se moucha.

– Ça va mieux ? demanda-t-il, le ton amical.

– Je sais pas.

– Ça dégage les bronches tout de même ?

– Oui, reconnut-elle en riant un peu.

Sauveur interrogea Nicolas du regard.

– Quoi ? fit ce dernier, agressif.

– Vous êtes surpris de ce que vient de dire Alexandra ?

– Ah, bah, complètement.

– Vous n'avez jamais perçu son exaspération… ou sa fatigue ?

– Ssssi, fit-il mollement, elle a crisé une fois ou deux…

– C'est ça, je crisais. Mais il avait une bonne explication : « C'est le premier jour de ses règles. »

Il y eut un silence. Premier round, songea Saint-Yves.

– Tu es partie avec Charlotte parce qu'on ne rangeait pas nos chambres ? attaqua Marion.

– Ça, c'est ma vie privée. Je n'ai pas à te répondre.

– C'est dommage parce que c'est une bonne question, parut regretter Sauveur.

Alex lui coula un regard méfiant. De quel côté était-il, celui-là ?

– Les enfants dont les parents se séparent pensent souvent que c'est à cause d'eux, généralisa Saint-Yves.

Alex regarda un instant dans le vide, comme si elle mesurait le danger de parler.

– J'ai souvent eu envie de quitter Nicolas, mais je ne pensais pas que ça se ferait de cette façon. J'ai toujours été attirée par des garçons. Les filles, je les trouvais jalouses, cancanières. Charlie dit que c'est des idées sexistes qu'on nous met dans la tête, qu'on nous dresse les unes contre les autres au lieu de nous apprendre la solidarité féminine… Elle est venue un jour au salon pour un nettoyage de peau. Il fallait faire attention à cause de ses piercings. On a parlé. Pourquoi elle se faisait des piercings, pourquoi elle se tatouait. C'est une artiste. Elle écrit de la poésie. Elle m'en a lu…

Alexandra s'aperçut qu'elle était en train de revivre ce moment où elle était tombée amoureuse, et elle se tut.

– Tu ne reviendras jamais vivre chez nous ? dit Nicolas, la voix cassée par l'émotion.

C'était à peine une question. D'ailleurs, Alex ne répondit pas.

– Au moins, il y en a une qui est contente, c'est Élodie, remarqua Marion. Elle raconte partout qu'elle a deux mamans, que c'est trop bien d'avoir deux mamans, elle nous colle bien la honte.

– Je te fais honte ?

Sauveur observait Nicolas. Les épaules basses et les yeux rivés au plancher, il avait jeté l'éponge. Marion, qui avait l'élasticité d'humeur de l'adolescence, demanda à Saint-Yves s'il était exact qu'il allait donner un hamster à Élodie.

– Où il ira ? questionna Marion en regardant sa mère. Chez vous ou chez nous ?

– Tu as deux « chez nous », lui répondit Alex.

– Ah non, ce serait trop facile ! se révolta Nicolas. Tu as quitté la maison, il n'y a pas d'autre « chez nous » pour les filles, c'est là qu'elles ont grandi. Moi, je me suis séparé de Mylène parce qu'elle perturbait les grandes. Je veux que mes filles se sentent bien à la maison. Chez elles. J'ai peut-être été un mec un peu gamin, mais je suis un bon père.

Silence. Deuxième round, se dit Saint-Yves. Dans le couloir, Lazare se redressa avec mille précautions. Soudain, le monde de Warcraft lui paraissait préférable à celui, à peine compréhensible, des adultes.

Un quart d'heure plus tard, Sauveur reconduisit

Marion et ses parents jusqu'à la porte d'entrée, puis, l'ayant refermée, il y appuya le dos en expirant lentement. Les yeux clos, un sourire léger détendant son visage, il laissa aller ses pensées. Que s'était-il passé pendant cette séance ? Avait-on progressé ? S'était-on contenté d'un règlement de comptes ? Quel métier incertain que le mien, conclut-il.

En revenant dans son bureau et pour se changer les idées, il s'accroupit devant la cage de madame Gustavia. Son front se plissa tandis que du regard il auscultait les quatre petits. L'un d'eux ne bougeait plus.

– Ils vont tous mourir, fit-il entre ses dents, et il se sentit envahi par un désespoir d'enfant.

*
* *

Louise s'apprêtait à faire une bêtise ce dimanche, mais elle pouvait toujours se dire que c'était la faute de Paul puisqu'il lui avait demandé d'aller choisir son hamster. Elle s'était déroulé le scénario plusieurs fois depuis la veille. Elle tapait à la porte de la rue des Murlins, il était 14 heures, Sauveur lui ouvrait et l'odeur du café qu'il venait de boire flottait encore autour de lui. Tout en se maquillant, Louise fredonna : « Couleur café, que j'aime ta couleur café. » Dès qu'elle fut dans la rue, à 13 h 50, ses jambes eurent une fâcheuse tendance à devenir cotonneuses et flageolantes, puis au bout de quelques pas son cœur accéléra le rythme sans qu'on lui ait rien demandé. En haut de la rue des Murlins, Louise sentit qu'elle avait le choix entre la nausée, la poussée de fièvre ou la syncope. Je peux aussi rentrer chez moi, se dit-elle. La porte du 12 s'ouvrit alors, livrant passage à une poubelle sur roulettes poussée par le gardien. Ah mais non, ce n'était pas… Louise s'aperçut de sa méprise en même temps que Sauveur aperçut Louise.

– Tiens, mais… bonjour !

Le scénario de Louise s'effondrait. Elle avait prévu que Saint-Yves porterait son costume-chemise-blanche-à-col-ouvert. Il était en jeans-baskets avec un sweat à capuche siglé Columbia University.

– Vous passiez dans le quartier ? s'informa-t-il aimablement.

– Oui… Non. C'est Paul.

– Paul ?

– Il m'a demandé de choisir son hamster. C'est… c'est stupide. Je ne veux pas vous déranger.

– Vous ne me dérangez pas du tout. Lazare vous

a déjà mis un bébé de côté. Mais il faut qu'il vous plaise. La cage est restée dans mon bureau. Entrez, entrez.

Mais qu'il était grand, qu'il était noir, qu'il avait donc une voix grave ! Elle le redécouvrait.

– Ils sont sur la table basse, dit-il. Excusez-moi, j'ai un trou de mémoire. Votre prénom, c'est bien Lucile ?

– Non, Louise.

Il devina qu'il l'avait froissée.

– Je... Je vois tellement de monde, bredouilla-t-il, s'enfonçant un peu plus.

Il attrapa la cage et la monta à hauteur du visage de Louise.

– Ce serait le plus gros des trois.

– Je croyais qu'il y en avait plus de trois.

Sauveur reposa la cage avec un soupir.

– Deux sont morts. En fait, j'ai un peu peur qu'ils meurent tous.

Louise tressaillit. Que se passait-il entre ces quatre murs ?

– J'ai lu sur Internet, poursuivit Sauveur, qu'il ne faut pas croiser certaines couleurs de hamster parce que cela donne des bébés qui meurent in utero ou peu après la naissance, suite à des malformations.

Ce que je crains, c'est que le vendeur de Jardiland ait laissé madame Gustavia dans une cage avec des hamsters qui n'étaient pas compatibles. Tous les métissages ne marchent pas.

– Mais il y en a de très réussis… c'est-à-dire… Lazare, bafouilla Louise, rougissant comme si elle venait de dire quelque chose d'inconvenant. C'est… un bel enfant.

– Merci, c'est gentil, dit Sauveur, qui savait accepter un compliment. Vous avez deux minutes ?

Il lui désigna son fauteuil et lui-même s'installa sur le divan.

– À la Martinique, on dirait de mon fils que c'est un *lapo sové*.

Louise esquissa une mimique interrogative.

– Il a sauvé sa peau… parce qu'il est plus clair que moi. On nous a si bien appris que le Blanc nous est supérieur, qu'on est devenus racistes entre nous. Le noir-noir, celui qu'on appelle chez moi le nèg' bleu, se trouve tout au bas de l'échelle de l'humanité. Chaque goutte de sang blanc nous permet de nous élever.

– Les gens comme vous n'y croient pas ?

– Non, bien sûr… Mais mon histoire est compliquée.

Elle était enfermée dans une enveloppe kraft. Peut-être pouvait-il en extirper un ou deux souvenirs ? Pour une fois ce serait lui qui se confierait.

– Ma mère s'appelait Nicaise. Nicaise Bellerose. Elle avait sept frères et sœurs de pères différents, mais elle était la préférée de sa mère parce qu'elle était la « mieux venue ». Elle avait la peau claire et le nez bâton.

– Le nez bâton ?

Sauveur éclata de son grand rire.

– Oui, nous, les nèg's, on a un nez épaté. Vous, les Blancs, vous avez un nez mince. À Sainte-Anne, il y avait une vieille femme, Manman Beaubois, une espèce de sorcière, qui enseignait aux jeunes mamans « à faire le bâton » en pinçant le nez de leur bébé le long de l'arête jusqu'aux narines.

Tout en expliquant l'expression, Sauveur modela son propre nez entre le pouce et l'index.

– Bref, Nicaise était une *lapo sovée*, ce qui ne l'empêcha pas de se faire mettre enceinte par un nèg' et d'avoir une fille plus noire qu'elle.

Il hésita un instant avant d'ajouter :

– Ma demi-sœur, Évelyne.

Puis il raconta comment Nicaise, qui était très débrouillarde et n'avait pas sa pareille pour cuisiner le blaff d'oursin ou le colombo de poulet, s'était fait embaucher comme cuisinière au Bakoua.

– Elle confia Évelyne, qui avait 2 ans à l'époque, à sa propre mère et elle ne la vit plus qu'un dimanche de temps en temps. C'est une situation assez courante aux Antilles.

Le Bakoua était un hôtel-restaurant de bonne réputation tenu par un couple blanc, Michel et Marie-France Saint-Yves. C'étaient des gens d'un certain âge, lui 55 ans et elle 49, qui n'avaient jamais pu avoir d'enfant et qui avaient décidé, dix années plus tôt, d'investir toutes leurs économies dans un restaurant pour finir leurs jours au soleil des Antilles. Les affaires marchaient bien et pendant un an la cuisinière leur donna satisfaction. Puis Nicaise tomba de nouveau enceinte…

– … de père inconnu, dit Sauveur, en se désignant comme le résultat.

Le bruit courut à l'époque que le père était le propriétaire du restaurant et que les Saint-Yves avaient trouvé ce moyen pour avoir un descendant. Ils semblèrent donner raison à la rumeur puisque, s'étant pris d'amitié pour la jeune femme, ils continuèrent de la payer lorsqu'elle cessa de travailler en cuisine. Dès les premières contractions, Marie-

France conduisit Nicaise à la maternité de Fort-de-France. Par une fatalité contre laquelle personne ne put lutter, Nicaise décéda d'une embolie amniotique peu après avoir accouché d'un petit garçon. Marie-France lui souffla sur son lit de mort le prénom de Sauveur, qui était celui de son père, un pied-noir tunisien. À la sortie de la maternité, Sauveur fut confié à sa grand-mère, madame Bellerose, mais la vieille femme, qui était malade, le mit en nourrice. À la mort de la grand-mère, alors que l'enfant avait 3 ans, les Saint-Yves firent une demande d'adoption.

– Et c'est ainsi que Sauveur Bellerose est devenu Sauveur Saint-Yves.

– Vous n'étiez pas le fils de Michel Saint-Yves ?

Sauveur eut une moue ironique.

– Vu ma couleur de peau, c'est peu probable… C'est d'ailleurs ce qui m'a posé problème en grandissant.

– Vous étiez le fils noir de parents blancs, devina Louise.

Il lui adressa un sourire de reconnaissance, heureux d'être si vite compris.

– J'étais le petit garçon noir que son papa blanc dépose chaque matin devant la porte de l'école Sainte-Anne.

Le sourire s'effaça de ses lèvres au fur et à mesure que les souvenirs lui revenaient.

– Dans la cour de récré, les enfants se regroupaient d'eux-mêmes selon une hiérarchie de couleurs. Moi, je m'étais fait admettre des peaux claires. Il y avait les « métros », dont les parents venaient de France métropolitaine, les békés, qui sont les descendants des négriers, et les chabins, des métis presque blancs.

Sauveur faisait partie de ce groupe alors qu'il était un « câpre », dont une goutte de sang blanc avait délayé la noirceur. Mais il était aussi le fils du Bakoua, le fils des riches Blancs de Sainte-Anne.

– À l'école, je refusais de jouer avec les noirs comme moi ou plus noirs que moi, les « Congo », comme si leur fréquentation risquait de déteindre sur moi. Les autres m'appelaient Bounty.

– Bounty ?

– Noir au-dehors, blanc en dedans. C'est ce que les copains disaient de moi. Mais moi, j'étais dans le déni, le déni de ma couleur. Je me voyais blanc.

Cette conclusion parut le faire revenir à lui.

– Excusez-moi de vous ennuyer avec mes vieilles histoires.

– Oh non, c'est fascinant !

Sauveur écarquilla les yeux, ne voyant pas quel usage il pouvait faire de ce qualificatif.

– C'est indiscret de vous demander cela, s'enhardit Louise, mais vous n'avez pas gardé de contact avec votre famille d'origine ? Votre demi-sœur par exemple…

Sauveur regarda la pendule comme s'il espérait que la séance fût terminée. On entrait dans la zone d'inconfort de ses souvenirs. Même s'il lui était plus facile de parler à une étrangère qu'à son propre fils, il savait que certaines confidences ne franchiraient pas ses lèvres.

– J'ai de la famille aux Antilles, répondit-il, une famille noire et nombreuse, des oncles, des tantes, des cousins, des cousines. Et Évelyne qui a quatre ans de plus que moi, qui a fait un mariage malheureux, qui a divorcé, qui a deux enfants.

Son débit s'était ralenti tandis qu'il faisait le tri entre ce qui pouvait être dit et ce qui devait être tu.

– Mes parents adoptifs ont coupé les liens avec ma famille d'origine, pas par racisme, mais parce qu'ils étaient très possessifs. Ils me voulaient rien qu'à eux. Ils étaient…

Il hésita. Il tenait à rendre justice aux Saint-Yves, même s'ils avaient commis des erreurs.

– Ils étaient fiers de moi. J'étais premier de classe…

– Très grand, très beau, compléta Louise comme si le compliment s'adressait à l'enfant d'autrefois et pas à l'homme qui était en face d'elle.

Sauveur se mordilla l'intérieur des joues pour s'interdire toute forme de réaction. Louise l'intriguait.

– Mes parents voulaient que je réussisse, poursuivit-il. Un peu comme tous les parents. Mais pour eux, cela voulait dire que je devais le plus possible ressembler à un Blanc, parler comme un Blanc, faire des études supérieures avec des Blancs. Ils m'ont envoyé au lycée Schœlcher, à Fort-de-France, à 50 km de leur restaurant, ils m'ont mis en pension chez une vieille dame – une Blanche, bien sûr – qui louait une chambre à l'année.

Il se mit à rire.

– Quand j'y pense, j'aurais pu mal tourner ! Il y a tellement de jolies filles à *Fod Fwance*, je tombais amoureux toutes les semaines. Mais bon, j'étais un gentil garçon, j'ai eu mon bac avec mention… Mes parents m'ont expédié à Paris pour que je fasse des études de psychologie. Quand je revenais de métropole à Noël et aux grandes vacances, mes copains, ceux qui n'avaient pas quitté Sainte-Anne, m'appelaient « le négropolitain ».

À cet instant, Sauveur comprit ce que ses patients éprouvaient quand ils se sentaient tiraillés entre le plaisir de se raconter et la peur de se livrer.

– Quand mon père est mort, maman a revendu le restaurant, et dès que j'ai eu mon diplôme de docteur en psychologie, nous avons emménagé ensemble à Fort-de-France, où j'ai ouvert un cabinet comme ici. Mais ce n'était pas tout à fait le même travail. Une bonne partie de ma clientèle se prétendait quimboisée, c'est-à-dire victime d'un sort... Les gens venaient me voir parce que j'étais un « docteur noir », un Antillais. Ils pensaient que j'allais les comprendre. Mais la psychothérapie, ce n'est pas tout à fait la même chose que la magie vaudou. Je ne prétends pas que ça marche mieux, d'ailleurs !

Sauveur s'aperçut, tandis qu'il plaisantait, que Louise l'écoutait – ou le regardait – bouche bée. Il était de plus en plus intrigué.

– Et votre femme ? dit-elle.

– Pardon ?

Il se raidit sur son siège.

– Excusez-moi... C'est sûrement un sujet douloureux.

– Qu'est-ce que vous voulez savoir ? fit-il, comme s'il s'agissait d'un interrogatoire. J'ai épousé une jeune femme blanche. J'ai « blanchi la race », c'est l'expression antillaise.

Il se sentait gêné d'avoir trop parlé, d'avoir donné prise sur lui.

– Et donc Bidule ! s'exclama-t-il, sans faire le moindre effort de transition.

– Bidule ?

– Votre hamster. Dans une semaine, il sera sevré. Il faudra venir le chercher.

Il déplia sa haute taille au-dessus de Louise, et elle n'eut pas d'autre choix que de se lever, elle aussi. Ils étaient tout près l'un de l'autre, leurs souffles se mêlaient. Tout était possible, mais rien ne se ferait pour le moment, ils en étaient conscients.

Il la reconduisit jusqu'à la porte puis, sifflotant pour se faire croire qu'il ne s'était rien passé, il alla rejoindre son fils à la cuisine. Mais si les cahiers et les crayons de Lazare s'y trouvaient bien, lui n'y était pas.

– Ah, tu es là ? fit Sauveur en apercevant l'enfant sur son lit. C'est nouveau de lire à l'envers ?

Dans sa hâte à se composer une attitude, Lazare avait saisi une bande dessinée, mais il la tenait tête en bas.

– Oui, je m'entraîne, répondit-il sans préciser qu'il s'entraînait surtout à mentir.

– Mm, mm…

Sauveur s'assit au pied du lit, les yeux perdus au loin.

– Dis-moi, c'est bientôt les vacances d'hiver. Je pourrais peut-être prendre quelques jours ?

À peine eut-il émis ce souhait qu'il perçut l'impossibilité de le réaliser. Il ne pouvait lâcher dans la nature toute sa clientèle de dépressifs, hyperactifs, phobiques, scarificatrices, anorexico-boulimiques…

– Ou alors à Pâques, se reprit-il. C'est ça, à Pâques. Le temps de mettre au point mon agenda.

Il se tourna vers Lazare, que la nouvelle semblait laisser indifférent. Il avait les oreilles encore bourdonnantes de l'échange entre Louise et son père, qu'il avait surpris par la porte entrebâillée.

– On irait à la Martinique, ajouta Sauveur, espérant accrocher son attention.

Lazare fit un bond sur son lit.

– À la Martinique !? J'y crois pas ! À Sainte-Anne ?

– Bien sûr, et à Fort-de-France, où tu es né.

Lazare se jeta au cou de son père et s'écria imprudemment :

– On ira mettre des fleurs sur la tombe de maman ?

– Mm, mm, acquiesça Sauveur en songeant à la petite Ella.

Ce soir-là, Lazare réexamina à la lumière de sa lampe torche le message anonyme qu'on avait glissé sous leur porte.

TU AS VOULU BLANCHIR LA RACE
ELLE EN EST MORTE

TU, c'était papa. Et ELLE, c'était maman ?

Semaine du 16 au 22 février 2015

Dans la nuit du dimanche au lundi, Sauveur sortit d'un rêve pénible où madame Gustavia dévorait ses trois petits, rêve provoqué par une lecture faite la veille sur son site favori, qui évoquait le cannibalisme chez certaines mères hamsters. Au bout de dix minutes, l'insomnie pointant le bout de son nez, Saint-Yves décida de vérifier qu'il n'y avait aucun hamstéricide en cours sous son toit.

Si ce cauchemar ne l'avait pas réveillé, s'il n'avait pas descendu l'escalier en pleine nuit, il n'aurait pas entendu sonner le téléphone dans son cabinet de consultation. C'était son numéro professionnel, seul un patient pouvait l'appeler, et seul un patient désespéré l'appellerait en pleine nuit. Il piqua un sprint.

– Oui, allô ?

– C'est Margaux.

– Margaux… Carré ?

– Oui.

– Qu'est-ce qui t'arrive ?

– Je veux mourir.

Saint-Yves para au plus pressé :

– Où es-tu ?

– Chez mon père. Il m'a interdit de vous revoir. Il veut enlever la garde à ma mère.

– Où est ton père ?

– Au théâtre.

– Tu es seule ?

– Ma sœur dort à côté… Je vais me faire la même chose sur la figure que sur le bras.

– Non, tu ne fais pas ça, dit Sauveur, jugulant la panique qu'il sentait monter en lui.

– Je veux qu'il voie, qu'il voie que c'est sa faute, c'est sa faute si je vais mal. Ma mère, elle y est pour rien. Il m'a pourri la tête en me faisant croire que c'était sa faute à elle. Maintenant, j'ai compris. C'est de votre faute si j'ai compris…

– Margaux, rappelle-toi, tu es sur le chemin de la thérapie. Tu avances.

– Oui, mais maintenant, je vais mourir.

– Non, tu vas grandir.

Il croyait avoir tout son temps pour la raisonner

et il pestait intérieurement qu'elle l'ait dérangé à pareille heure. Si tous ses patients en faisaient autant !

– Je me suis ouvert les veines.

L'électrochoc. Il n'avait pas perçu que la voix de Margaux s'affaiblissait. Il assistait à un suicide en direct.

– L'adresse de ton père ?

Elle la lui donna et il la répéta tout en sortant son portable personnel d'une poche de veste. Il fit le 15.

– SAMU, bonjour, fit une voix féminine très posée. Qu'est-ce qui vous arrive ?

À partir de ce moment, Sauveur mena deux dialogues en parallèle, fournissant des explications au standard du SAMU et soutenant Margaux qui, après s'être tailladé les deux bras, s'était ouvert les veines du poignet gauche.

– J'ai froid, murmura-t-elle. J'ai la tête qui tourne. Ça coule…

– Ça coule comment, ça gicle ?

– Non, ça coule, juste ça coule.

– Regarde autour de toi, il n'y a pas un tissu dont tu peux faire une compresse ?

– Mon T-shirt ?

– Voilà. Attrape-le, entoure ton poignet. Deux tours. Assez serré… Puis à la standardiste du SAMU :

Le code ? Il n'y a pas de code. Mais la porte est fermée à clé et je ne sais pas si quelqu'un pourra vous ouvrir. Tu as fait ta compresse ? Appuie ta main dessus. Oui, excusez-moi, je parlais à Margaux. Vous appelez les pompiers pour la porte ? D'accord. Margaux, tu m'entends toujours ? Allô ? Allô ?

Elle ne répondait plus. Avait-elle perdu connaissance ? Sauveur se précipita à l'étage. Enfiler un jogging, prendre sa clé de voiture, secouer Gabin : « J'ai une urgence », dévaler les escaliers et, tout en courant vers le parking, appeler madame Dutilleux.

– Répondeur, marmonna-t-il en s'installant au volant. Oui, bonsoir. Sauveur Saint-Yves. Pouvez-vous me rappeler à ce numéro ? C'est urgent, merci.

Quand il arriva dans la rue de monsieur Carré après avoir roulé trop vite pendant dix minutes, il aperçut à son grand soulagement le gyrophare bleu d'une ambulance à l'arrêt. Les pompiers, qui stationnaient un peu plus loin, avaient enfoncé la porte du pavillon. Le médecin suivi d'une infirmière, tout de blanc vêtus, disparurent à l'intérieur de la maison tandis que l'ambulancier derrière son volant attendait les instructions. Sauveur, ne voulant pas interférer lors des premiers soins qui allaient être donnés dans la chambre de Margaux, se sentit soudain désemparé, bon à rien. Pas un « vrai médecin », aurait dit monsieur Carré.

Soudain, un cri :

– Papa !

Sur le pas de la porte, une fillette, pieds nus et en pyjama. Blandine venait d'être arrachée au sommeil par l'irruption d'étrangers dans sa maison. Elle allait hurler de nouveau : « Papa ! » quand elle aperçut Saint-Yves et se jeta vers lui en criant :

– Sauveur !

Il l'enveloppa dans son anorak et la souleva de terre.

– Ce n'est rien. C'est les gens du SAMU, c'est moi qui les ai appelés, ils vont emmener ta sœur aux urgences. Elle n'est pas en danger, mais elle s'est tailladé le poignet.

Il la porta à sa voiture et il eut la sensation, tandis qu'il la déposait sur la banquette arrière, que quelqu'un s'approchait de lui dans son dos. Quand il se retourna, il aperçut une silhouette encapuchonnée qui se fondait dans la nuit, à l'exception d'un gilet blanc marqué SAMU 45. Son portable se mit alors à sonner.

– Docteur Saint-Yves ? C'est…

– … madame Dutilleux. Votre fille s'est entaillé le poignet.

Il répétait la même formule, la préférant à celle qui serait utilisée aux urgences : « … a fait une tentative de suicide. » Il donna à madame Dutilleux toutes les informations en sa possession. Le père au théâtre avec sa femme. Blandine au chaud dans sa voiture.

– Je vois qu'on évacue Margaux sur un brancard. Attendez. Je vais aux nouvelles.

Il interpella l'infirmière :

– C'est moi qui vous ai prévenus. Comment va-t-elle ?

– On a stoppé l'hémorragie, lui répondit l'infirmière. Elle s'était évanouie et sa tête a cogné contre le bois du lit.

– Elle a repris conscience ?

– Oui, mais elle est confuse.

Tout en questionnant, Saint-Yves s'était approché du brancard au risque de gêner la manœuvre. Il voulait jeter un coup d'œil sur l'adolescente. Ses yeux rencontrèrent ceux de Margaux.

– Sauveur, murmura-t-elle.

– Vous voyez, elle délire, fit l'infirmière, elle parle d'un sauveur qui doit venir.

Saint-Yves n'eut pas le temps de la détromper. Elle grimpa à l'arrière du véhicule, qui était comme un hôpital miniature avec son matériel de perfusion et de petite chirurgie.

– Peut-être un traumatisme crânien, dit-elle avant de refermer la portière derrière elle.

Puis l'ambulance s'éloigna, emportant à son bord Margaux Carré, empaquetée dans une couverture de survie dorée, et Sauveur songea à ce que lui avait dit Blandine : « Mon père, c'est le roi Midas. Tout ce qu'il touche, il en fait de l'or. Mais l'or, c'est MORT. »

*
* *

Louise avait été vexée que Sauveur ait oublié son prénom et qu'il l'ait mise à la porte sans trop de façons. Mais il lui avait dit de revenir chercher Bidule dans une semaine, et son besoin de fantasmer une love story prit le dessus dès le lundi matin. La seule chose qu'elle n'arrivait pas à se raconter, c'était la fin de l'histoire. Un happy end était-il possible ? Tout dépendait du héros. Saint-Yves était-il un veuf inconsolable, un célibataire endurci ou un cœur à prendre ? Elle avait déjà entendu dire – mais n'était-ce pas du racisme ? – que les Antillais sont volages. Dans les propos de Sauveur, il avait été question de mères célibataires, de pères inconnus, de mariage malheureux, rien de rassurant. Toutes ces réflexions n'assombrissaient pas son humeur. Bien au contraire, elle fredonnait *Tea for two, and two for tea*, ce que sa fille jugea encore plus alarmant que le fait de chanter sous la pluie.

Le mardi matin, un SMS tomba sur le téléphone de Louise.

« Bonjour, je passerai demain à 9 heures récupérer pour Pimprenelle la poussette et les affaires de bébé que tu as gardées à la cave. Jérôme »

Voulant comprendre la raison de la colère qui l'envahissait, Louise se livra à une explication de texte. Bonjour, disait le message. Bonjour qui ? Son ex et sa compagne avaient un prénom, mais pas elle. À la place d'une formule de politesse, un verbe au futur : « je passerai », et comme si elle n'avait aucune vie personnelle : « demain à 9 heures ». Les verbes récupérer et garder laissaient entendre qu'elle détenait en sa possession des choses qui ne lui appartenaient pas. Et « à la cave » : quelle dissimulation de sa part ! Le pire pour Louise étant : « les affaires de bébé », car c'étaient les grenouillères de Paul et d'Alice, leurs jouets, leurs peluches, le tapis d'activités, la boîte à musique en forme de cloche, le parc avec son boulier, le mobile de petits anges qui tournaient au-dessus du berceau. Et pourquoi n'aurait-elle pas envie de garder tout cela pour un bébé à venir ? Une fois qu'elle eut bien examiné le SMS sous toutes les coutures, sa colère se transforma en mépris. Mais quel crétin ! Et mesquin en plus. Il n'avait donc pas les moyens d'acheter une poussette neuve à Achille ? Voilà ce qu'elle lui dirait demain à 9 heures. Petite vengeance.

Louise comprit, en le voyant sur le palier le mercredi matin, que Jérôme était mal à l'aise. La démarche avait dû lui être imposée par Pimprenelle. Louise crut l'entendre récriminer : « Il n'y aucune raison pour qu'elle garde tout cela. Tu y as autant droit qu'elle. De toute façon, elle ne s'en resservira pas. À l'âge qu'elle a. »

– Je ne te dérange pas ?

– Il est un peu tard pour le demander, lui fit remarquer Louise.

Mais au lieu du visage de bois qu'elle lui offrait d'habitude, elle souriait.

– Oui, excuse-moi... Enfin, c'est gentil de...

Il était mal rasé, il avait des yeux de chien triste, il manquait un bouton à son manteau. Louise souriait toujours. Pleine de grâce et de mystère. Nimbée de rêves. Du bout des doigts, elle lui lâcha dans le creux de la main la petite clé de la cave.

– Sers-toi, dit-elle, toute idée de vengeance envolée.

– Oui, merci.

Il ne reconnaissait pas son ex-femme, celle qu'il avait laissée sur le bord de la route parce qu'elle l'ennuyait un peu. Elle lui tourna les talons en fredonnant. *Tea for two…*

Après s'être diversement cogné aux angles de la cave et avoir écarté de son visage toutes les toiles d'araignée, Jérôme entreprit de se couper les doigts et de se retourner les ongles en ouvrant les caisses en carton que Louise avait fermées avec du ruban adhésif. Les « merde ! » alternaient avec les « putain ! » tandis qu'il envoyait au diable Pimprenelle et ses lubies de femme enceinte. Avait-elle besoin du stérilisateur à biberon et du matelas à langer, qui dormaient là depuis des siècles ? On aurait dit qu'elle voulait dépouiller Louise de tous les attributs de la maternité. C'était le monde à l'envers. Pimprenelle jalouse de son ex. Jérôme se redressa en se frottant les reins. Louise était à l'étage du dessus. Dans son bureau ou dans sa salle de bains ? Soudain, il ne comprenait plus pourquoi il était parti. C'était ici sa maison. Louise était sa femme. Et le venin s'infiltra dans son cœur. Si Louise était redevenue si jolie, si désirable, n'était-ce pas parce qu'elle était heureuse ? Heureuse avec un autre homme ? Jérôme donna un coup de pied dans une caisse, faisant joyeusement tinter le clown-culbuto qui tirait de gros éclats de rire à Paul quand il avait huit mois. Jérôme eut alors la sensation glaçante qu'il allait finir enterré dans cette cave. Il lui fallait remonter à la lumière, vite !

– Dis donc, Louise ! appela-t-il, une fois revenu au salon.

Où était-elle ? Pourquoi ne répondait-elle pas ? Il la chercha dans la cuisine, où traînaient encore les bonnes odeurs du café et du pain grillé.

– Louise ! Louise !

Elle n'était pas dans son bureau, pas dans sa salle de bains. Il ouvrit la porte de la chambre de Paul, puis d'Alice, sentant monter des larmes à ses yeux. Enfin, il osa pousser la dernière porte, celle de leur chambre à coucher. Si elle était là, il ne répondait plus de lui…

– Louise ?

Elle n'y était pas. Elle était sortie faire des courses. Ou un reportage pour *La République du Centre*. Partie vivre sa vie. Jérôme erra un moment dans la maison vide puis s'en alla sans rien emporter. « Je dirai qu'elle a tout donné au Secours populaire. »

*
* *

Les trois petits hamsters survivants semblaient tirés d'affaire et trottinaient dans la cage. Bidule était le plus aventureux des trois et sa mère avait dû plus d'une fois le ramener au nid par la peau des fesses ou du cou. Sauveur, qui avait appris à distinguer les trois bébés, attribuerait le plus calme à la petite Élodie. Il en restait un dernier, qui n'avait pas l'air de savoir ce qu'il voulait dans la vie, se collant tantôt à sa mère, tantôt aux barreaux de la cage. Sauveur le destina à Gabin sans lui en parler.

– Ils vont bien ? demanda Ella, dès qu'elle fut dans le bureau de Sauveur.

– Très bien. Et toi ?

– Je lis *François le Champi*. Je suis peut-être une enfant trouvée, moi aussi ?

Saint-Yves accueillit la suggestion d'un grand rire.

– Non mais sérieux. Je ne ressemble pas du tout à mes parents.

– Et à Jade ?

– C'est une fille. Elle passe sa vie à regarder des tutos de maquillage sur Internet. Elle se fait des effets smoky avec du fard à paupières, on dirait un panda…

Saint-Yves souriait en écoutant Ella déblatérer sur le compte de sa sœur quand son attention se trouva distraite par un mouvement du rideau qui masquait la porte. Elle s'était donc de nouveau ouverte. Eut-il un soupçon ? Même pas. À peine une intuition.

– Excuse-moi, Ella. Je dois… Je reviens.

Il sortit de son cabinet, remonta le couloir dans l'obscurité et aperçut son fils qui se redressait.

– Qu'est-ce que tu fais là ?

– Je voulais te… te voir.

– Pour me dire quoi ?

– Euh… Rien.

Lazare s'éloignait de son père à reculons comme s'il avait peur de sa réaction. Sauveur n'éprouvait pourtant rien d'autre que de la stupéfaction.

– Je ne le ferai plus, marmonna Lazare, plus pour lui-même que pour son père.

Dans la cuisine, Gabin, la tête dans l'écran, l'accueillit d'un :

– Alors, ça marche, les écoutes à la CIA ?

– Papa m'a vu, dit Lazare, catastrophé.

– Cool.

– Il ne va plus m'aimer ?

– Sûrement.

Gabin se rendit compte que Lazare paniquait.

– Je déconne. Un père, ça aime toujours son gamin.

– Mais le tien, il ne t'aime plus ? fit innocemment Lazare.

– Putain, maugréa Gabin, ça m'apprendra à être sympa.

Lazare attendit dans l'angoisse le moment où Saint-Yves aurait fini ses consultations. Que se passerait-il ? Il allait lui demander des explications, le punir, le priver de… de quoi ? Lazare cherchait dans sa tête des punitions terribles, des privations affreuses, et ne trouvait pas grand-chose.

– Il va peut-être m'envoyer en pension ? dit-il au bout d'une demi-heure de méditation.

– Non, pas la pension, répondit l'Elfe de la nuit. Pour les délinquants juvéniles, c'est la maison de redressement.

Vers 20 heures, Sauveur déboula dans la cuisine.

– Désolé, les gars, il est tard. Nuggets de poulet, ça vous va ?

Au cours du dîner, Gabin s'informa du nombre de hamsters morts dans la journée.

– Mais aucun, répondit Sauveur. D'ailleurs, Lazare, veux-tu aller chercher la cage dans mon cabinet ? Tu connais le chemin, je crois.

Ce fut la seule allusion à ce qui s'était passé. Sauveur avait l'impression – et c'était un comble pour un psychologue – que, s'il évitait de l'évoquer, le problème n'existerait pas.

Dès que son fils eut disparu dans le couloir, Saint-Yves parla de sa mère à Gabin.

– On m'a prévenu qu'elle sort lundi avec un traitement.

Il ajouta comme s'il s'agissait d'une bonne nouvelle :

– Tu vas pouvoir rentrer chez toi.

Gabin resta les yeux baissés sur son assiette, puis réussit à s'arracher :

– Quand ?

– Dimanche, non ?

Imperceptible hochement de tête de Gabin. Sauveur lui en voulut de ne pas au moins faire semblant d'être content.

– Les voilà ! annonça Lazare en posant la cage sur la table. Bidule est drôlement énervé.

– Oui, je vais l'isoler.

– Tu le punis ? s'alarma Lazare.

– Non, la punition pour Bidule, c'est de vivre en famille. Je vais le mettre dans une cage tout seul.

– C'est ce qu'il me faudrait, remarqua Gabin de sa voix la plus amortie.

Sauveur prit la demande au pied de la lettre.

– Je vais t'en trouver une pour ton hamster.

– Tu lui donnes le troisième ? se réjouit Lazare.

Se tournant vers Gabin :

– C'est celui qui veut tout le temps se sauver. Comment tu vas l'appeler ?

Gabin mâchonna son nugget de poulet.

– Sauvé.

– Sauvé ? répéta Lazare.

– C'est mieux d'être Sauvé que Sauveur, fit Gabin, mi-agressif, mi-désespéré.

Peu après, Saint-Yves monta se coucher avec son livre du moment, *Pourquoi être heureux quand on peut être normal ?* Mais comme il avait aussi pris les journaux, il commença par feuilleter *La République du Centre.* Il savait que Louise Rocheteau y était journaliste. S'occupait-elle des fêtes de village ou bien des faits divers, qui étaient d'ailleurs la page préférée de Sauveur ? Un titre attira son regard.

ELLE EMPOISONNE LES CHATS
DU VOISINAGE.

Ébahi puis consterné, il lut et relut :

Saint-Jean-le-Blanc. *Les voisins n'en reviennent pas : la coupable était une charmante quinquagénaire, employée à la mairie de Saint-Jean-le-Blanc. Depuis plusieurs mois, des chats errants, mais aussi des chats portant collier étaient retrouvés morts, empoisonnés par des boulettes de viande, dans les jardins ou les allées de plusieurs lotissements. C'est la coupable elle-même qui est allée porter plainte au commissariat avant d'avouer aux policiers stupéfaits qu'elle était l'auteure des faits.*

Il n'y avait pas à s'y tromper. La tueuse de chats était madame Huguenot. Elle avait avoué à Saint-Yves ce qu'elle faisait, mais il n'avait pas voulu la comprendre quand elle lui avait parlé de sa grand-tante, Rose Patin. Elle lui avait dit que la vieille demoiselle passait son temps à broder des dessus de coussin et à empoisonner les chats du voisinage. « C'est elle qui m'en a donné le goût », avait-elle conclu. Le goût de tuer les chats, pas le goût de broder des coussins ! Sauveur repoussa son journal en soupirant.

– Je suis un psy de merde.

Le lendemain, dès que Lazare eut retrouvé Paul dans la cour de récré, il l'avertit que Bidule était dans sa cage personnelle et prêt au départ.

– Mais il va être triste d'être séparé de madame Gustavia, remarqua Paul.

– Oh, non, il n'aime pas sa mère, répliqua Lazare, la conscience tranquille.

Paul s'étonna en silence de sentiments aussi dénaturés chez Bidule.

– Moi, dit-il, j'aimerai toujours maman. Et même, quand je serai grand...

Il baissa la voix parce qu'il y a toujours des moqueurs qui vous écoutent.

– ... j'aurai une chambre dans ma maison pour elle.

Lazare trouva l'idée épatante et répliqua qu'il en ferait autant pour son père.

– Et on pourrait avoir la même maison ? lui suggéra Paul, plein d'espoir.

– Ah, oui ! s'enthousiasma Lazare. Ça serait une grande, grande maison !

– Pas comme un château ? s'inquiéta Paul, craignant que son ami ne perde le sens des réalités.

– Non, rigola Lazare. Plus petit. Et il y aurait une cabane dans le jardin pour Alice.

Quand ils entrèrent dans la salle de classe, leur avenir commun avait déjà pris bonne tournure.

– Le proverbe du jour, dit madame Dumayet, c'est : *Un tiens vaut mieux que deux tu l'auras.*

*
* *

– Tiens, une nouvelle configuration, s'amusa Sauveur en accueillant les Augagneur ce jeudi soir.

Charlotte et Alex étaient venues avec Élodie, mais aussi avec Lucile, qui avait fêté la veille ses 17 ans.

– Bon anniversaire, lui dit Saint-Yves, s'asseyant en face d'elle.

Élodie se coucha en boule sur le divan entre Charlie et Alex, ferma les yeux et enfonça le pouce dans sa bouche.

– Tu fais le bébé aujourd'hui ?

– Bébé hamster, dit la petite en ôtant son pouce. Je vois rien, j'entends rien.

Elle enfonça le pouce dans sa bouche jusqu'à la garde et ferma les yeux en les plissant très fort.

– À ce propos, ton hamster t'attend. Je l'ai mis dans une petite cage pour que tu l'emportes.

À quoi Élodie, toujours recroquevillée en position fœtale, répondit :

– Maman et Charlie, elles vont avoir un bébé.

– Qu'est-ce que tu racontes ? se récria sa mère.

– C'est parce qu'on en a parlé entre nous l'autre jour, lui rappela sa compagne. Élodie a toujours une oreille qui traîne.

– Vous n'allez quand même pas faire ça ! éclata Lucile. D'abord, ce n'est pas possible. Une femme avec une femme… Vous allez faire quoi ? Adopter ?

– Non, répondit fermement Charlotte.

Saint-Yves comprit que les deux jeunes femmes avaient déjà examiné les possibilités qui s'offraient à elles.

– Des fois, déclara Élodie, qui parlait les yeux fermés avec une voix de pythonisse inspirée, on met une graine de bébé dans la zigounette de la dame avec une piqûre, mais ça fait pas mal, et le bébé pousse dans le ventre.

Alexandra dévisagea sa compagne, les sourcils froncés.

– Qu'est-ce que tu lui as dit ?

– Elle m'a posé des questions, se justifia Charlie. Vous la traitez toujours comme si elle ne comprenait rien. Moi, je lui dis la vérité.

– Tu n'es pas chargée de l'élever, je te signale, s'énerva Alexandra.

– Et moi, je te signale que je la garde pendant que tu travailles.

– Mais c'est n'importe quoi, se lamenta Lucile du fond du cœur.

– Qu'est-ce qui est n'importe quoi ? la questionna Sauveur de sa voix la plus empathique.

– Mais tout !

– Tout quoi ? Dis les choses, Lucile, ne te censure pas.

– Ouais, vous dites ça, se méfia la jeune fille, et après, vous allez me reprocher que je suis homophobe ou un truc du genre.

– Je vais m'abstenir de tout commentaire, lui promit Saint-Yves.

– Eh bien, d'abord, c'est n'importe quoi de dire à ma petite sœur qu'on met une graine de bébé dans le ventre de la dame comme si c'était une graine de tournesol. Ça n'existe pas, les graines de bébé. Il faut du sperme, du sperme de monsieur, parce qu'une femme avec une femme, ou une femme toute seule, ça ne fait pas de bébé, et ça, c'est la vérité, et c'est la vérité qu'on doit dire aux enfants.

– Tu as parfaitement raison, Lucile. On utilise le sperme d'un donneur anonyme, qui est injecté dans l'utérus de la femme en vue de la féconder.

– Je croyais que vous vous absteniez de commentaire, ironisa Charlotte.

– C'était plutôt documentaire que commentaire…

Élodie se redressa en hurlant :

– J'y comprends rien à toutes vos histoires ! Je veux mon hamster et puis je veux m'en aller !

– C'est embêtant, les histoires de grand, l'approuva Sauveur sans se départir de son flegme. Comment tu vas l'appeler, ton hamster ?

– Je vais l'appeler Bébé, répondit Élodie, l'air féroce.

– Mais il ne va pas être toujours un bébé, lui signala Saint-Yves.

– Eh ben, je l'appellerai… Je l'appellerai…

Petit suspense.

– Si c'est un garçon, je l'appellerai Garçon, et si c'est une fille, je l'appellerai Fille. Et c'est TOUT.

– Je crois qu'Élodie fatigue un peu, fit sa maman en interrogeant le thérapeute du regard.

– C'est bien possible.

– Vous disiez l'autre fois que les petits enfants n'ont pas de préjugés, lui rappela Charlotte.

– Élodie a peut-être besoin que la situation se stabilise, plaida Saint-Yves.

– Moi aussi, bougonna Lucile. On n'est pas obligé d'inventer un truc nouveau toutes les semaines. Par moments, j'ai l'impression de jouer dans une série télévisée ! Je dois être ringarde, mais moi, je trouve que tout ça, les bébés-éprouvette, les banques de sperme et le reste, ce n'est pas normal. Je veux dire… Ce n'est pas dans la nature.

– Non, mais l'homme est un animal dénaturé. On ne voit pas beaucoup de vaches au volant d'une voiture, plaisanta Sauveur.

La suite de la séance fut consacrée aux conseils que Sauveur donna à Élodie et à sa maman pour bien élever un hamster et le rendre heureux.

– Je vais l'appeler Cocotte, décida Élodie in fine. Comme la dame hamster de Charlie.

– C'est un mâle, la taquina Sauveur.

– Je m'en fous, répliqua la petite.

Ses deux mamans la rabrouèrent : « Pas de gros mots ! », et Saint-Yves sourit en songeant : Où ne va pas se loger le conformisme ? Puis, tandis qu'Élodie, sautillante, allait s'installer à la petite table pour dessiner, Alexandra et sa compagne entamèrent des négociations avec Lucile pour qu'elle accepte de venir parfois chez elles. La séance se conclut sur un fragile compromis, la jeune fille viendrait un week-end sur deux. À l'essai.

– Tiens, dit Élodie en tendant sa feuille de papier à Sauveur, c'est pour toi.

Elle avait dessiné une vache verte au volant d'une voiture bleue.

*
* *

Saint-Yves, qui souhaitait ce vendredi parler seul à seul avec Cyrille Courtois, n'eut pas à parlementer avec le garçon ni avec sa mère, car dès son entrée dans le cabinet de consultation, celui-ci déclara :

– Ça l'intéresse pas, maman, le jeu de trap trap.

– Tu préfères qu'on en discute, tous les deux ? Madame Courtois, ça ne vous ennuie pas d'aller en salle d'attente ?

La jeune femme, qui avait les traits creusés par la fatigue en cette fin de journée, ne se fit pas prier pour aller feuilleter *Biba*. Avant de s'asseoir dans le fauteuil surdimensionné que lui désigna Sauveur, Cyrille sortit de sa poche le calendrier tout chiffonné.

– J'ai que des parapluies chez maman et que des soleils chez tatie.

– Ça a le mérite d'être clair, nota Saint-Yves. Tu te sens bien chez tatie...

– Je dors dans la chambre de Benoît.

– Qui est-ce ?

– Mon cousin.

– Et chez toi, tu as une chambre à toi, tout seul ?

Un long silence.

– Cyrille ?

Le garçon parut sortir de sa torpeur.

– Oui ?

– Tu as une chambre à toi ?

– Oui.

Par moments, la connexion avec le petit garçon sautait.

– Je l'aime pas, lâcha-t-il.

– Tu n'aimes pas… qui ?

Cyrille tressaillit.

– J'aime pas ma chambre.

– C'est drôle parce que j'ai cru que tu parlais de quelqu'un, remarqua Saint-Yves. Quand on dit « je ne l'aime pas », on pense plutôt à une personne qu'à une chambre.

Cyrille balançait les jambes mécaniquement.

– Maman a un ami depuis quelque temps, poursuivit Sauveur de sa voix endormeuse. Comment il s'appelle déjà ?

– Joachim.

– Oui, c'est ça, Joachim.

Jusqu'à présent, il n'avait jamais été nommé, ni par la mère ni par l'enfant.

– Il vient dîner à la maison, c'est ça ? Il reste pour dormir peut-être ?

Les jambes de Cyrille s'immobilisèrent.

– Tu ne l'aimes pas beaucoup, fit Sauveur comme si la chose était acquise.

Cyrille serra très fort les accoudoirs du fauteuil.

– Quand est-ce que maman a fait la connaissance de Joachim ? Elle me l'a dit, mais j'ai oublié...

Sauveur mentait, mais il voulait faire croire à Cyrille que tout ce qu'il dirait serait sans conséquence.

– C'était à la plage, marmonna l'enfant.

– Ah oui, c'est ça ! Cet été, à Royan ?

– Oui.

Madame Courtois, qui pensait que son fils était jaloux de son nouvel ami et le manifestait par de l'énurésie, avait sans doute raison.

– Parfois, on pense que si maman aime un monsieur, elle va avoir moins de temps pour être avec vous. On a peur qu'elle vous aime moins. Je ne sais pas si ça te fait ça ?

Cyrille écoutait, tête baissée, l'air d'être aux aguets, mais Saint-Yves sentait qu'il ne disait pas les mots que l'enfant espérait.

– Comment avez-vous fait connaissance avec Joachim ?

– Au club Mickey.

– Il était animateur ? tenta de deviner Sauveur.

Cyrille haussa légèrement les épaules et rectifia :

– Il avait son garçon au club Mickey.

– Ah ? Il a un fils… De ton âge ?

– Oui, je crois. Mais c'est pas son fils. C'est le fils d'une autre dame.

Donc, madame Courtois a rencontré un homme en couple avec une maman ayant un fils de 9-10 ans, se résuma mentalement Saint-Yves, et cet homme s'est intéressé à une autre jeune maman avec un fils de 9-10 ans.

– Est-ce que Joachim va s'installer chez toi ?

– Non !

– Non ?

– Je veux pas !

Ce n'était pas de la jalousie qu'il y avait dans ce cri. L'enfant vivait dans la terreur. Joachim n'était pas pour lui un rival. C'était un prédateur. Mais si Saint-Yves en eut à cet instant la certitude, il devait tout de même rester prudent. Une intime conviction n'est pas une preuve.

– Je voudrais t'aider dans ton problème, Cyrille.

J'ai un DVD qui pourrait te concerner, tu es assez grand pour bien le comprendre. C'est un documentaire qu'on regarde parfois à l'école.

Sauveur alla dans sa bibliothèque prendre un coffret contenant un DVD et un livret didactique. Il lut à voix haute :

– *Mon corps m'appartient.* C'est un documentaire qui explique aux enfants que leur corps est à eux. Pour courir, pour jouer, faire du sport. Personne n'a le droit de toucher à leur corps s'ils ne le veulent pas.

L'enfant écoutait, les yeux exorbités mais toujours baissés, les lèvres farouchement serrées.

– Si un homme te touche à des endroits de ton corps où tu ne veux pas qu'il te touche…

Cyrille tressaillit.

– … ce qu'il fait est interdit par la loi. Si un homme – mettons Joachim – va dans ta chambre… Je crois qu'il fait ça quand maman n'est pas là ?

– Oui.

– S'il te touche à des endroits de ton corps où tu ne veux pas qu'il te touche, ton sexe, tes fesses, ce qu'il fait est interdit par la loi.

– Mais il dit que c'est moi qui suis méchant parce que j'ai fait des jeux sexuels avec les CM2, et je dois faire tout ce qu'il dit, ou il va me dénoncer à la police.

Sauveur déglutit difficilement tant la colère lui serrait la gorge. Après avoir perturbé Cyrille au point que celui-ci s'était ensuite soumis à des enfants plus âgés que lui, Joachim retournait la situation en faisant croire au petit que c'était lui le méchant, « le pervers », avait-il osé dire à sa mère.

– S'il va voir la police, Cyrille, c'est lui qui sera arrêté. Comme délinquant sexuel. Comme pédophile.

Il était temps à présent de prononcer les mots exacts, que l'enfant avait sans doute déjà entendus à la télévision, à la radio ou dans des conversations.

– Maintenant, Cyrille, il faut que je mette ta maman au courant.

– Non ! Il va l'abandonner.

– C'est ce qu'il t'a dit pour que tu te taises. Mais ce n'est pas lui qui va abandonner ta maman. C'est ta maman qui va le chasser. Et le dénoncer à la police.

Sauveur s'avançait peut-être beaucoup, mais il était obligé de croire que madame Courtois admettrait les faits et se tiendrait aux côtés de son fils.

– Tu vas aller dans la salle d'attente pendant que je parlerai à ta maman.

– Je veux pas entendre, je veux pas entendre, dit l'enfant en se bouchant les oreilles.

Sauveur lui parla d'une voix tranquille de l'album de Tintin qui se trouvait sur la table basse de la salle d'attente, que c'était Tintin sur la Lune, que c'était très intéressant, et tout en lui parlant, il le conduisit dans l'autre pièce et fit signe à madame Courtois de bien vouloir le suivre.

– Il vous a montré son calendrier ? dit-elle en s'asseyant. Pas brillant, hein ?

– Quand il est chez votre sœur, ça va.

– C'est pour ça que je vous ai dit l'autre jour qu'il la préférait…

– Ce n'est pas tout à fait ça. Il préfère être chez elle… Comment ça se passe en ce moment à la maison ?

– À part cette histoire de pipi au lit ? Ça va.

– Ça va ?

Elle était loin, loin de son fils. Loin de l'enfer qu'il vivait. Elle expliqua à Sauveur que son travail la fatiguait beaucoup, qu'elle essayait de surveiller les études du petit, mais surtout le week-end, que ce n'était pas facile d'élever seule un enfant.

– Vous n'êtes plus tout à fait seule si j'ai bien compris ? Il y a Joachim.

Elle ne s'était pas attendue à ce que le prénom soit prononcé.

– C'est… c'est récent, bredouilla-t-elle.

– Cet été à Royan, le club Mickey, dit Sauveur pour lui montrer qu'il était au courant.

– Ah ? Cyrille vous a raconté ?

Elle parut un peu contrariée.

– Je l'ai questionné parce que vous m'aviez dit qu'il était jaloux de votre nouvel ami.

– « Nouvel ami » ! protesta madame Courtois. J'en change pas comme de chemise. D'ailleurs, je cherchais rien, ça s'est fait comme ça. Par hasard. On attendait nos garçons, lui Jérémie et moi Cyrille, et on s'est aperçus qu'on était tous les deux d'Orléans.

– Jérémie, c'est le fils de Joachim ? demanda Sauveur, voulant voir si madame Courtois allait le détromper.

– Non, c'est le fils de sa compagne, son ex-compagne.

– Il l'a quittée pour vous ?

– Ah non, non, c'est pas mon genre, se révolta la jeune femme. Je ne prends pas les hommes des autres. Joachim était en train de se séparer, ça n'allait plus avec sa compagne.

– Vous savez pourquoi ?

– Hein ?... Je crois... C'est-à-dire... Il trouvait qu'elle élevait mal son fils. Ça créait des problèmes dans leur couple. Il est assez... assez strict sur le plan éducatif. Vous savez, il est habitué à la discipline, il est pompier. Fils de gendarme. Donc, il faut marcher droit.

– Il trouve aussi que vous élevez mal votre fils ?

Madame Courtois prit un air pincé.

– Je lui ai dit que ça me regardait. On a eu des mots à ce sujet parce qu'une fois il s'est permis de lever la main sur Cyrille. C'était à cause de l'histoire dont je vous ai parlé. À l'école.

Quand elle avait parlé de l'incident au téléphone, elle s'était attribué le comportement violent de son ami, prétendant qu'elle avait tapé Cyrille.

– Joachim vous a dit que votre fils était pervers.

– Oui, mais ça...

Madame Courtois essuya le bord de ses yeux.

– Cela vous a troublée, commenta Sauveur. Vous avez presque cru que Cyrille était mauvais, et que c'était votre faute. Parce que vous avez l'habitude de penser que vous êtes en tort.

– Je sais que Cyrille est un gentil garçon. Il s'est laissé entraîner. Mais vous allez l'aider. Joachim trouve que je perds mon temps et mon argent en venant ici. Mais là aussi, je lui ai dit que c'était mes affaires.

Elle parlait de plus en plus fébrilement, déchiquetant le Kleenex que Saint-Yves lui avait offert.

– Madame Courtois, avez-vous l'intention de refaire votre vie avec Joachim ?

– C'est beaucoup trop tôt... Il veut qu'on fasse un essai. Mais le problème, c'est Cyrille.

– Quel problème pose-t-il ?

– Vous savez bien : il est jaloux.

– Il le manifeste ? Je veux dire autrement qu'en pissant au lit ?

– Il ne parle pas beaucoup quand Joachim est là. Il est très renfermé. Boudeur. Il lui fait la tête, quoi !

– Vous êtes sûre que c'est ça ?

– Et quoi d'autre ?

Silence. Long silence. Sauveur voulait que madame Courtois fasse seule le chemin vers la vérité. Accuser tout à trac ce Joachim d'être un pédophile récidiviste ne serait d'aucune utilité.

– C'est possible que Cyrille en ait un peu peur, dit-elle enfin. À cause de la claque de l'autre jour. De toute façon, rien ne presse. Pour le moment, il a ma clé, mais il a gardé son appartement.

– Il a votre clé, souligna Sauveur.

– Oui, c'est plus pratique.

– Plus pratique ?

– Ça arrive qu'il fasse les courses parce que je suis trop à la bourre et il prépare le dîner. C'est sympa de pouvoir mettre les pieds sous la table en arrivant du travail.

Elle essayait de se persuader que les choses étaient satisfaisantes, dans la norme. Elle généralisait, banalisait.

– Et puis, dit Sauveur, Joachim peut aussi superviser les devoirs de Cyrille quand il revient de l'école ?

– Je préfère qu'il ne s'en mêle pas trop. Je vous ai dit, il est trop strict.

– C'est peut-être parce qu'il est trop « strict » que Cyrille a fugué après le centre aéré au lieu de rentrer à la maison ?

– Peut-être, fit la jeune femme du bout des lèvres.

– Et c'est parce qu'il est trop « strict » que Cyrille préfère dormir chez tatie ?

Madame Courtois n'eut même pas la force de sortir le sempiternel argument de la jalousie. Après un nouveau silence, elle demanda à Saint-Yves sur un ton agressif ce qu'il voulait qu'elle fasse. Devait-elle rompre avec Joachim pour faire plaisir à son fils ? Hein ? C'était ça, la solution ?

– De toute façon, je sens bien que ça ne colle pas entre eux, dit-elle, tendant la main vers la boîte de Kleenex, à demi aveuglée par les larmes. Il a un problème avec les enfants, il ne sait pas les prendre. C'était pareil avec l'autre petit garçon. Jérémie.

Entendait-elle ce qu'elle disait ? Allait-elle enfin comprendre ?

– C'est… C'est la fin de la séance, non ?

– Ne vous souciez pas de ça, madame Courtois. Pensez à votre rencontre avec Joachim sur la plage, à Royan. Il est tout de suite venu vers vous ? Comment êtes-vous entrés en relation ?

– Je ne sais plus… Si ! Cyrille est sorti du trampoline du club, tout trempé de sueur, et Joachim avait une serviette de bain, il m'a dit de l'essuyer avec.

– Il a vu que vous étiez une jeune maman seule avec un fils d'une dizaine d'années.

– Il a vu que j'étais paumée ? C'est ça que vous voulez dire ?

– Il connaissait ce genre de situation. Il était en couple avec une jeune maman qui élevait seule son fils d'une dizaine d'années.

On était à présent sur la ligne de démarcation. Madame Courtois pouvait s'obstiner dans son aveuglement et penser que Joachim avait vu en elle une proie facile. Ou réaliser enfin que la proie, c'était l'enfant.

– C'est l'heure, non ?

Sauveur ne répondit rien. Elle appliqua la main sur sa bouche comme pour se faire taire.

– Dites ce qui vous passe par la tête, madame Courtois. Ne vous censurez pas.

Elle ôta sa main et resta un moment comme abasourdie.

– Je dois me tromper, fit-elle dans un murmure. C'est pas possible.

– Qu'est-ce qui n'est pas possible ?

Elle secoua la tête. Elle ne pouvait pas admettre qu'une telle chose ait pu se produire dans sa vie. À la télé, dans les journaux, ça arrive. Mais pas dans sa vie à elle !

– Est-ce que vous croyez...

– Mm, mm, l'encouragea Saint-Yves.

– Vous croyez que... Joachim...

On sentait qu'il lui répugnait déjà de prononcer ce prénom.

– Est-ce qu'il serait quelqu'un... quelqu'un de mauvais...

Et dans un éclair de lucidité :

– Ce serait lui, le pervers !

Elle offrit à Sauveur son visage torturé par le doute, la culpabilité, la peur, la rage. Saint-Yves acquiesça. Puis les choses se dénouèrent. Sauveur put faire part à madame Courtois de l'entretien qu'il venait d'avoir avec son fils et prendre avec elle les premières dispositions pour qu'ils se mettent, Cyrille et elle, à l'abri du prédateur. Déposer plainte au commissariat, déménager provisoirement chez la sœur de madame Courtois, faire changer la serrure de l'appartement. La jeune femme se précipita ensuite dans la salle d'attente, elle prit son fils dans ses bras, lui chuchota à l'oreille qu'on ne lui ferait plus de mal, qu'elle le défendrait, qu'elle l'aimait plus que tout… En refermant la porte derrière eux, Saint-Yves put se dire qu'après tout il n'était peut-être pas un psy de merde.

Pendant la séance de Cyrille et de sa mère, Lazare était resté dans la cuisine. La porte entrebâillée s'était refermée entre son père et lui. Pour se tenir compagnie, il avait allumé toutes les lumières de la cuisine. Elles guideraient Gabin quand il viendrait pour le dîner. Lazare ignorait que sa petite silhouette penchée sur une feuille de dessin se voyait très bien depuis le jardin et qu'il y avait là quelqu'un qui le regardait. Un homme. Mais était-ce encore un homme ? Son corps se noyait déjà dans la nuit tandis que surnageait sa tête blanche comme la face de la lune. Il leva le bras en direction de la véranda et visa l'enfant d'une façon dérisoire, avec l'index et le majeur braqués sur lui, tandis que sa bouche s'arrondissant faisait « pan ! » presque silencieusement. Il aurait voulu tuer l'enfant, il aurait voulu mettre le feu à la maison. Mais il était lâche et il utilisait l'arme des lâches. La haine. Il en avait fait des sortilèges, des lettres anonymes. Parfois, à la nuit tombée ou au petit matin, il rôdait autour de la maison et, les mains à plat sur le mur, tentait de l'imprégner d'un fluide malveillant. Croyait-il au quimbois ? Il était né sur une île où même les gens éduqués – ce qu'il était – gardent un fonds de crédulité. Le mauvais sort ne s'était-il pas acharné sur lui, Hugues Tourville, et sur les siens ? Sa mère internée, sa sœur finissant sa vie au fond d'un ravin, la faillite de son père et sa mort prématurée. Le malheur était entré chez les Tourville en même temps que ce nègre au nom trompeur, Sauveur Saint-Yves. Le hasard – mais était-ce un hasard ? – l'avait remis sur son chemin, un soir qu'il était de garde à l'hôpital de Fleury. Il avait vu Saint-Yves à l'accueil en compagnie d'une cinglée, une certaine madame Poupon ou Poupard. Il s'était bien gardé de se faire reconnaître de lui, il s'était même éloigné, capuche rabattue. Mais depuis il ne connaissait plus de repos. Il s'était renseigné sur Saint-Yves auprès de cette idiote d'Antillaise à l'accueil. Il avait appris que Sauveur avait une solide réputation et une large clientèle. Puis il avait vu Lazare : le sang des Tourville mêlé au sang d'un Noir.

Ce n'était pas encore ce soir qu'il pourrait agir. Saint-Yves était là. Il en avait peur comme au temps où Sauveur exerçait à Fort-de-France. C'était une grosse brute de culturiste, 80 kg de muscles. Il aurait pu l'assommer la nuit où il s'était approché de lui par-derrière. Mais la peur l'avait encore paralysé. Il haïssait sa peur autant qu'il haïssait Saint-Yves. Lentement, à reculons, il se retira du jardin et disparut par la venelle. Quel mal pouvait-il faire à Saint-Yves ? C'était son obsession. Quel mal pouvait-il lui faire ? Et chacun de ses pas martelant le sol lui répétait la question : Quel mal ? Quel mal ?

*
* *

Le vendeur de Jardiland fit un petit salut de reconnaissance à Sauveur.

– Encore une cage ?

– Bien obligé, puisque vous m'avez refilé une femelle pleine.

Ce samedi 21 février, madame Gustavia se sépara de son dernier enfant sans manifester beaucoup d'émotion. Sauvé – puisque tel était son nom – montra des signes d'affolement en se retrouvant derrière de nouveaux barreaux et il fit connaissance avec chacun d'eux en enfonçant son museau dans chaque interstice.

– Du calme, Sauvé, du calme, lui dit Sauveur de sa voix d'hypnotiseur.

Ce qu'avait dit Gabin pour justifier le choix de ce nom stupide lui revint en mémoire. « C'est mieux d'être Sauvé que Sauveur. » Cela lui rappelait une citation célèbre des Évangiles, qu'il avait lue ou entendue. Comment était-ce ? « Tu ne peux pas te sauver, toi qui te dis le Sauveur » ? Quelque chose comme ça… Sentant qu'il allait retourner la phrase dans tous les sens, il tapa la citation incorrecte sur Google, tomba sur : « Il a sauvé les autres et il ne peut pas se sauver lui-même », et se demanda si Jésus avait été psychologue clinicien, lui aussi.

Le dimanche, Gabin s'éveilla le plus tard possible, traîna son air apathique de pièce en pièce jusqu'à l'heure du déjeuner et, lorsque Sauveur lui répéta pour la dixième fois de rassembler ses affaires éparpillées dans la maison, il lui fit une autre citation célèbre, tirée de *Brice de Nice* :

– « Pas de violence, c'est les vacances. »

C'était en effet le début des vacances de février. Après le déjeuner, tandis que Sauveur lisait vaguement au fond d'un fauteuil, Lazare s'approcha de lui à pas feutrés et lui chuchota :

– Papa ? Je crois que Gabin n'a pas envie de partir.

– Je crois que j'avais remarqué, lui répondit son père sur le même ton.

Il ferma son livre et se résigna à ne pas passer une après-midi tranquille.

– Je vais aller à l'hôpital m'assurer que madame Poupard sort bien lundi et qu'elle sera en état de s'occuper de Gabin.

– C'est plutôt Gabin qui va s'occuper d'elle.

Sauveur et Lazare échangèrent un regard méditatif, puis le père frictionna la tête du fils en soupirant.

À l'hôpital de Fleury, Brigitte avait repris son poste à l'accueil.

– Alors, ces vacances ? lui demanda Sauveur.

– Oh, c'est déjà loin. Je suis rentrée depuis une semaine.

Saint-Yves, se penchant vers elle par-dessus le comptoir, lui demanda sur un ton confidentiel :

– Dis-moi, tu m'as parlé l'autre jour de quelqu'un de Colson, que tu avais revu ici...

– Oui, je l'ai même recroisé hier. Pourquoi ?

Sauveur maîtrisa un tressaillement nerveux.

– Il est toujours en psychiatrie ?

– Pas spécialement. Il travaille avec le SAMU.

La nouvelle désorienta Saint-Yves. Cet Antillais n'était pas un malade mental transféré de l'hôpital psychiatrique de Colson. Il faisait partie du personnel de Fleury.

– Il est médecin ?

– Non. Ambulancier. Mais pourquoi tu...

– Pour rien, pour rien, fit Sauveur en s'éloignant.

Ambulancier du SAMU. Comme celui qui s'était approché dans son dos, puis s'était esquivé, dissimulé par la capuche de son survêtement.

Dans le couloir qui le conduisait à la chambre de madame Poupard, Sauveur s'entendit appeler et se retourna. C'était la mère de Margaux. Ils eurent un mouvement comme s'ils allaient s'étreindre, ils le suspendirent, se sourirent, et ce fut madame Dutilleux qui prit l'initiative d'embrasser Sauveur sur les deux joues.

– Comment va-t-elle ? dit-il pour bien montrer que cet élan l'un vers l'autre n'avait été motivé que par leur souci commun de Margaux.

– Je la quitte à l'instant. Pas de traumatisme crânien. Juste une grosse bosse. Elle est dans une chambre avec une jeune fille qui a aussi fait une TS.

Madame Dutilleux avait déjà adopté le jargon bien commode du service psychiatrique. TS pour tentative de suicide.

– Elle ne voulait pas se tuer, poursuivit-elle. Elle vous a téléphoné parce qu'elle savait que vous préviendriez les secours.

Notant que le visage de Saint-Yves se contractait, elle ajouta très vite :

– Je ne prends pas son geste à la légère. Je suis à ses côtés, même si elle me dit des choses dures. Je sais bien que je ne suis pas une mère parfaite…

– C'est déjà assez lourd pour elle d'avoir un père qui croit l'être.

– Est-ce que vous m'aiderez, je veux dire, par la thérapie ?

Sauveur n'était pas dupe. Il plaisait à madame Dutilleux.

– Je suis le thérapeute de Margaux. En psychothérapie, certaines choses… ne sont pas souhaitables.

Elle comprit à demi-mot.

– Bien sûr, fit-elle. C'est dommage. Mais l'important, c'est Margaux.

Saint-Yves promit qu'il passerait voir la jeune fille le lendemain, et ils se quittèrent sur une poignée de main.

Sauveur rendit ensuite une visite distraite à madame Poupard. Son esprit était ailleurs. Il quitta sa patiente sur un bref « à demain » et se demanda ce qu'il pourrait dire à Gabin. Que sa mère donnait avec beaucoup d'application tous les signes de la normalité ? Mais était-ce normal que lui se mette soudain à courir vers le parking où stationnait sa voiture, saisi par le pressentiment qu'il avait trop traîné à Fleury ?

*
* *

Au 12 rue des Murlins, tout semblait calme. À l'étage, Gabin s'absorbait dans le scintillement de son écran, essayant d'oublier que l'Elfe de la nuit devrait bientôt quitter le havre de paix qu'il s'était trouvé chez les Saint-Yves. À la cuisine, Lazare, ayant réglé dans sa tête le problème de Gabin (sa mère, toujours folle, resterait à l'hôpital et lui resterait ici avec

Sauvé), prit son cahier de brouillon pour faire la punition collective exigée par madame Dumayet au dernier jour de classe.

Dans le jardin, l'homme était là. Il avait vu Saint-Yves qui s'éloignait au volant de sa voiture. La voie était libre. Il savait ce qu'il allait dire, ce qu'il allait faire. Il avait répété la séquence mentalement une centaine de fois pour ne pas flancher, le moment venu. La peur, cependant, la peur circulait dans son sang. Il n'était que faiblesse, lâcheté et pleutrerie. Même s'attaquer à un enfant de 8 ans le faisait trembler. La veille, il avait subtilisé sur un chariot d'hôpital, laissé imprudemment dans un couloir, des cachets de toutes sortes, antidouleurs, antidépresseurs, et même un comprimé de morphine et un autre de digitaline, de quoi composer un cocktail mortel. Ainsi Lazare mourrait comme sa mère d'une overdose médicamenteuse. Vengeance symbolique et crime parfait.

La main dans la poche, il triturait des gélules que la sueur faisait coller à sa peau. Allait-il enfin trouver le courage d'agir à la lumière, allait-il cesser de trembler ? Il ne s'était jamais autant haï qu'à cet instant où il voulait donner libre cours à sa haine. Il avait constaté que la porte de la véranda, pas plus que la grille du jardin, n'était fermée à clé, Saint-Yves vivant dans une sorte d'insouciance ou d'indifférence par rapport au monde matériel. Il allait le regretter. Le regretter jusqu'à la fin de ses jours.

Penché sur son cahier, Lazare était en train d'écrire une cinquième fois « *La parole est d'argent, mais le silence est d'or* » lorsque quelque chose d'insolite se produisit. Depuis quelques minutes, comme il trouvait le temps long, Lazare tendait l'oreille dans l'espoir d'entendre claquer la porte d'entrée, rue des Murlins. Or c'était la porte de la véranda qui venait de se refermer. Son père serait-il passé par le jardin ?

– Papa ?

Pas de réponse.

L'homme était là, aplati contre le mur de la véranda. Il grelottait d'effroi, serrant dans son poing le cran d'arrêt qu'il allait mettre sous le nez de l'enfant. Il voyait la scène, il l'anticipait, mais il n'arrivait pas à se décoller du mur. Alors, il ferma les yeux et fit une sorte de prière, de prière maléfique, au dieu de la Vengeance. Il haletait, l'air ne parvenait plus jusqu'à ses poumons. S'il attendait encore, il allait mourir de peur. Raidissant sa petite taille, il avança vers la lumière.

L'homme était là, dans l'encadrement de la porte,

à la limite entre la véranda et la cuisine. Ayant ôté sa capuche et ses lunettes noires, il montrait des cheveux blancs contrastant avec un visage jeune, des cils et des sourcils blancs, des yeux aux iris pâles et bordés de sang. Terrorisé, Lazare lâcha son stylo et resta, bouche ouverte, ne pouvant même crier son épouvante.

– Tu ne sais pas qui je suis ? dit l'homme. Je suis le Malheur.

En théorie (là où tout se passe bien), la phrase aurait dû faire un effet épatant. Mais la voix de l'homme tremblotait.

– Ta mère t'attend, ajouta-t-il, pas vraiment convaincu par son texte.

Il brandit son cran d'arrêt pour se rassurer et sursauta quand la lame se déplia. Puis il déposa sur la table de façon brouillonne tout un tas de cachets, gélules et comprimés.

– Tu vas avaler ça, dit-il, agitant le cran d'arrêt au risque de se blesser lui-même.

Il réalisa soudain que l'opération ne serait pas possible sans un verre d'eau, détail qu'il avait omis dans son scénario. Menaçant toujours Lazare de son couteau, il s'approcha de l'évier, prit un verre dans l'égouttoir, manqua de le laisser tomber puis, dans sa confusion, le remplit d'eau chaude avant de le poser en face de l'enfant.

– Vas-y, avale ! ordonna-t-il.

– Mais pourquoi ? bredouilla Lazare, incapable d'allonger la main vers les médicaments ou de s'emparer du verre.

La scène eût été risible s'il n'avait suffi d'un comprimé de morphine et d'un autre de digitaline pour tuer l'enfant.

– Tu ne discutes pas ou je t'égorge ! fit l'homme, retrouvant un peu d'aplomb devant la panique du petit.

Lazare, dont les yeux débordaient de larmes, attrapa à l'aveuglette un gros comprimé blanc sécable et, tout secoué de sanglots, le fourra dans sa bouche. Mais il était dans l'incapacité totale de déglutir.

– L'eau ! Avale avec de l'eau ! s'énerva l'homme.

C'était la morphine que Lazare avait prise. Il tendit la main vers le verre, renversa un peu d'eau tant son bras tremblait et s'aperçut qu'elle était chaude. Mais il était inutile de protester, l'homme avait l'air tellement en colère. Il entrouvrit donc les lèvres, avala une gorgée pour essayer de faire glisser le comprimé. Celui-ci, laissant une traînée d'amertume sur la langue, s'enfonça à l'arrière du palais, mais soit se bloqua dans la gorge, soit passa par le mauvais tuyau. Lazare se mit à tousser violemment, tousser, tousser, tandis que l'autre, qui avait pourtant assez de connaissances médicales pour comprendre ce qui se passait, lui hurlait :

– Avale, avale ! Reprends de l'eau !

– Mais c'est quoi, ce bordel ? fit une voix tombée du ciel.

C'était Gabin, que le raffut avait alerté. L'homme, stupéfait, tourna le couteau dans sa direction. N'ayant aperçu Gabin qu'une seule fois dans la venelle, il ignorait que celui-ci logeait chez son psy. Bien que Lazare fût en train de s'étouffer sous ses yeux et que lui-même fût menacé par un cran d'arrêt, Gabin restait impassible. L'habitude qu'il avait prise de bloquer ses émotions lui permettait d'analyser la situation. Il fit un pas de côté pour attraper dans l'égouttoir ce qui lui parut se rapprocher d'une arme. À savoir une louche. Il la brandit comme s'il s'agissait d'un coutelas.

– Dégage !

L'homme recula d'un pas. Gabin, qui faisait une tête de plus que lui, sabra l'air avec sa louche, la mine sauvage, le geste résolu. L'homme tourna les talons et s'enfuit par la véranda. Il y avait à présent une autre urgence. Lazare hoquetait, suffoquait, ruisselant de larmes et de sueur, les joues pourpres, mais le tour des lèvres bleuissant déjà.

Gabin avait eu au collège un cours de secourisme sur «les gestes qui sauvent». Il avait paru ne rien écouter, et pourtant il avait inconsciemment enregistré. Il se plaça derrière Lazare, le fit se pencher en avant et lui donna de grandes tapes dans le dos. Il avait compris que l'enfant avait avalé de travers un comprimé et que celui-ci obstruait sa trachée. Il pouvait en mourir asphyxié, c'était une affaire de minutes, peut-être de secondes. Mais Gabin restait froid, méthodique. Les tapes dans le dos ne suffisant pas, il passa à la manœuvre suivante. Toujours placé derrière l'enfant, il lui appuya le poing au creux de l'estomac et le remonta vers le haut. Une fois, deux fois, trois fois. Au bout de quatre soubresauts, et dans un affreux raclement de gorge, Lazare recracha le comprimé. Puis il s'effondra comme un petit pantin désarticulé. Gabin s'assit à même le carrelage, tenant toujours l'enfant contre lui. Au bout de deux ou trois secondes, il l'entendit qui reprenait souffle d'une respiration un peu sifflante.

– Putain, finit-il par dire. Tu as vraiment le nom du mec qui ressuscite.

Quand Sauveur entra un quart d'heure plus tard – en passant par la porte principale – il trouva les garçons chuchotant dans la cuisine. Gabin, estimant avoir mérité ce réconfort, tenait un petit verre d'alcool à la main. Une bouteille de La Mauny était posée sur la table.

– Ah bon ? fit Saint-Yves, stupéfait.

– Papa, déclara Lazare d'une voix bizarrement éraillée, Gabin, c'est un HÉROS.

– Ah bon, répéta Saint-Yves.

Les deux garçons se mirent à parler en même temps de l'homme qui avait fait irruption dans la cuisine.

– Il avait un couteau grand comme ça.

– Il est passé par le jardin.

– Il voulait que j'avale tous les médicaments.

– Je lui ai fait peur avec la louche !

Saint-Yves les écoutait, effaré et triturant les médicaments sur la table. Quand il aperçut le comprimé de digitaline, un frisson serpenta le long de son échine.

– Vous pourriez le décrire ?

Sauveur s'attendait au portrait-robot d'un homme noir, d'un quimboiseur antillais.

– Il est tout blanc comme un fantôme. Comme un mort-vivant.

– C'est un albinos, fit Gabin, plus technique.

La terreur puis l'accablement se lurent successivement sur le visage de Sauveur.

– Il était sur votre photo de mariage, renchérit Gabin. Vous savez qui c'est ?

– Hugues Tourville.

– Tourville ! s'étonna Lazare. C'est le nom de maman !

– Hugues est le frère de ta maman.

– Il voulait me tuer ?! Le frère de maman !

– Mais je lui ai fait peur avec une louche ! fanfaronna Gabin.

De tout ce qui s'était passé, c'était ce qui lui semblait le plus marquant.

Semaine du 23 février au 1er mars 2015

Quand Louise vint récupérer Bidule le lundi, elle trouva la maison des Saint-Yves sens dessus dessous. Des ouvriers étaient en train de poser une porte blindée rue des Murlins et d'installer une caméra de surveillance côté jardin.

Le mardi, Saint-Yves prévint ses patients qu'il serait absent la semaine suivante, un problème familial requérant sa présence à la Martinique. Il laissa à certains d'entre eux, les Augagneur, Margaux, Ella et Cyrille un numéro de portable où le joindre en cas d'urgence. Puis il traversa d'un grand trait la double page de son agenda :

~~Semaine du 2 au 8 mars 2015~~

Pour cette deuxième semaine de vacances, Louise

avait récupéré ses enfants. Elle n'avait toujours pas compris ce qui s'était passé au domicile des Saint-Yves, Paul ayant achevé de l'embrouiller en lui parlant d'un « assassineur » que Gabin aurait mis en fuite avec une louche. Ce qu'elle savait de sûr, c'était que Sauveur, en partance pour les Antilles, lui confiait madame Gustavia et qu'elle aurait rempli sa maison de hamsters s'il le lui avait demandé.

– Bonjour Louise, l'accueillit-il en l'embrassant sur les deux joues.

C'en était fini entre eux des mondanités.

– Comment va Bidule ? s'informa Sauveur. C'est un garçon qui n'est pas facile à apprivoiser, je crois ?

– Oh, c'est une question de temps, je suis patiente.

– Vous arriverez sûrement à un résultat.

De retour dans sa voiture, avec madame Gustavia sur le siège arrière, Louise se demanda si Saint-Yves ne venait pas, à sa façon malicieuse, de lui faire une ouverture. Si l'on remplaçait « Bidule » par « Sauveur », il n'y avait aucune ambigüité : « C'est un garçon qui n'est pas facile à apprivoiser... Vous arriverez sûrement à un résultat. » Louise commençait à envisager un happy end à sa love story quand une voix (hélas, celle de sa mère) lui souffla à l'oreille :

« Tu n'aurais pas oublié de lui parler d'Alice ? Tu n'aurais pas dû lui dire : Ah, au fait, j'ai une ado chiante à la maison, ça ne vous dérange pas ? »

De son côté, Sauveur, revenant dans son bureau, avait été saisi par le délicat parfum que Louise y avait laissé. Encore une blonde, se dit-il. Il avait peur de faire les mêmes erreurs, de répéter le même malheur, car il savait que c'est un des pièges que vous tend le cœur humain.

*
* *

Lazare avait pris l'avion une seule et unique fois quand il avait quitté son île à l'âge de 3 ans. Dans son souvenir, les gens avaient applaudi à son réveil.

– Ils ont applaudi à l'atterrissage, rectifia Sauveur en bouclant sa ceinture. C'est pour remercier l'équipage… et le bon Dieu d'être bien arrivés.

Autour d'eux, on s'agitait encore, on s'interpellait, on cherchait sa place ou on demandait à en changer. Lazare s'étonnait de voir autant de Noirs dans un si petit périmètre, celui de la classe économique d'un Airbus en partance pour Fort-de-France.

– On demande un docteur, annonça un steward

par le haut-parleur. C'est pour une petite fille qui a de la fièvre.

Lazare interrogea son père du regard.

– Je suis docteur en psychologie, pas en médecine, lui rappela-t-il, agacé.

– Mais tu soignes quand même, répliqua Lazare pour le consoler.

Le commandant de bord, dont Lazare apprit avec intérêt qu'il s'appelait monsieur Garcia, annonça le décollage dans cinq minutes. Après avoir lourdement manœuvré, l'avion se lança sur la piste puis monta vers le ciel sans le moindre à-coup. Lazare, qui s'était vu attribuer la place du hublot, regarda la France se transformer en un tapis de jeu pour enfants avec les carrés bruns et verts des champs et des forêts, les cubes rouges des maisons comme au Monopoly et les petites voitures sur leur circuit. Puis le hublot s'emplit de ciel bleu et Lazare ne vit plus qu'une mer moutonnante de nuages à l'infini. Passé les premiers commentaires extasiés, « on dirait de la barbe à papa », « je voudrais me rouler dedans », Lazare commença à s'ennuyer.

– On est partis depuis longtemps, papa ?

– Lazare, fit Sauveur sur un ton de reproche.

– Oui, je sais. Ça va être très, très long…

– Parce que c'est… ?

– Très, très loin, soupira Lazare, qui se lança dans l'étude de son habitat : fonctionnement de la liseuse, du repose-pied, de l'accoudoir et de l'écran tactile.

La gracieuse hôtesse de l'air antillaise renouvela ses plaisirs en lui proposant un cache pour les yeux, un coussin pour la nuque, des chaussettes pour les pieds, un casque audio pour les oreilles, une lingette parfumée pour les mains, un bonbon pour le trou d'air, un plateau-repas pour le dîner, une couverture pour le dodo. Après quelques allers-retours pour se laver les mains, pour réclamer un verre d'eau, pour faire pipi, et le visionnage de la moitié de *La Reine des Neiges*, Lazare dodelina de la tête avant de s'effondrer contre le bras de son papa, au grand soulagement de celui-ci.

Lazare ouvrit un œil lorsque Sauveur glissa devant lui le plateau du petit déjeuner.

– C'est le matin ?

– Si on veut, répondit placidement Saint-Yves, dont la montre indiquait 1 heure.

– On arrive ? demanda encore Lazare en relevant le volet du hublot. Mais papa, il fait nuit. Pourquoi tu dis que c'est le matin ?

« Mesdames, Messieurs, annonça le haut-parleur,

c'est le commandant de bord qui vous parle. Nous amorçons notre descente sur Fort-de-France, où nous devrions arriver à 20 h 30. La température au sol est de 27 degrés. »

Lazare était trop fatigué pour protester, mais on ne pouvait pas être à la fois le soir et le matin. Quant à monsieur Garcia, il était tombé sur la tête parce qu'il ne fait pas 27 degrés quand il n'y a pas de soleil.

– J'ai mal au cœur, bougonna Lazare en repoussant le jus d'orange.

Au fond, il aurait préféré rester à Orléans pour les vacances avec Paul, Gabin et madame Gustavia. Les formalités qui s'ensuivirent pour récupérer les bagages puis la clé de la voiture de location achevèrent de le mettre de mauvaise humeur et, quand il quitta l'air climatisé de l'aéroport pour le bain turc de la nuit tropicale, il perdit soudain tout sens de la réalité.

– Mais pourquoi ils ont mis du chauffage ?

Son père lui répondit par un rire, le prit à son cou comme lorsqu'il était bébé puis l'enfourna dans la voiture.

– Ne te pose pas de questions. Il fera jour demain.

Ayant trouvé la clim puis la radio, Sauveur quitta les abords embouteillés de l'aéroport et s'éloigna vers le sud de l'île, tapotant son volant au rythme d'une biguine : « *La peau, la peau fwomage, laissez les hommes passer, surtout les hommes mariés…* »

– Papa, je dors, gémit Lazare.

– Oh, pardon, pardon…

Il baissa la radio, mais continua de chantonner. La joie, la joie d'être là l'envahissait. Mon pays, pensait-il, mon pays.

À l'arrivée, Lazare ne sentit pas que son père le portait de la voiture jusqu'à son lit, mais quelques heures plus tard un ricanement sec, tout près de son oreille, le fit se dresser.

– C'est qui ? fit-il dans un accès de quasi-somnambulisme.

Il tendit le bras, palpa la moiteur de l'air jusqu'à ce que le bout de ses doigts effleure quelque chose qu'il prit pour une toile d'araignée. Il se rétracta et, sortant tout à fait du sommeil, il appela son père. Un ricanement lui répondit.

– Papa ! Papa !

La nuit était collée à ses yeux. Il n'y voyait rien, mais l'homme était là, puisqu'il l'entendait. Il l'avait suivi, il venait d'entrer.

– Ch… ch, fit une voix tout près de lui, dors.

Ne sachant où il était, Lazare ne s'étonna pas que son père fût étendu à son côté.

– Il y a quelqu'un qui est entré, chuchota-t-il.

– Non... C'est dehors, répondit Sauveur, la voix mourante.

Le ricanement éclata de nouveau.

– Il faut lui dire d'arrêter, geignit Lazare.

– Pas possible, articula Sauveur. C'est un insecte.

Recroquevillé sur le lit, les bras entourant ses jambes, Lazare prêta l'oreille à la nuit martiniquaise. C'était un tissu sonore continu fait du sifflement des grenouilles, des ricanements d'un cabrit-bois, du friselis du vent dans les palmes, et que déchiraient de loin en loin les abois des chiens errants ou le chant d'un coq, qui n'avait pas appris à distinguer le soleil de la lune. Puis Lazare perçut à son côté le souffle de son père qui dormait. Il se recoucha et ce fut une brusque averse battant le tambour contre la tôle de la case qui fit taire tous les autres bruits et l'entraîna dans un sommeil sans rêves. Quand il en sortit à 7 heures du matin, heure antillaise, il s'aperçut qu'il était seul dans un grand lit, entouré par une moustiquaire accrochée au plafond. Il se glissa sous le tulle et posa le pied sur un carrelage encore frais.

– Papa ! appela-t-il en traversant les deux pièces qui constituaient l'habitation.

Saint-Yves, presque nu, était attablé en terrasse, à l'ombre d'un soleil déjà chaud.

– Regarde, dit-il, l'air d'être comme chez lui, il y a tout ce qu'il faut pour déjeuner. Lait. Pain. Confiture de bananes. Miranda a pensé à tout.

Lazare avait compris que son père n'avait pas envie qu'on l'ennuie avec un million de questions. Pas de violence, c'est les vacances… Mais il ne put s'empêcher de demander qui était Miranda.

– C'était ta nounou. Tu l'appelais Da, tu ne te souviens pas ?

Lazare secoua la tête à regret.

– J'ai l'amnésie des Antilles, fit-il, l'air de poser un sombre diagnostic.

Puis s'apercevant qu'il était nu, il porta la main devant son sexe.

– Je vais mettre un slip.

Il traversa de nouveau la case, dont le moins qu'on pouvait dire était que l'ameublement ne l'encombrait pas. Un frigo. Un buffet court sur pattes. Un grand lit. Une armoire-housse pour les vêtements.

Lazare s'accroupit devant sa valise ouverte, et puisqu'il lui semblait nager dans cet air moite, il attrapa un maillot de bain.

– Voilà, fit-il avec satisfaction après s'être reculotté.

Il poussa alors un cri d'effroi. Là, sortant de dessous la valise de son père, un monstre !

– Papa, papa, il y a une bête dans la chambre ! déclara-t-il en imitant deux antennes avec ses index dressés.

– C'est une devinette ? Alors, c'est soit un bœuf, soit un ravet.

– Un rat vert ?

– Ravet, bonhomme, un genre de gros cafard. C'est pas méchant. Arrête de t'agiter. Tu me donnes chaud.

Sauveur avait retrouvé le bercement de l'accent créole. C'était un autre papa que Lazare découvrait, son papa des îles. Tout en mordant dans sa tartine, il regarda autour de lui le petit jardin traversé par un fil à linge et bordé d'une haie d'hibiscus flambant rouge.

– On est tout seuls ?

– Mm, mm.

C'était ce que Sauveur avait voulu pour ce premier contact. Le recueillement entre ciel et terre, et la mer miroitant au loin.

– Quand tu seras prêt, on ira au cimetière.

Sauveur avait promis à Lazare que, dès le lendemain de leur arrivée, ils iraient tous les deux sur la tombe d'Isabelle. Ils entrèrent donc, main dans la main, dans le cimetière marin de Sainte-Anne, où les tombes, carrelées de blanc comme une salle de bains, étincellent sous le soleil. Sauveur trouva celle de sa femme.

Isabelle SAINT-YVES née TOURVILLE
1979-2010

Comme il n'y avait pas de vase, il se contenta de poser à terre un bouquet de fleurs des tropiques, trois arums tirant leur grosse langue rouge et une délicate rose porcelaine. Ébloui par le scintillement de la mer des Antilles en face du cimetière, Sauveur porta la main devant ses yeux et l'appuya sur ses paupières closes. Non, il ne pleurait pas, il ne pouvait pas pleurer.

Les yeux également fermés, Lazare essayait de faire une soustraction mentale.

– 2010 moins 1979, ça fait 21, papa ?

– 31.

– C'est vieux ou c'est pas vieux ?

– Ce n'est pas vieux.

– Toi, tu as combien ?

– Mais tu le sais : j'ai 39 ans.

39, c'était presque 40, mais on pouvait vivre encore longtemps, se rassura l'enfant.

– Je voudrais faire une prière, papa, mais je ne sais pas comment on fait.

– Pense que ta maman est là. Parle-lui.

– Bon... Alors, voilà. Je me rappelle pas bien de toi, maman, mais j'ai vu ta photo, et tu es jolie, et j'espère que j'ai les mêmes yeux que toi. Je me rappelle que tu faisais courir une girafe en plastique sur la table, et ça me faisait rire.

Saint-Yves tressaillit en entendant son fils évoquer ce souvenir dont il ne lui avait jamais parlé.

– J'ai pas pleuré quand tu es morte, mais c'est pas parce que je ne t'aime pas, c'est parce que je suis courageux comme papa.

– Amen, dit Sauveur, rejouant la scène avec Ella.

Il ôta la main devant ses yeux. Elle était mouillée.

– Est-ce que ça te ferait plaisir de voir la nounou qui s'occupait de toi ?

– Elle habite ici ?

Miranda vivait à Sainte-Anne dans un pavillon, plus confortable que la case de pêcheur, héritage paternel, qu'elle louait de temps en temps aux vacanciers peu exigeants.

– To, to, to, s'annonça Sauveur sur le pas de la porte-fenêtre.

– Docteur Sauveur ! Il est revenu ! s'écria une voix où roucoulait un rire à chaque phrase. Mais vous êtes encore plus grand que dans mon souvenir. Et le petit Lazare ! Bon Dieu, qu'il a changé ! C'est un homme ! Tu veux bien que je t'embrasse ? J'étais ta nounou, tu sais ? Tu m'appelais Da, tu te rappelles ?

– Oui, mentit Lazare.

Père et fils entrèrent au salon. Sur le tapis en fibre de coco, trois enfants en couche-culotte se disputaient deux petites voitures et un râteau en plastique.

– Toujours nounou ? questionna Saint-Yves.

– Oui, mais le ti-chabin, là, c'est le mien. Grégory.

Sauveur s'abstint de lui demander ce que faisait le papa. Comme nombre de femmes sur l'île, Miranda se débrouillait sans mari.

– C'est pas trop dur, l'eau froide pour se laver ? demanda-t-elle à Lazare, comme si c'était une bonne farce qu'elle lui aurait faite.

– Ce que j'aime pas, c'est les raviers.

– Les raviers ? s'interrogea Miranda.

– Ravets, rectifia Sauveur.

Explosion de joie de Miranda, qui accompagna son rire de trois claquements de mains, faisant quelque peu sursauter la marmaille. C'était pour son heureuse nature que Saint-Yves l'avait choisie comme nounou pour Lazare.

L'heure du déjeuner des bébés approchant, on se sépara sur la promesse de se revoir. Lazare s'était montré très silencieux durant la visite, furetant dans la maison autant que sa bonne éducation le lui permettait.

– Papa, dit-il, une fois dans la voiture, j'ai fait quelque chose de pas bien.

– Pardon ?

De surprise, Saint-Yves, qui allait démarrer, interrompit son geste. Lazare tira quelque chose de dessous sa chemisette.

– Elle est à moi. Je l'ai reconnue.

Il montra à son père ce petit jouet en plastique qu'on donne souvent aux bébés et qui est connu sous l'appellation de Sophie la girafe.

– Mais… tu l'as prise sans demander à Miranda ?

– Elle est à moi ! protesta Lazare, les larmes aux yeux. C'est maman qui me l'a donnée.

C'était invraisemblable, mais Saint-Yves était payé pour savoir que chacun réécrit l'histoire de sa vie.

– Tu vas mettre un mot à Miranda pour t'excuser.

Une fois installé à la table sous la véranda et, balançant les jambes, Lazare écrivit sur une jolie carte postale de son choix :

Ma cher Miranda, j'ai pri la giraffe Sophie dans ta maison et je te fais mes escuxes, mais c'était la giraffe que maman ma donné, alors, je crois que c'est pas du vol. C'est pluto un souvenir. Et aussi merci que tu té occupé de moi quand j'étais bébé.

Lazare

*
* *

Quatre jours, Sauveur s'était donné quatre jours pour faire découvrir la Martinique à son fils et la lui faire aimer. Dès le mardi, les alizés allégèrent l'air de leur souffle parfumé.

– Qu'est-ce qu'on fait aujourd'hui ? lui demanda Lazare, tout guilleret, aux premiers rayons du soleil.

Ce jour-là, Sauveur lui fit égrener le chapelet des villages de pêcheurs logés dans des anses, Anse Cafard, Anse d'Arlet et, perdu en mer, comme un gros grain échappé du chapelet, le rocher du Diamant. Puis il l'entraîna au marché, où des commères vendaient des piments z'oiseaux, des caramboles étoilées, des patates douces, des cristophines et des anthuriums. L'une d'elles, un plateau en osier suspendu à son cou par une ficelle, agitait une clochette en appelant les clients : « Bien grillées, les pistaches, bien grillées ! » Sa voisine sortait à la demande des boudins noirs de son chaudron. « Poissons wouges, poissons wouges, criait une autre, volés bleus, volés bleus ! » Les épices, s'échappant des grilles du marché couvert, parfumaient la rue par bouffées de curry, poivre, cannelle, muscade, bois d'Inde, girofle.

Face à la mer turquoise, que survolaient des libellules et des papillons blancs, ils déjeunèrent d'acras et de tomates à l'ombre d'un cocotier, et Sauveur, au faîte du bonheur, se compara à Robinson Crusoé.

– C'est quelqu'un que tu connais ? s'informa son fils.

Aux heures les plus chaudes, Sauveur s'enfonça dans les terres à la recherche d'un peu d'ombre. La route se mit à tourner, monter, descendre. À l'infini, le pays ondulait, faisait le gros dos, relief en miniature, relief de jardin japonais. Des masures en tôle et en bois s'enfouissaient sous la végétation, des vaches beiges à la peau plissée et aux allures de zébu ruminaient au bout de leur longe, d'attendrissants petits cochons à la fois rose et noir traversaient devant la voiture.

– Tu vas voir, Lazare, ce que plus personne ne verra bientôt, dit Sauveur en approchant de Rivière-Pilote.

Il tendit la main et désigna un champ à demi fauché, où les derniers coupeurs de canne au coupe-coupe abattaient les tiges de la canne à sucre avant d'en charger des mulets.

– Il n'y a plus que les vieux pour accepter ce travail d'esclave, ajouta Saint-Yves.

– Alors, il n'y aura plus de sucre ? s'inquiéta Lazare.

Ses réactions mécontentaient parfois son père.

– Mais si, bougonna-t-il, le travail est mécanisé !

Puis il se gara sur le bas-côté et fit ce qu'il faisait, étant enfant : il ramassa sur la route un morceau de canne tombé d'une charrette, l'éplucha avec son Opinel, et montra à son fils comment l'écraser sous la meule de ses dents pour en extraire du jus sucré.

Les deux jours suivants, et au risque d'épuiser son fils, Sauveur voulut tout lui montrer, l'oiseau-mouche plongeant son bec courbe dans la fleur ciselée de l'hibiscus, la terre sanglante de la montagne Pelée, les mornes bondissant comme des cabris, les plages de sable noir au Carbet, de sable blond à Tartane. Alors qu'ils étaient tous deux adossés à la barque d'un pêcheur, baptisée *Saint-Esprit*, Sauveur prit un ton inspiré pour réciter le poème de l'école primaire qu'au fond il n'avait pas oublié.

– *Je suis né dans une île amoureuse du vent,*
Où l'air a des senteurs de sucre et de vanille,
Et que berce au soleil du tropique mouvant
Le flot tiède et bleu de la mer des Antilles.

– Oui, mais quand même…, soupira Lazare.

– Hmm ? Quand même quoi ?

– Non, rien.

– Tu peux tout me dire, Lazare, je ne vais pas me fâcher.

– Je manque de Paul.

La formule maladroite transperça Sauveur. Avait-il échoué dans sa tentative de partager avec son fils l'amour de son île ?

– Tu veux lui téléphoner ? Il va bientôt se coucher…

Lazare bondit sur la proposition comme si chaque kilomètre le séparant de son ami avait multiplié par dix le temps qui s'était écoulé depuis leur séparation. Il s'éloigna de son père, serrant le téléphone portable contre son oreille comme autrefois le petit Sauveur écoutait le bruit de la mer au fond d'un coquillage. Il n'abusa pourtant pas de la permission car, deux minutes plus tard, il revint, le visage illuminé d'un sourire, tendant le téléphone à bout de bras.

– Les nouvelles sont bonnes ? demanda Saint-Yves, songeant peut-être à Louise.

– Oui, mais quand même…

Nouveau soupir.

– Quoi ?

– Je manque de Gabin.

Cette fois, Sauveur fit entendre le « tchip » antillais. Pas question de céder à tous les caprices.

– Tu lui écriras.

Ils revinrent dans l'or et la pourpre d'un bref crépuscule, et à 18 h 15, lorsqu'ils arrivèrent à leur case, la nuit tira brusquement le rideau. Installé sur la terrasse, tandis que montaient les sifflements des grenouilles, Lazare prit, dans un tas de cartes postales, celle qui idéalisait la Martinique, plage d'or et cocotiers penchés au-dessus d'une mer transparente. Puis il écrivit :

cher gabin jespèr que sové va bien moi je mamuse tro ici il fai chaut et on manje des truc bizare. Je menque de toi. Tu est un ÉRO Lazare

– Bondié ! s'exclama Saint-Yves, relisant par-dessus son épaule, ton orthographe part en couille !

– Et toi, tu parles mal !

– Je peux ajouter quelque chose dans un coin ?

Lazare lui tendit son stylo et Sauveur fit un petit dessin.

– Waouh, tu dessines trop bien les louches, papa !

Ce soir-là, Lazare s'endormit comme une masse, aussi vite que la nuit était tombée, et pendant de longues heures Sauveur l'écouta dormir. Il savait que la journée suivante serait éprouvante pour tous les deux.

*
* *

– *An nou allé Fod Fwance !*

C'est en créole que Sauveur accueillit son fils au petit déjeuner.

– Quand j'étais petit garçon, je rêvais de Fort-de-France. C'était la grande ville, la ville des magasins chics, du cinéma, des touristes américains ! Mais avec le restaurant, mes parents n'avaient pas souvent le temps de m'y emmener. Tu vas voir, dans les rues de Fort-de-France, tout le monde est beau, et il y a toutes les couleurs de peau. Moi, quand j'avais 15 ans, je tombais amoureux tous les deux pas.

Il attrapa la cuillère et le couteau du petit déjeuner et il frappa en cadence sur la balustrade en zoukant : « *Chô i chô, baguay la chô, baguay la chô, chô i chô !* » Il évacuait son anxiété. La visite de Fort-de-France, qu'il savait peu attractive pour un enfant de 8 ans, n'était qu'un prétexte pour lever une part du secret qui le tenait éloigné de son fils. Après deux heures de route, quand ils se retrouvèrent rue Gallieni devant le numéro 12, Sauveur lui montra une maison aux couleurs fanées d'ocre et de rose, et il prit le ton d'un guide touristique pour dire :

– Ici vécut madame Léonce Tourville.

– Tourville comme maman ?

– C'était sa grand-tante. Alors, écoute, voilà ce qui s'est passé. Quand mes parents ont vu que j'avais bien travaillé au collège, ils ont décidé de m'envoyer dans un bon lycée, ici, au lycée Schœlcher, mais c'était à 50 km de leur restaurant. Ils ont donc trouvé quelqu'un qui m'a pris comme pensionnaire, madame Léonce Tourville. C'est comme ça que j'ai fait la connaissance d'Isabelle, un jour qu'elle venait goûter chez sa grand-tante.

– Et tu es tombé amoureux ?

– Pas tout à fait. C'était une petite fille, et moi, je te l'ai dit, je tombais tout le temps amoureux ! J'ai vraiment fait la connaissance de ta maman après avoir terminé mes études en métropole…

Devant une glace au coco, à la terrasse d'un café, Sauveur expliqua à son fils qui étaient les békés, ces descendants de colons, installés sur l'île parfois depuis le XVIIe siècle comme les Tourville, et qui, pendant les siècles suivants, s'étaient mariés entre eux. Puis arriva le point délicat de la traite des Noirs.

– Maman avait des esclaves ! s'écria Lazare, qui était encore à un âge où on se demande si grand-père a connu Napoléon.

– Mais non, bonhomme, l'esclavage a été aboli en 1848.

– Ah, ouf!

Le petit garçon allait-il comprendre qu'une telle histoire entre maîtres et esclaves ne s'effaçait pas en une, ni même deux ou trois générations ?

– Tu te rappelles ce que je t'ai dit un jour à propos de ton hamster, celui que tu avais appelé Bounty ? Je t'ai dit qu'il n'avait pas vécu dans le désert, mais qu'il en gardait la mémoire ?

Lazare fronça les sourcils, il avait l'impression qu'il savait ce que son père allait lui dire.

– Je ne suis pas né esclave, mais j'ai gardé la mémoire de mes ancêtres. Ils ont été arrachés à leur terre d'Afrique, séparés de ceux qu'ils aimaient et vendus ici aux békés, qui avaient besoin de main-d'œuvre pour couper la canne dans leurs plantations. C'est quelque chose qui me blesse chaque fois que j'y pense. Je suis l'arrière-arrière-arrière-petit-fils d'un esclave.

– Et maman était une béké.

L'arrière-arrière-arrière-petite-fille d'un négrier.

– Oui. Viens, on va reprendre la voiture, je veux te montrer la maison des Tourville.

Elle se trouvait route de Didier, à la sortie de Fort-de-France. C'était là que les békés les plus riches de l'île vivaient entre eux dans une double rangée de belles maisons blanches au toit de tuiles roses, agrémentées de galeries aux colonnettes d'un galbe délicat, des maisons où tourner *Autant en emporte le vent.*

– C'est là ? C'est où ? questionna Lazare, tout excité, lorsque son père gara sa voiture sur le côté.

Saint-Yves se demanda un moment s'il allait descendre de son siège, s'approcher de l'entrée. Après tout, pourquoi pas ? Il savait que la maison était à vendre depuis deux ans, et qu'en raison de la crise qui frappait ici comme en métropole elle ne trouvait pas preneur. Il fut déçu, presque peiné, en l'apercevant derrière un jardin en friche, où se pavanaient encore deux palmiers royaux avec leur traîne. Mais la façade blanche s'écaillait.

– On dirait le château de la Belle au bois dormant, murmura Lazare.

– Et c'est ce que j'ai pensé en voyant Isabelle à mon retour de métropole. Une princesse ! J'ai été reçu dans cette maison parce que mes parents étaient blancs. Monsieur Tourville parlait des Noirs en disant « les nègres ». Dans sa bouche, c'était bien une insulte et il la prononçait en me regardant dans les yeux. Il voulait me faire croire que, pour lui, je n'en étais pas un. J'aurais dû réagir, mais je ne disais rien. J'étais amoureux. Je voulais que la famille d'Isabelle m'accepte, même en faisant semblant de croire que je n'étais pas noir.

– Ça se voit, papa, que tu es noir, le raisonna Lazare.

Il rit.

– Eh oui, ça se voit. Surtout sur la photo de mariage, ça crève les yeux… Et il y a autre chose qui aurait dû me crever les yeux.

Alors, en des termes adaptés à l'âge de son fils, Sauveur lui expliqua que, de nombreux békés s'étant mariés entre eux sur plusieurs générations par refus de mêler leur sang à celui des Noirs, les problèmes liés à la consanguinité s'étaient multipliés. Chez les Tourville, la grand-tante Léonce avait fini à l'hôpital psychiatrique de Colson, la mère d'Isabelle avait passé sa vie chez les quimboiseurs parce qu'elle se croyait envoûtée, son père, alcoolique, avait ruiné la famille... Et Hugues, le frère d'Isabelle, venait d'être arrêté par la police d'Orléans pour tentative d'assassinat sur la personne d'un enfant.

– Pourquoi il a fait ça ? J'ai pas bien compris, marmonna Lazare, que l'homme faisait encore cauchemarder.

– Parce que, pour lui, j'ai fait entrer le Malheur dans sa famille.

Soudain, la terreur le glaça comme le soir où Gabin et Lazare lui avaient décrit leur agresseur.

– On s'en va d'ici, Lazare. Nous avons de la route à faire avant la nuit.

Remontant dans leur voiture, ils partirent à l'assaut du nord de l'île. Sainte-Marie, Le Marigot, Le Lorrain, c'était la route qu'avait prise Isabelle au dernier jour de sa vie.

En silence, se concentrant sur la conduite automobile, Sauveur emprunta le ruban d'asphalte qui traversait la forêt tropicale. Basse-Pointe, Macouba. De chaque côté de la route, des bambous géants lâchaient au-dessus d'eux leur longue chevelure. Ils montèrent des rampes très raides, descendirent dans des ravines, franchirent deux ponts métalliques. Chaque fois qu'ils arrivaient au sommet d'une crête, ils voyaient au loin les mornes sauvages et les pitons s'enfonçant dans les nuages, puis dans la descente ils apercevaient des plages de sable noir et la mer qui frappait les falaises.

Ils descendirent de voiture à Grand-Rivière, le bout du monde pour un Antillais, face au canal de la Dominique. Au loin, la yole d'un pêcheur affrontait la barre dangereuse, là où l'océan Atlantique trinque avec la mer des Antilles.

– Le jour où elle est morte, ta maman s'est arrêtée ici, dit Saint-Yves. Des gens l'ont vue.

– J'étais avec elle ?

Sauveur prit une inspiration face au large.

– Personne ne t'a vu.

Le moment n'était pas encore venu de dire la vérité. Encore quelques minutes de silence, encore un peu de répit.

Sauveur et son fils prirent la route en sens inverse, de Grand-Rivière vers Macouba, sans échanger un mot de plus. Après le deuxième pont, Sauveur désigna un ravin.

– On a retrouvé sa voiture en bas. À cet endroit.

Saint-Yves pouvait laisser l'enfant croire à un

accident. Ce ne serait pas un mensonge de sa part, juste un non-dit.

– Papa ? fit une petite voix.

– Oui… Je réfléchissais. Écoute, Lazare, tu es grand. Il y a des choses que je peux te dire… Ta maman a eu cet accident parce qu'en fait elle… elle avait avalé trop de médicaments. Elle a probablement perdu connaissance ou elle a eu un malaise cardiaque.

La famille Tourville était accro aux médicaments, leur pharmacie gardait en réserve toutes sortes de produits qui ne sont délivrés que sur ordonnance, antidépresseurs, anxiolytiques, morphine, etc. On avait retrouvé plusieurs boîtes vides dans la voiture accidentée.

– Mais pourquoi maman a fait ça ?

Ni Lazare ni son père ne prononçaient le mot « suicide ».

– Elle était malade. C'est une maladie qui rend les gens tristes. Parfois, ils n'ont plus envie de vivre.

– Mais toi, tu soignes les gens qui ont de la dépression, remarqua Lazare.

Sauveur fit un léger écart sur la route, tant la réaction de son fils le prit au dépourvu. Il était inutile de lui déguiser les faits. Il avait toutes les connaissances permettant de comprendre la vérité.

– Quand j'ai vu Isabelle, tu sais, la princesse dans son château, c'était déjà une princesse triste. J'ai cru qu'elle était malheureuse dans sa famille, et que j'allais la rendre heureuse en l'épousant. Je me croyais très fort parce que je venais de terminer mes études de psychologie, parce que j'étais amoureux, parce que je m'appelle Sauveur ! J'ai cru que j'allais la sauver.

– Et tu n'as pas réussi ? dit Lazare, la voix compatissante.

– Non. Parce qu'on ne sauve pas les gens d'eux-mêmes, Lazare. On peut les aimer, les accompagner, les encourager, les soutenir. Mais chacun se sauve soi-même, s'il le veut, s'il le peut. Tu peux aider les autres, Lazare. Mais tu n'es pas tout-puissant. JE n'étais pas tout-puissant.

C'était ce qu'il avait appris à l'aube de sa vie professionnelle, et de la façon la plus cruelle.

– Je me suis senti très coupable. Parfois, j'étais en colère contre Isabelle. Je lui en voulais de ne pas être heureuse avec moi.

Il garda pour lui le fait que les parents Tourville avaient prétendu qu'il était responsable de la mélancolie de sa femme. Hugues avait même répandu la rumeur qu'il la battait et qu'il l'avait acculée au suicide.

La nuit tombait, la route devenait dangereuse. Sauveur, envahi par ses émotions, avait des instants d'inattention.

– Moi non plus, dit l'enfant à ses côtés, je ne l'ai pas rendue heureuse.

– Il faut que je m'arrête, murmura son père.

Des larmes lui brouillaient la vue, le chagrin le suffoquait. La lune s'était levée sur un étrange paysage d'immenses fougères arborescentes et de cascades miroitantes, d'à-pics et de ravins. Tous deux se turent, saisis par l'urgence du moment. Il fallait trouver un endroit où se mettre en sécurité.

– Là, dit soudain Sauveur.

Il donna un dernier coup de volant et, après quelques cahots, sa voiture s'immobilisa sur un terre-plein herbu, une aire prévue pour le pique-nique avec tables et bancs en bois au bord d'un torrent. Son cœur battait à grands coups, ses oreilles bourdonnaient. Il venait d'avoir très peur.

– Ça va ? s'inquiéta Lazare.

– Ça va… On va attendre un petit peu ici. Ça ne t'ennuie pas ?

– Non.

Lazare défit sa ceinture de sécurité et se recroquevilla sur son siège, passant les bras autour de ses jambes. C'était la posture qu'il adoptait lorsqu'il écoutait dans le noir par la porte entrebâillée. La voix de son père s'éleva dans l'ombre.

– Lazare, je ne sais pas si je dois tout te dire.

Est-ce que les secrets qui vous entourent de leurs nuées vous empêchent de vivre, de grandir, d'aimer ? C'était la question qu'il se posait à propos de chacun de ses patients, Ella, Margaux, Blandine, Cyrille, Lucile, Marion, Élodie, Gabin. Ont-ils, avons-nous, besoin de tout savoir ?

– Tu peux parler, papa. Il ne va rien t'arriver.

– Lazare, tu étais dans la voiture. À l'arrière, dans le siège enfant. Quand les sauveteurs sont arrivés sur les lieux de l'accident, ils ont cru que tu étais mort. Mais tu… tu dormais.

Était-il nécessaire d'ajouter que sa mère l'avait drogué en mettant un somnifère dans le lait du biberon ?

– J'ai eu de la chance, fit Lazare avec le petit filet de voix qui lui restait.

– Mm, mm.

Lazare, le ressuscité. Des secondes, des minutes s'écoulèrent, la nuit les ensevelissait.

– Papa ?

– Oui, je… je réfléchissais…

– Encore ? protesta Lazare.

Il était à bout de force, et son père aussi. Mais ce moment-là ne se reproduirait plus. Plus jamais.

– Je dois te dire ce qui s'est passé à ta naissance.

Parlant peut-être pour lui seul, Sauveur se mit à raconter. À la maternité de Fort-de-France, le jour de l'accouchement, l'obstétricien avait décidé en catastrophe de pratiquer une césarienne sur Isabelle, le bébé montrant des signes de défaillance cardiaque. Le futur papa avait dû quitter la salle d'accouchement et un anesthésiste avait endormi Isabelle. À son réveil, la sage-femme lui avait présenté son fils.

– Elle… elle a dit à la sage-femme qu'elle se trompait, bégaya Saint-Yves, elle a dit que ce n'était pas son bébé, que c'était une erreur, une erreur de l'hôpital. On m'a fait venir pour lui parler. Mais elle ne me reconnaissait pas. On a fait venir un psychiatre, celui qui était de garde ce jour-là… Je me souviendrai toujours de ce médecin. Un métropolitain qui m'a pris de haut, moi, le petit psychologue des Antilles. Il m'a dit : « Alors, vous ne savez pas ce que c'est que la psychose puerpérale ? », comme si j'étais un étudiant qui a séché les cours !

– Et c'est quoi ?

La voix de Lazare ramena brusquement Sauveur

à la réalité du moment. Il était en train de dire à un enfant de 8 ans que sa maman, frappée d'un accès de folie répertorié dans les livres de médecine, l'avait rejeté à sa naissance. Il aurait voulu ravaler chacune de ses paroles.

– Eh bien, c'est... c'est... bredouilla-t-il, comme une maladie... qui est déclenchée par l'accouchement, par le... le... le choc de... de mettre au monde.

Il pataugeait, ne voulant pas utiliser le jargon médical.

– C'est parce qu'elle était blanche, elle n'a pas cru que son bébé était noir, résuma Lazare, qui se souvenait de l'incrédulité d'Océane.

– Ta maman n'était pas raciste, Lazare, je te le jure, fit Sauveur. Elle m'aimait, elle t'aimait. Elle est revenue à la raison trois jours plus tard, mais elle avait honte de ce qui s'était passé.

– Elle était comme Bounty.

– Pardon ?

– Elle avait la mémoire de ses ancêtres. Elle n'était pas raciste, mais ses ancêtres, ça faisait beaucoup de racistes depuis le XVIIe siècle ! Alors, avec le choc, elle a dit des choses qu'elle ne pensait pas, mais c'était les ancêtres qui le pensaient. Tu comprends ?

Sauveur écoutait son fils, sidéré. Le psychiatre métropolitain avait diagnostiqué chez Isabelle « un retour du refoulé à la suite d'un trauma. »

– Quand je serai grand, dit Lazare avec beaucoup d'assurance, je serai psychologue.

– C'est une excellente idée. Mais tu n'oublieras pas…

– Quoi ?

– Même si tu es très malin, ce que tu es sûrement, tu n'es pas tout-puissant.

Lazare laissa aller sa petite tête bouclée contre l'épaule solide de son papa.

– Je ne m'appelle pas Sauveur, moi.

*
* *

– Qui on va voir déjà ? redemanda Lazare à son père.

On était samedi matin. C'était leur dernier jour à la Martinique.

– Évelyne, ma demi-sœur. On a eu la même maman, mais pas le même papa. Il y aura aussi sa fille Capucine et la fille de sa fille, qui doit avoir ton âge.

– Que des filles ? fit Lazare, le ton dégoûté.

– Je crois qu'Évelyne a aussi invité l'oncle Ti-Jo.

Mais il a dans les 80 ans, ce n'est peut-être pas avec lui que tu joueras au foot.

Évelyne avait poussé des cris de joie quand son petit frère s'était annoncé au téléphone et elle l'avait invité à déjeuner pour le samedi midi. Elle habitait à Sainte-Anne dans le même lotissement depuis sa naissance, à côté des mêmes voisins qui vieillissaient en même temps qu'elle. Après son divorce, elle avait repris le nom de sa mère, Bellerose. Évelyne, qui avait 4 ans lorsque sa maman était morte en mettant Sauveur au monde, avait été ôtée à sa grand-mère malade et confiée à son oncle Ti-Jo, frère aîné de Nicaise. Ti-Jo avait un ménage officiel avec quatre enfants, et une maîtresse qui lui en avait fait trois autres. Évelyne avait grandi au milieu des disputes conjugales et des piailleries d'enfants, qu'on élevait à grand renfort de paires de claques. Sauveur n'avait pas beaucoup de souvenirs d'enfance à partager avec sa demi-sœur puisque, dès qu'il avait été adopté par les Saint-Yves à l'âge de 4 ans, il n'avait plus eu le droit de la voir que de loin, à la messe.

Muni de ces informations, Lazare se retrouva cité Césaire devant un petit pavillon avec jardin, d'où s'échappaient des odeurs de feu de bois, d'épices et de graisse cuite. Des cris d'enfants et des rires de femmes passaient par-dessus la haie d'hibiscus. Le déjeuner en famille promis par Évelyne ressemblait fort à une garden-party. Sauveur soupçonna sa demi-sœur d'avoir invité tous ses parents, amis et connaissances pour leur montrer « le docteur Saint-Yves ».

– On y va ou on n'y va pas ? lui demanda Lazare, montrant sa préférence pour la seconde option en tirant sur son bras du côté opposé de la maison.

Sauveur soupira.

– C'est la famille, bonhomme. Ce n'est qu'un mauvais moment à passer.

Quand il fut sur le seuil du salon, il se réjouit d'avoir troqué le bermuda et la chemise hawaïenne contre une veste en lin et un pantalon clair, car, à l'exception d'un petit garçon qui n'avait pas quitté son déguisement de diable rouge du Carnaval, tout le monde s'était endimanché.

– To, to, to, fit-il à la mode antillaise pour s'annoncer.

Il y avait là, se partageant entre le salon et le jardin, une bonne vingtaine d'adultes, et on ne comptait pas les enfants. Lazare tira encore sur le bras de Sauveur, l'obligeant à se pencher.

– Papa, ils ne vont pas parler la même langue que moi…

– Si, si, ça va aller, le rassura son père.

Mais il n'en était pas convaincu. Quelques visages s'étaient tournés vers eux, ni hostiles ni accueillants. Personne ne les connaissait, ils ne connaissaient personne. Ma famille, songea Saint-Yves, et je suis un étranger. Du haut de son mètre quatre-vingt-dix, il chercha sa sœur dans l'assemblée et l'aperçut au jardin près du barbecue, une grande fourchette à la main, s'apprêtant à retourner les saucisses.

– Viens embrasser ta tante, dit-il à son fils.

Évelyne laissa tomber sa fourchette de saisissement en les apercevant.

– Bondié, Sauveur ! Et Lazare ! Six ans, ça fait presque six ans !

La dernière fois qu'elle les avait vus, c'était à l'enterrement d'Isabelle au petit cimetière de Sainte-Anne. Malgré les 26 degrés ambiants et la proximité du barbecue, Saint-Yves se sentit devenir glacé. Évelyne allait-elle, dès les premiers mots, évoquer tout ce qui les séparait, son adoption par les Saint-Yves, son mariage avec une Tourville, son départ pour la métropole ? Les conversations s'étaient plus ou moins suspendues. Les jeunes gens regroupés autour du punch jetaient des regards ironiques à Saint-Yves et se faisaient des blagues en créole à mi-voix. Un psy. Un psy de métropole. En même temps, ils évaluaient sa musculature et en tiraient des conclusions respectueuses quant à sa virilité.

– Je vais faire une petite tournée de présentation ! lança Évelyne. Tu reconnais Ti-Jo ?

Elle lui désigna un octogénaire, droit dans son beau costume, barbe et cheveux grisonnants, ex-mari volage, ex-père inconsistant, mais merveilleux grand-père, entouré d'une kyrielle de petits-enfants, Maryse, Lia, Damien, Jeanne, Eugène, Douce, Michael, etc. Puis défilèrent les sept enfants de Ti-Jo, les légitimes et les autres, Anne, Bernard, Colette, Didier, Ernestine, Fabiola, Gérard.

– J'ai pris l'ordre alphabétique pour me rappeler, expliqua très sérieusement Ti-Jo à Sauveur. La dernière, c'est Hortense.

C'était un ajout récent, une grande perche de 12 ans, dont la mère était la troisième femme de Ti-Jo.

Les présentations s'achevèrent dans un coin du salon, où une très vieille femme couverte d'un châle et d'un plaid fumait une petite pipe.

– C'est Manman Beaubois, dit Évelyne à l'oreille de son frère.

– Cette vieille sorcière ? Elle vit toujours ?

– Chut… Elle est de la famille (enfin, du côté

d'une maîtresse à Ti-Jo). Manman Beaubois ! hurla-t-elle en se penchant vers la centenaire, c'est Sauveur, le petit Sauveur qui faisait pipi au lit, avec son fils Lazare !

La vieille retira la pipe de ses lèvres racornies comme un bec de tortue et, désignant Lazare avec le tuyau, dit d'une voix incroyablement profonde :

– *Ki laj a ou ?*

– 8 ans ! hurla Évelyne.

– *Ti manmay tala bel,* dit la vieille quimboiseuse, *lapo sové.*

Elle renfourna son tuyau de pipe, et Évelyne, entraînant Sauveur un peu plus loin, voulut lui traduire ce qu'avait dit Manman Beaubois.

– Ne te fatigue pas, l'interrompit Sauveur, j'ai compris. J'ai « blanchi la race ».

Madame Beaubois, fidèle à ses valeurs, lui avait fait compliment de Lazare parce qu'il avait la peau plus claire que lui.

– Tu sais, elle est d'un autre temps, voulut l'excuser Évelyne.

Puis elle regarda le petit Lazare qui avait gardé jusque-là le silence de celui qui réserve son jugement.

– Je t'ai acheté des chips, lui dit-elle. Je ne sais pas trop ce que tu manges.

– De tout, répondit son père à sa place.

– Tu l'as bien élevé. C'est normal : un fils de psy, dit Évelyne.

– Bondié, mais qu'est-ce qui est normal, Évelyne ? Il est fils de psy, et alors ? Il a la peau claire, et alors ? Ce n'est pas une bête curieuse, et moi non plus.

Il s'était efforcé de modérer le ton parce qu'il se savait observé.

– Mais je veux bien des chips, dit Lazare, retenant de la conversation ce qui pouvait être intéressant.

– Et je suis sûre que tu veux bien du Coca-Cola aussi ?

Lazare fit une petite grimace à son père comme pour lui dire : désolé, je serais impoli si je refusais, et il emboîta le pas à sa tante, tout content qu'elle n'ait pas l'air d'être au courant que le Coca-Cola et les chips sont des poisons pour la santé.

– Hé, Bounty, on ne salue pas les vieux copains ? fit un nouvel arrivant.

Sauveur reconnut un des plus fieffés emmerdeurs de la cour de récré, un de ceux qui l'avaient gratifié de son surnom.

– Belle veste, le complimenta le soi-disant copain.

C'est de la marque ?... Ça doit bien gagner, un psy de France, avec tous les fous qu'ils ont là-bas ! Ah, ah... Et tu nous as pas ramené une Métro ? Une Métro de Paris, ah, ah !

Il voulait faire endosser à Sauveur le costume du négropolitain qui revient se faire admirer au pays. Saint-Yves sentit qu'il n'allait pas le supporter longtemps et commença à rouler des épaules sous sa veste « de marque ».

– Tu aimes toujours les blondes, hein ?

Sauveur fit deux pas menaçants vers le provocateur. On avait tant jasé sur son mariage avec une béké, et tant de rumeurs malveillantes avaient circulé sur son compte après « l'accident » d'Isabelle qu'il avait dû s'exiler. Et voilà qu'il se retrouvait à nouveau face à des insinuations sans pouvoir se défendre autrement qu'avec ses poings.

– *Arrété di couyonad*, s'interposa Ti-Jo. Allez, Sauveur, viens prendre un CRS avec le vieux !

Saint-Yves adressa un signe de connivence au vieil homme. Le CRS, citron-rhum-sucre, et les acras de morue ramenèrent la paix dans son cœur. Un petit cercle de famille se forma peu à peu autour de lui, et la discussion s'engagea sur le mode de la taquinerie.

– Tiens, Sauveur, toi qui es docteur psychologue, lui demanda Fabiola (34 ans, trois enfants, mère célibataire), qu'est-ce que tu penses des maris antillais ?

Grands éclats de rire.

– Tu veux que je me fâche avec la moitié de l'assistance ? De toute façon, un psy ne répond jamais. Il vous retourne la question. Donc, Fabiola, qu'est-ce que tu penses du mari antillais ?

– Eh bé, c'est comme le *chouval troa pat'*... Tout le monde en parle, mais personne l'a vu.

Nouveaux éclats de rire, surtout des dames.

– Le mien, dit Colette (54 ans, cinq enfants, divorcée), il levait jamais le petit doigt pour m'aider. Il voulait même pas faire les courses parce qu'il avait honte si les copains le voyaient dans la rue !

« Hou, hou ! », firent ces dames tandis que les messieurs protestaient : « Oui, mais on lave la voiture ! »

– Alors, reprit Colette, je lui ai dit : « Mon doudou, si tu sers à rien qu'à faire les enfants, j'ai déjà mon compte, au revoir et merci ! »

Les dames applaudirent et les messieurs se resservirent du ti-punch, sans oublier d'arroser Saint-Yves. Sauveur chercha des yeux où était passé son fils et l'aperçut en grande discussion avec le diable rouge. Évelyne avait suivi son regard.

– C'est Yvain, le petit dernier d'Ernestine.

– J'espère qu'elle ne les fait pas aussi par ordre alphabétique ?... Tu vas peut-être trouver que je suis un peu direct, Évelyne, mais c'est cette question autour des maris qui m'y fait penser. Ton père, toi, tu sais qui c'est, tu l'as déjà vu ?

– Oh oui, dit-elle comme si la chose était de peu d'importance. Je l'ai croisé un jour au Monoprix Dillon et, pour rigoler, je l'ai appelé « papa ». Il m'a appris qu'il avait eu dix-sept enfants. Il n'en avait pas élevé un seul...

– Ça me troublait autrefois d'être « de père inconnu », reprit Saint-Yves, au fond peu concerné par ce que venait de dire Évelyne. Et encore maintenant... Ne connaître que mon ascendance maternelle, ça me déséquilibre. Je me sens comme le cheval à trois pattes de Fabiola.

Évelyne l'écoutait, le regard rêvant au loin.

– Mon père était un ouvrier agricole du Gros-Morne, lui apprit-elle. Il coupait la canne.

– Mm, mm.

– C'était Félix, son prénom. Félix Passavoir. On l'appelait le beau Féfé.

Sauveur eut un petit soupir d'impatience. Il n'avait pas besoin d'autant de précisions.

– Et c'est vrai qu'il était beau, Féfé… Et grand… Il faisait ta taille… Il avait une belle voix grave… comme toi.

Sauveur retint sa respiration.

– Il est mort il y a trois ans, conclut Évelyne, laissant à son frère le soin de compléter les pointillés.

Chaque nouvelle émotion amenait Sauveur à se servir un nouveau ti-punch. Ses parents adoptifs avaient certainement su la vérité au sujet de Félix Passavoir. Mais ils n'avaient voulu d'aucun père pour le petit Sauveur, qui aurait dû porter le patronyme de Passavoir, un de ces noms méprisants donnés autrefois aux Noirs par les Blancs. Le verre à la main, Saint-Yves regarda autour de lui cette famille dont il avait été dépossédé, ces enfants de toutes les nuances de peau, qui à présent entouraient Lazare, leur petit-cousin, et l'entraînaient dans leurs jeux. L'alcool le rendant sentimental, il alla serrer Évelyne dans ses bras.

– Je… J'ai bien fait de venir aujourd'hui, lui dit-il, butant un peu sur les mots. J'ai… J'ai gagné une sœur entière ! Ça s'arrose !

La température montait, la musique aussi.

– Oh, les jeunes, arrêtez votre boucan ! s'époumona Ti-Jo, qui n'aimait pas les chansons à la mode.

Évelyne, ma tite fille, t'as pas une bonne vieille biguine, là ?

Le vieil homme était le maître de maison, même dans la maison des autres. Évelyne se dépêcha de lui obéir.

– *La peau fwomage*, mon onc', ça te va ?

Depuis qu'il avait touché le sol de la Martinique, Sauveur avait envie de danser, que ce soit en chaloupant tout seul, ou alors collé-serré à une partenaire. Mais un reste de timidité le faisait hésiter. Ou la peur d'être ridicule au milieu de tous ces « vrais » Antillais. En face de lui, Fabiola fit onduler ses formes généreuses sous son boubou chatoyant, et ses sœurs, Anne, Colette, Ernestine, l'imitèrent en riant aux éclats. Puis Évelyne.

« *La peau, la peau, la peau fwomage,*
laissez les hommes passer,
surtout les hommes mariés,
laissez les hommes passer ! »

Il ne fallut pas plus de deux minutes pour que tout le monde danse et reprenne le refrain, les filles, les gars, les mauvais maris, les commères à la dent dure, les jeunes, les vieux, les enfants, le petit diable rouge, Lazare… Et finalement Sauveur. Sauveur qui se mit à chanter et à blaguer en créole, parce que, oui, il comprenait le créole, il parlait le créole, il n'avait plus besoin de s'en cacher ! Je suis tellement bien ici, lui souffla Ella, tellement moi.

– Sauveur, Sauveur…

Une main s'était posée sur son bras.

– Mm ?

– Ton avion, lui dit Évelyne.

Une lueur de panique traversa ses yeux troublés par l'alcool.

– Meeerde !

– *Pa ni pwoblem !* Mais faut y aller.

– Tu… tu as vu dans quel état je suis ?

– Moi, j'ai pas bu. Je vais conduire. Va te passer la tête sous l'eau, lui dit-elle du ton sans réplique de la sœur aînée.

*
* *

Douze heures plus tard, à Roissy, Sauveur & Fils attendaient de voir paraître leurs bagages sur le tapis roulant. Lazare, assis sur le chariot, chantonnait « *La peau, la peau…* » Au bout de cinq minutes d'attente, Saint-Yves s'aperçut que, dans son cerveau déprimé par la nuit blanche, les mêmes questions passaient et repassaient comme sur un tapis roulant. Pourquoi est-ce que je suis revenu ? À quoi je sers ici ? On est lundi demain ?

Pour s'occuper l'esprit, il sortit de la poche arrière de son jean son petit téléphone portable, qu'il avait éteint pendant la traversée, et il le ralluma. À l'instant où SFR reprit du service, une rafale de SMS s'aplatit sur l'écran.

A kel heure vous arrivez ? Gabin

*

Je suis sortie de l'hôpital. on se voit demain ? Margaux

*

A l'attention de monsieur Saint-Yves,
psychologue clinicien : pourriez-vous me contacter ?
Je dois assurer la défense de madame Huguenot,
qui a été votre patiente. Maître Aurélie Tabard

*

A mardi !!! Elliot

*

J'ai eu votre numéro par madame Rocheteau
(la maman de Paul). Auriez-vous un moment
de libre un mercredi après-midi ?
Les petites pilules de mon généraliste
me rendent malade. Madame Dumayet

★

J'ai rencontré kelkun de BIEN,
S ke je peus venir avec jeudi ? Nicolas A.

★

Question : S kon peut sortir
avec deux garçons à la fois ? Marion Augagneur

★

Au secours, elles veulent se marier ! Lucile

★

Pour ou contre le mariage homo, monsieur le psy ?
Alex et Charlie

★

G ke d soleils Cyrille

Saint-Yves, un peu abasourdi, avait sous les yeux la réponse à sa question : à quoi je sers ici ? Mais il était un peu déçu de n'avoir pas un seul message de Louise. Il s'apprêtait à répondre à Gabin quand son fils l'interrompit en criant :

– Papa, y a Paul, y a Paul !

Debout en équilibre sur le chariot, Lazare avait entamé sa danse de Sioux préférée.

– Mais non, protesta son père, tu confonds avec un autre petit garçon.

Par acquit de conscience, il se tourna vers la

grande vitre derrière laquelle patientaient parents et amis, venus accueillir les voyageurs à leur descente d'avion. Au milieu d'une foule haute en couleurs, et presque collé à la vitre, il y avait un petit garçon qui brandissait une pancarte. BIENVENUE.

– C'est Paul, admit Saint-Yves. Mais qu'est-ce qu'il fait là ?

– Je l'avais prévenu ! trépigna de joie Lazare. Au téléphone !!

Il lui avait indiqué l'horaire d'arrivée de l'avion. Comme Paul n'avait pu venir tout seul, Saint-Yves chercha Louise des yeux. Elle se tenait en retrait, agitant la main dans leur direction. Sauveur lui rendit son salut puis se pencha vers son fils.

– Dis donc, qui c'est, la demoiselle qui fait la tête à côté de Louise ?

– « Ça » ? Ben, c'est Alice. La sœur de Paul. Elle est chiante.

– D'accord, fit Saint-Yves en se redressant.

Une ado chiante : son fonds de commerce. *Pa ni pwoblem !*

– Papa, nos valises, y a nos valises ! hurla Lazare, déchaîné.

Deux grosses valises, pleines à craquer de souvenirs, arrivaient en bringuebalant sur le tapis roulant. Sauveur les intercepta et les posa sur le chariot comme si ce n'était que deux plumes.

– Tu es fort, apprécia Lazare, qui était tellement fier de son papa.

– Oui, confirma Saint-Yves en le soulevant de terre pour le planter au-dessus des bagages.

Puis il se dirigea vers la sortie et, tout en contournant la vitre qui le séparait pour quelques secondes encore de Louise, Paul et Alice, il chantonna : « *La peau, la peau fwomage, laissez les hommes passer...* » Non seulement il savait pourquoi il était revenu, mais il savait pour qui.

La suite de *Sauveur & Fils* est
à découvrir dans les saisons 2, 3 et 4

Du même auteur à *l'école des loisirs*

Collection MÉDIUM
Ma vie a changé
Amour, vampire et Loup-garou
Tom Lorient
L'expérienceur (avec Lorris Murail)
Oh, boy !
Maïté coiffure
Simple
La fille du docteur Baudoin
Papa et maman sont dans un bateau
Le tueur à la cravate
Trois mille façons de dire je t'aime
Sauveur & Fils : saison 2
Sauveur & Fils : saison 3
Sauveur & Fils : saison 4

Miss Charity (illustré par Philippe Dumas)
De grandes espérances, de Charles Dickens
(adapté par Marie-Aude Murail et illustré par Philippe Dumas)

Collection BELLES VIES
Charles Dickens

La série des *Nils Hazard :*
Dinky rouge sang
L'assassin est au collège
La dame qui tue
Tête à rap
Scénario catastrophe
Qui veut la peau de Maori Cannell ?
Rendez-vous avec Monsieur X

Nos excuses à Booboo
(compte Instagram : @boobooandfriends)
que nous avons fait passer pour un hamster sur
la couverture alors qu'il est un cochon d'Inde.

Cet ouvrage a été achevé d'imprimer
sur Roto-Page
par l'Imprimerie Floch à Mayenne
en novembre 2019

N° d'impression : 95160
Imprimé en France